D1617304

HABANA Dura

Jocy Medina

La historia de María Mariposa

Segunda edición

Diseño de la portada y composición interior: Dario Ferrara, Italia

Fotografía:
Lady in Red por Catalin Petolea www.imagerist.com
Habana Rota y Fondo de Piedras por Jocy Medina www.jocymedina.wordpress.com

Edición:
Versión original: Laura Espinel, Cuba
Versión final: Rose Anette Briceño Torres, Venezuela
Agradecimientos a Marta Medina, mi madre querida, por sus comentarios de edición.

Nota de la autora: Aunque inspirada en eventos históricos reales, ésta novela es una obra de ficción y sus personajes son imaginarios. Cualquier parecido a la realidad es pura coincidencia.

ISBN (impreso): 978-0-9950863-0-2
ISBN (formato electrónico): 978-0-9950863-1-9
Quedan hechas las entregas por la ley en los catálogos de la Biblioteca Nacional de Canadá

ÍNDICE

A mi abuela, Marta Rosa,
porque sus besos me dieron alas…

A mi madre, Marta Estela,
porque como diría Francis Cabrel,
"ella levanta una torre desde el cielo hasta aquí,
Y me cose unas alas y me ayuda a subir…"
Y yo "la quiero a morir"...

Y a mi hijo, Dennis
porque al tenerlo en mis brazos
aprendí a volar.

Jocy

Prólogo: Primero lo primero

Cómo fue que lo sobrevivimos, no lo sé, pero aquí estamos para escribirlo. Hablo del "Período Especial"[1] de Cuba en los años 90, de los tiempos en los cuales el techo socialista ruso se derrumbaba sobre nuestras cabezas y nosotros los cubanos luchábamos por salir ilesos de los escombros. La gente con dinero en el bolsillo y ni pagando triple se conseguían las cosas. En La Habana, la electricidad se iba tanto que en vez de apagones se decía que había "alumbrones".

La isla se llenó de extranjeros pues el gobierno abrió las puertas al turismo internacional a modo de recaudar las divisas[2] que los rusos ya no daban. De esa coyuntura nació la jinetera[3] y de la noche a la mañana parecía que todos en Cuba se casaban con extranjeros y se iban. Vender el cuerpo a los turistas más que una moda se convirtió en una epidemia. Miles se tiraban al mar para escaparse y los que tenían familiares afuera[4] pedían que los reclamaran.

Con ese fondo de escenario sucede "Habana Dura", una novela que relata la historia de María, una joven holguinera que hostigada por la sobreprotección de sus padres huye a La Habana a hacerse mujer pero en el proceso de crecer pierde a borbotones su inocencia pues llega a una ciudad donde todo se consigue a golpe de sexo, ron, rabia, pasión y mucha picardía.

---

[1]Eufemismo para designar un período extenso de crisis económica que comenzó en 1991 con la caída del sistema socialista de Europa, correctamente denominado: "Período Especial en Tiempo de Paz".
[2]Término para denominar toda moneda internacional pero comúnmente para referirse al Dólar Americano.
[3]Mujer que vende su cuerpo a extranjeros.
[4]Término usado en Cuba para desinar a todo país que no es Cuba.

La novela es un viaje a Cuba, y no a la Cuba de las lindas playas y finos tabacos que conocen los turistas, sino a la de María y la de tantas cubanas que crecimos con las garras del Período Especial arañándonos las espaldas. En sus escenas sentirás que paseas por las calles de La Habana, una ciudad que inventa su presente con las lágrimas que la historia deja sobre ella. Conocerás mujeres que te seducirán con la misma gracia con que te seducen allá en Cuba. Te adentrarás a la religión afrocubana y apreciarás la claridad de las más negras de sus magias. Te toparás con chismosos, abusadores, envidiosos, violadores y como si los vivos no fueran suficientes, conocerás hasta los muertos de la isla.

Como sucede con tantas cubanas, María no sólo logra sus sueños sino que llega a cimas jamás soñadas y eso convierte a "Habana Dura" en una oda al arte del cubano de saberse balancear con gracia entre las carencias y los excesos para salir risueño y victorioso de las peores situaciones de vida. Por María vivirás en carne propia que significa volar con alas propias en una Cuba donde siempre parece llover piedras y por ella entenderás qué digo, cuando digo: "Habana Dura".

Jocy Medina

Alas nuevas

La casita en Buenaventura por poco se cae del tirón que María le dio a la puerta al entrar. Ella daba vueltas en la sala, con sus puños apretados y cuando el estruendo del portón del patio avisó que su padre también había llegado, María corrió hacia él.

— ¡Te he dicho que no me persigas más, Juan Manuel! –gritó María a todo lo que daba su voz.

— ¡A putiar[5] es que vas tú a esa panadería! –respondió el padre al mismo volumen –¡Deberías estar estudiando! ¡Te vas a quedar más bruta que una chirimoya!

— ¡Si me hubieses dejado ir a La Habana ahora mismo estuviera yo estudiando!

— ¡Qué Habana ni Habana! Allá lo único que hay es hambre y turistas comprando jovencitas.

— ¡Y también hay una Escuela de Arte!

— ¿Arte? ¡Ah sí, para terminar como las carnavaleras de Holguín, bailando encueras[6] encima de las carrozas!

Cuando el llanto quiso amedrentar los gritos, María dejó a su padre dando alaridos en la sala. La casita en Buenaventura volvió a retumbar del tirón que ella dio al cerrar la puerta de su cuarto y los muelles de su cama rechinaron cuando ella se derrumbó sobre ellos a llorar.

---

[5]Palabra usada para en el argot popular cubano para indicar flirtear.
[6]Cubanismo. Término que proviene de "en cueros". Se aplica como encuera (femenino), o encuero (masculino).

Estela, la madre de María, regresó del trabajo a una casa de silencios casi explosivos. El vaso de batido de mamey, aún intacto sobre la mesa de la cocina, delataba que María no había desayunado esa mañana y la forma compulsiva con la cual Juan Manuel afilaba uno de sus machetes en el patio, delataba sus deseos de decapitar.

— ¿De nuevo guerra, Juan? —le preguntó Estela a su marido.

— ¡Tu hija! En la panadería hablando con un hombre. ¡Encharcada en ese perfume que lo puede oler todo Buenaventura! Con un Marpacífico[7] rojo en la cabeza que la pueden ver desde el planeta Marte y con un short[8] tan apretado que si se tira un peo se le raja la costura.

Estela dejó a Juan Manuel hablando solo y fue en busca de su hija.

— ¡No soporto más vivir aquí! —dijo María en cuanto Estela entró a su cuarto.

— ¡Ay, hijita! Tú sabes cómo se pone tu padre cuando te ve con hombres.

— ¡No, mamá! Estos son los años 90, no la prehistoria. Yo estaba en la cola del pan hablando con un amigo ¡Buenaventura entera estaba allí! Y de pronto llegó el anacoreta[9] de Juan Manuel en su caballo, machete en mano, gritándome sandeces. Todo el mundo salió corriendo, hasta el panadero. ¡Ay, Diosito, cada vez que me acuerdo! ¡Qué clase de vergüenza! —respondió María tapándose la cara con sus dos manos.

El silencio que dejó la rabia de María dio pie a Estela para regresar a donde Juan Manuel, quien ya agitaba los calderos para comenzar la cena y creaba un ajetreo evidente de quien no quiere hablar más de la pelea. "Hay palabras que cortan más que tu machete, Juan. Si sigues así vamos a perder a nuestra hija", fue lo único que le dijo Estela.

---

[7]Hibiscus. Especie de planta con flor de la familia de las *Malvaceae*, originaria de las Antillas.
[8]Pantalones cortos. Proviene del inglés shorts. En Cuba, short en singular y chores en plural.
[9]Modismo muy usado en la región de Holguín para definir a cualquier persona anticuada o necia.

Ese día, aunque el olor de la sazón halaba más que una yunta de bueyes a la cocina, la impotencia anclaba a María a su cama. Por largo rato ella se miró en el espejo que la vio crecer. Sus piernas que ya se salían de la cama indicaban que ya ella no tenía lugar en esa casa y las bien formadas curvas de su cuerpo le recordaban que aunque ya era toda una mujer, en esa casa no era más que una niña. En cuanto el cuarto oscureció y los grillos comenzaron a zumbar en el jardín, de ella en el espejo no quedó más que la silueta.

— Ya no deberían llamarte María Mariposa, —murmuró María a su silueta— aquí jamás podrás volar. ¡Tienes que irte! ¿Pero a dónde? ¿A ver… a dónde?

Como la silueta nunca respondió, María se quedó dormida. Al día siguiente, después que el olor del café recién colado inundó su cuarto, ella regresó a la panadería a buscar el pan de la cuota[10].

— Pero, ¿no decían que ayer le habían caído a machetazos a la Mariposa? —dijo en broma la mujer que le pidió el último en la cola.

— María respiró todo lo profundo que pudo y regresó su vista en dirección al panadero.

— Oye… ¿Y por qué no vuela lejos de aquí la Mariposa? —dijo la mujer con su mano haciendo el gesto de un avión que va rumbo al cielo.

— Porque los planes de volar se arruinan en cuanto uno se pregunta adónde, señora —le respondió María.

— ¡Ay, niña, vete pa' Moa! Mi sobrina fue pa' allá y le va de maravilla. Allí tú das una patada y sale un extranjero. Y con ese cuerpazo de modelo tuyo y esa cara de india exótica, enseguida un Yuma[11] se muere contigo y te lleva pa' fuera.

— Yo quiero volar, pero con alas propias.

---

[10]Ración impuesta por el Estado que permitía acceso a un pan por persona diariamente. Se compraba con una "Libreta de Abastecimiento" designada a cada casa o núcleo familiar.
[11]Palabra usada en el argot popular en Cuba para referirse a los extranjeros.

— ¿Ay, pero qué es eso de alas propias, niña? ¡Ni que tú fueras una mariposa de verdad! Vete pa' Moa, por lo menos te sales de las garras del animal de tu padre.

— Eso sería como salir de las garras de un animal para caer en las garras de muchos –respondió María.

Fue el día que dejó de preguntarse ¿adónde? que María encontró un destino. Arreglaba las gavetas de su madre y un bulto de cartas atadas con una liga saltó ante su vista. Todas las cartas comenzaban con: "Querida Estela, mi hermana estrella" y terminaban en: "Te quiere, Belinda, tu hermana linda". María dedujo que Belinda era la hermana de la madre que se había ido de Buenaventura hacía muchos años con un hombre, aquella que su padre siempre pedía que de ella no se hablara en casa.

En la carta más reciente, Belinda contaba que se había mudado a un barrio de La Habana donde la gente parecía pobre, pero la vida parecía rica.

> *"¿Recuerdas aquel trabajo de mesera en el Hotel Tritón, mi hermana? Pues ya me dejaron fija. Me mudé a un apartamento en Buena Vista para estar cerca del trabajo. En mi edificio, lo mismo, te venden sexo que un tamal. Aquí en La Habana, mientras más hambre hay, más largas son las fiestas".*

Sin terminar de leer la carta, María se guardó el sobre con la dirección de Belinda en el bolsillo. Esa misma noche empacó todo lo que creyó necesario para huir a Buena Vista: un casete de Síntesis, su perfume, el cepillo de alisarse el pelo, ropa de dormir, ganchos para ajustar flores a su cabeza, chores[12], camisetas, su vestido rojo y unos cuantos blúmeres[13]. Faltaba encontrar el momento preciso para huir.

Dos días después, durante la cena, escuchó a Juan Manuel avisarle a Estela que el próximo día salía de la casa bien temprano, pues debía repartirle medicinas al ganado de pueblos cercanos. Ese día, María salió casi bailando del comedor a su cuarto y los muelles de su cama

---

[12]En Cuba, se refiere al plural de *shorts*, pantalones cortos. Viene del vocablo inglés, shorts.
[13]Ref. Bragas. En Cuba, "blúmer" o "blume", que viene del vocablo inglés bloomer.

chirriaron de intranquilidad toda la noche. Su silueta en el espejo la sorprendió despierta más allá de la madrugada y mirando fijamente hacia ella, María le confesó: "Mañana me largo, siluetica. Saliendo Juan Manuel en su caballo, salgo yo por esa puerta. ¡Adiós Buenaventura! ¡Bienvenida Buena Vista!"

En cuanto los gallos anunciaron que el sol se despertaba, el olor a café inundó el cuarto de María. Ella se sentó frente al espejo a alisar su largo pelo negro y así contener los nervios que burbujeaban dentro de su pecho. Todo iba bien pero cuando ella escuchó lo que hablaban sus padres antes de salir de casa, el peine comenzó a dar tirones a su cabello.

– Juan Manuel, déjale el almuerzo listo a la niña –dijo Estela.

– No te preocupes mujer que yo regreso antes del mediodía – respondió su padre.

Eso de "la niña" rayaba en los oídos de María más que uñas sobre una pizarra. De un salto cayó frente al espejo y apuntando con el peine a su reflejo, advirtió: "La próxima vez que tú me veas, vamos a ser una mujer".

En cuanto en la puerta de la entrada vio irse a su madre y el portón del patio anunció que Juan Manuel se había ido, las manos de María se enfriaron. Con esas manos se bañó en perfume, agarró sus bolsas y le robó un Marpacífico al arbusto que había justo afuera de su casa. Cuando vio que no pasaba ningún conocido que pudiera delatarla corrió en dirección a la Carretera Central, la vena que conducía a La Habana.

Llegó a la Central sin aire. Se escondió detrás del tronco de un viejo framboyán para que nadie la viera pero entre tanto verde, el punto rojo de la flor que traía en su cabeza podía verse a millas de distancia. Sudaba frío y rezaba porque un carro pasara y se la llevara antes que su padre llegará en su caballo a decapitarla pero las olas de vapor sobre la carretera traían solo camiones.

Ella quería sacarles la mano pero en Buenaventura se comentaba sobre los horrores que le hacían los camioneros a las chicas que cogían botella en la Central. A veces pasaban carretas remolcadas por tractores, todas cargadas de posibles conocidos de su padre.

Pasadas dos horas, a los dedos de María no le quedaban uñas por comerse y ella había decidido sacarle la mano a lo próximo que pasara. A lo lejos, empañado por las olas de calor, un camión se avecinaba. Ella salió al borde de la carretera a pararlo pero su cuerpo entero se paralizó cuando escuchó que detrás de ella, venía un caballo a todo galope. Por el eterno segundo que le tomó voltearse temió que fuera su padre. El caballo frenó en seco ante los ojos de María y al aplacarse el colchón de polvo que elevó, María pudo ver que el alto y corpulento jinete, aunque se parecía a Juan Manuel, no lo era.

– ¡Ese chorcito tuyo le ha pega'o un latigazo en el culo a mi caballo! –dijo el hombre tratando de controlar a su inquieta bestia.

– ¿Y usted qué quiere? –preguntó María.

– Quiero llevarte, ¡vamos sube! –respondió él, estirándole una mano.

– No, gracias. Yo espero un carro.

– Este caballo corre más que un carro, muchacha, ¡dale, monta!

– Le dije que no, ¡váyase!

El camión pasó levantando otra nube de polvo y el jinete desmontó del caballo para continuar la ardua tarea de convencer a María pero detrás del jinete ella podía ver que un vehículo más grande que un carro pero más pequeño que un camión, se avecinaba.

– ¡Cerrera como una yegua! –gritó el campesino tratando de agarrar una de las manos de ella– ¡Dale, monta!

– ¡Le dije que no, quítese!

María se escabulló al medio de la ancha carretera y se puso a dar brincos con los brazos al aire.

– ¡Agila, mujer que viene un carro! –gritaba el campesino desde el borde de la carretera.

Con el vehículo cerca, María se posicionó a dar brincos de tal forma que el chofer pudiera esquivarla pero tuviera que frenar. María corrió a través de la gran nube de polvo que el vehículo levantó y al llegar notó que había parado a un Yipi[14] militar. Por los trotes del caballo a sus espaldas, supo que el jinete se alejaba a todo galope.

– ¿Estás bien? –preguntó el militar que conducía el Yipi.

– Bien no sé, pero…

– ¿Pero, qué hace una muchacha tan bonita dando saltos en medio de este monte?

– Voy para La Habana ¿me lleva? –respondió María ya montándose en el Yipi.

– No, paré porque pensé que te pasaba algo pero no puedo llevarte, belleza. Esto es un carro militar y no dejan montar muchachas.

– ¡Ay, no! ¡Me tiene que llevar, aunque sea una "adelantadita corta"! Mire mi blusa. Era blanca y ya está negra. Este es el primer carro que pasa en dos horas. Mi padre me anda buscando y si nos encuentra, nos cae a machetazos a los dos.

Ante tal amenaza el Yipi del militar por poco arranca solo. Al irse, un humo negro llenó el espacio pero el fresco del camino enseguida dejó que el delicioso aroma de la piel de María inundara el auto.

– ¿A qué hueles tú tan rico, preciosa? –preguntó el militar.

– A jazmín. Un perfume que hago yo misma a bases de flores.

– Yo no sé si es que hace dos meses que yo no huelo a una mujer pero quiero decirte que ese perfume tuyo le afloja las patas a un semental.

– ¿Y por qué usted, un hombre tan apuesto, no tiene una mujer a quien oler?

---

[14]Ref. Jeep, automóvil todoterreno. Derivación de las siglas en inglés de General Purpose GP (con propósitos generales). De "GP", quedó "Jeep" y en Cuba de "Jeep" pasó, por pura comodidad lingüística, a "Yi-pi".

— Tengo pero trabajo en una base en el norte de Guantánamo, en Yumurí ¿lo conoces?

— María respondió que no con su cabeza.

— Me dan pase cada dos meses para ir a Cárdenas, un pueblo de Matanzas que es donde vive mi mujer —añadió el militar.

— Ah, mire, si tiene un pomito le doy un poco de mi perfume para ella —sugirió María.

— No, no, deja. A ella no le gusta el perfume. Además, si se entera que traje a una mujer en el Yipi me prende candela a mí, a la mujer y al Yipi...

María se la imaginó con una antorcha corriendo detrás del Yipi para quemarlos. Quiso reírse pero allá en su pueblo también había locas con antorchas que quemaban a sus maridos cuando se enteraban que andaban con otra.

— Yo no entiendo ese tipo de amor que mata —dijo María.

— No es un tipo de amor, es celos, es desamor a uno mismo —respondió el militar.

— Yo nunca he sentido, ni me interesa sentir eso.

— ¿Sentir qué cosa?

— Ni amor, ni celos.

La charla convertía la "adelantadita corta" en un viaje interprovincial. El militar a veces escaneaba los montes buscando un sitio adecuado para dejarla pero las notas del perfume de María tocaban placenteras serenatas en las teclas de sus sesos y lo hacían perder el enfoque.

— ¿Y tú a qué vas para La Habana oliendo a quién se comió una mata de jazmín? —preguntó el militar.

— A una vida nueva. A estrenar mis alas, ¡a volar! —dijo María añadiendo muchas "r" a la palabra volar.

— ¡Oh! Eso de volar y lo del machete de tu padre me suena a "escapándome de mi casa".

— Adivinó —respondió María apuntando con un dedo al chofer.

— Pero en La Habana no vas a volar, allí lo que te vas a morir de hambre.

— Mejor que me mate el hambre de La Habana pues en Buenaventura ya he tratado de quitarme la vida dos veces.

— ¿Pero qué es eso, muchacha?

— La primera vez fue comenzando la secundaria cuando mi padre me prohibió continuar en mis clases de baile y la segunda fue saliendo del preuniversitario cuando me aceptaron en la Escuela de Arte y mi padre no firmó mi matrícula. ¡Ahora sólo quiero volar y vivir bien lejos de él! —respondió María alzando sus dos brazos al techo del Yipi.

— ¿Pero qué es eso de volar, encontrar un extranjero con quién irte de Cuba?

— ¿Por qué dice usted eso?

— Es que todas las muchachas que van para La Habana dicen que van a eso.

— Yo voy a crecer, algo que uno hace a cualquier edad y muchas veces en la vida. Quiero estudiar y hacerme mujer por mis propios medios.

— ¿Y qué quieres estudiar?

— No sé. Voy a probar en la Escuela de Circo.

— Ay, primera vez que oigo eso… ¿Qué quieres ser? ¿Payasa?

— Yo tengo muy buena elasticidad, quizás pueda ser trapecista.

— ¡Ah sí, trapecista! Mucho mejor esa profesión que la de payasa —comentó burlón el militar.

— ¡No se ría!

— No, para nada, esa es una carrera mucho campo. Y me imagino que con el hambre que hay allá en La Habana se estén cayendo la gente de los trapecios y les haga falta personal.

El polvo de la carretera molestaba y las jaranas del militar aún más pero la distancia que el viaje iba dejando entre ella y Buenaventura le pintaba una sonrisa inmensa en el rostro a María.

— Bueno, como tú vas para el circo y no a lo del turismo, te voy a adelantar hasta Matanzas.

— ¿De veras? Si su mujer no tuviera una antorcha ahora mismo le diera un beso —respondió María dando un salto en el asiento— ¿En cuánto tiempo llegamos?

— Nos tomará lo mismo ocho que veinte horas de viaje.

— ¡Muy preciso ese estimado!

— Bueno, es que todo depende de los baches y de cuantos puntos de control nos paren por el camino.

— ¿Puntos de control?

— Puestos con policías a lo largo de la carretera que revisan los carros que traspasan de provincia a provincia.

— ¿Y está prohibido cambiar de provincia?

— No, pero los campesinos van a La Habana cargados de mercancías ilegales para vender. Frijoles, arroz, mameyes, plátanos ¡Mucha comida! En La Habana no hay nada y allá la gente paga cualquier precio por cualquier cosa.

— Llevar comida a gente hambrienta no debería ser ilegal.

El militar miró a María con cara de quien ha recibido cien cubos de inocencia arriba. Era obvio para él que María iba a La Habana como quien corre a ciegas en dirección a una pared.

— ¿Y si nos paran en el punto de control ese? –preguntó María.

— Como este carro es militar no me revisan pero si me pararan de todas formas, pues les decimos al policía que tú eres mi novia.

La palabra "novia" hizo a María darse cuenta cuán lejos del alcance de su padre había llegado. Fue entonces que se permitió sentir el alivio de quien se escapa y está fuera de peligro.

— Aunque, te confieso yo nunca tuve una novia tan linda –dijo el militar mirándola de arriba a abajo.

— Novia… –dijo María con una sonrisa asomada en los labios– Mi padre siempre dice que él, por experiencia, sabe qué es lo único que quieren los hombres de las mujeres lindas.

— Tu padre será a la antigua pero su sabiduría parece bastante actualizada –respondió el militar.

— Yo odio cuando la gente confunden tener experiencia con tener la razón. ¿Qué sabe él si las mujeres lindas quieren eso mismo de los hombres? Al final, todos somos iguales.

— Yo creo que los límites de la igualdad entre el hombre y la mujer los marcan las hormonas y queriendo ser iguales nos hunde el poder de las diferencias.

— ¿Quién dijo eso, Einstein? –preguntó María antes de echarse a reír– Mire, eso es puro machismo.

— Llámalo como quieras pero cuando uno trata de ser lo que no es, termina siendo nadie. En ese aspecto tienes mucho que temer, belleza.

— Perder el miedo es el primer paso de crecer y yo no le temo a nada ni a nadie.

— Yo creo que saliste de las riendas de tu padre pero te entregaste a las de la vida. Y eso es lo que es crecer. Ten cuidado.

María tuvo uno de esos momentos de "mejor me callo y así parezco inteligente". El militar tenía arte para pinchar los globos que ella le inflaba ante sus ojos.

– Y hablando de las riendas de la vida, después de Matanzas, ¿cómo hago para llegar a La Habana? –preguntó María.

– ¡Oh!, esa sí que es mala.

– Ay, pero ¿usted qué comió hoy, pan con pesimismo?

– No es pesimismo, es que la mayoría de los carros que salen de Matanzas para La Habana, van alquilados por turistas y en esas zonas los policías andan feroces detrás de las jineteras.

– ¡Yo no soy jinetera! Se lo diré a los policías y me dejarán tranquila.

El militar se detuvo a mirarla a ver si bromeaba o si la burbuja rosada en la que ella vivía era real.

– Mira, con ese porte de modelo tuyo, esos chores cortos, pelos que tocan las nalgas y parando carros de extranjeros en Matanzas, te costará un mundo convencer a un policía que no eres jinetera. ¡Ya te acordarás de este viejo militar que te dio botella!

– Usted no parece tan viejo –respondió incrédula María.

– Mira, tengo 31 años y soy psicólogo militar, así que algo he de saber ¿tú no crees?

– ¿Usted es psicólogo? ¡Ay, por eso habla tan raro! –dijo María otra vez riéndose del hombre.

– Y tratándome de usted me haces sentir más viejo todavía.

– Ay, es que con ese uniforme militar usted inspira guerrilla, combate, hostilidad, no sé...

– Para nada. Yo solo soy carnívoro pero no caníbal, así que trátame de tú, belleza.

Dos puntos de control después, María notó que llevaba rato hablando con el chofer, pero aún no se sabía su nombre.

– Camilo Tamayo, para servirte –respondió el militar.

– ¡Pero ese nombre no te pega! Camilo suena cubano y Tamayo suena ruso.

– Bueno, Camilo me pusieron obligado pues a todo el que nacía el 28 de enero en Cárdenas había que ponerle así. Y Tamayo, ¿sabes quién es Tamayo?

– ¿Un ruso, no?

– No, un cubano que en el 1980 en vez de irse a Miami, se fue con un ruso al cosmos. Él era de Guantánamo, un gran amigo de mi padre y limpiaban botas juntos antes de él hacerse cosmonauta y mi padre, militar.

– Ah sí, me acuerdo, el primero que llegó al cosmos.

– Ese mismo.

– Pues, entonces te voy a decir "Camilo Cosmonauta".

– ¿Y a ti como cómo te digo, princesa?

– A mí me llaman María, María Mariposa.

– ¿Tu apellido es Mariposa?

– No, así me dicen en mi pueblo porque desde pequeña le decía a la gente que cuando fuera grande yo quería volar.

– ¿Volar? ¿No te daría miedo volar?

– Mi gran miedo es imaginar que nunca podré volar.

La idea cautivó a Camilo, pero la próxima oración le atravesó los sesos.

– Y como tú eres un cosmonauta, quizás me puedas enseñar a volar –dijo María guiñando un ojo.

Ella dejó que el silencio de su insinuación causara todo el estrago que pudiera en la cabeza del hombre. En tanto, recostó su cabeza a la puerta del Yipi y perdida en la rapidez con que pasaban los árboles delante de sus ojos, se durmió. El viento zarandeaba la blusa sin sostén de ella y sus piernas desparramadas removían los adentros de Camilo. María se despertó sintiendo que el sonido del motor del Yipi aminoraba la marcha.

– ¿Estiramos las piernas un ratico? –preguntó Camilo.

Rodeada de tanto matorral, a María le pareció rara la pausa, recordando lo que los camioneros hacían en los matorrales con las chicas de Holguín.

– Hay un riachuelo cerca ¿Quieres ir hasta allí? –insistió él.

Camilo se adentró a por un estrecho trillo que nacía justo enfrente de donde él había parqueado. Ella lo siguió mientras él abría paso empujando las ramas hacia los lados. Por el olor a verde seco María dudó que hubiera algún riachuelo cerca pero, para su sorpresa, el trillo terminó en un bello paisaje. La escena le devolvió el habla, además de la respiración.

– ¡Ay, Cosmonauta! ¡Qué bello este lugar! –exclamó ella en cuanto pudo hablar.

– Cuba es un joyero. Guarda tesoros en todos sus rincones.

Las salteadas piedras que sobresalían del riachuelo invitaron a María a quitarse los tenis y correr por encima de ellas. Se sentó sobre la piedra más lisa que encontró, con sus pies interrumpiendo el curso perfecto del agua y tornándola fangosa al pasar. Tomó agua con sus manos para enjuagar el polvo que traía en los brazos y en su rostro.

– Cosmonauta, el agua está calentísima ¡ven!

– No, es que no quiero quitarme las botas –respondió Camilo.

María quedó recostada sobre una piedra. Su cara buscaba el sol ansiosamente. Sus ojos cerrados la dejaban percibir la sutileza del canto de algunas aves que jamás se escuchan si se tienen los ojos abiertos. Y como el viento plantaba la blusa de maría sobre la noble humedad de sus redondos senos, los ojos de Camilo se atascaron sobre los afilados pezones de la joven.

"Hace meses que no veo un cuerpo de mujer y hace años que no veo uno como este", pensaba él mientras la miraba. Y cuando las ganas de ir a comerse aquellos mangos se hicieron tan potentes como su poder de autocontrol, Camilo le voceó a María que se tenían que ir y se dio una brusca vuelta rumbo al trillo.

— ¡No, vamos a bañarnos! —gritó ella parándose sobre la piedra.

Al ver que Camilo se había adentrado por el matorral, María corrió a la orilla, se puso los tenis y entró corriendo por donde lo había visto meterse. Entrando chocó contra el pecho de Camilo como quien choca contra una pared y la cercanía propició que María subiera una de sus manos a donde los botones de la camisa de él. Ya ella abría el segundo botón cuando Camilo volvió a avisar que debían irse.

Él llegó al Yipi tratando de obviar las protestas de María por no querer quedarse en el riachuelo y al arrancarlo notó que a su vehículo se le había enfriado el motor, pero el motor suyo estaba al explotarse.

— Cuando una mujer muerde las ganas de un hombre, no suelta hasta que no lo sabe muerto por ella, ¿sabías eso, Cosmonauta? —le preguntó María al militar.

Por suerte, mirando la caída del sol María se quedó dormida y Camilo logró adelantar unos kilómetros más en paz. El vapor de los montes al oscurecer aceleraba el olor a jazmín dentro del auto y al María despertarse notó que Camilo la miraba con el tipo de hambre que desajustan los párpados de los hombres. Al saberlo sin palabras sintió pleno orgullo por haberse magistrado en el arte de debilitar a un hombre con su sensualidad.

Un rugir en el estómago regresó a María a Buenaventura y se descubrió pensando que justo a esa hora su padre empezaba a cocinar. Casi podía oler el ajo y la cebolla acaramelándose en la sartén y el aroma penetrando cada rincón de su casa.

— Cosmonauta, tengo mucha hambre —avisó María llevando una mano a sus tripas.

— Tú no sabes lo que es hambre, porque en Holguín la comida no falta.

— Claro que lo sé. Yo leo mucho. Solo los seres vivos sienten hambre, así que es una señal de estar vivo. Y en los documentales de África he visto lo que le hace el hambre al cuerpo que lo sufre.

— El hambre es una de esas cosas de las que no se puede hablar en teoría, belleza. Y lo peor del hambre no es lo que le hace al cuerpo sino lo que le hace a la mente. Sólo ante el hambre es que los hombres dejan de ser diferentes y empiezan a parecerse. ¡Ya lo verás en La Habana!

— Para el Yipi, que por aquí tiene que haber alguna mata de mango –sugirió María.

— Estamos a una hora y media de las Cuevas de Bellamar que están cerca de mi pueblo. Mi mejor amigo, Fito, trabaja en el restaurante de las Cuevas y si quieres…

— ¿De veras? ¿Me vas a llevar a comer a un restaurante? –interrumpió María enterrando sus uñas en uno de los brazos del militar– ¡A mí nadie nunca me ha llevado a un restaurante!

— ¿Nadie?

— No. Mi padre le hubiese pegado candela al restaurante.

— Oye, ¡cuánto me alegro que tu padre no ande cerca!

Al rato, la fatiga dejó a María sin palabras. La luz de la carretera se volvió más tenue, la temperatura menos fogosa, los huecos más inmensos y las palmas más oscuras. El rostro de María se iluminó cuando a lo lejos Camilo divisó unas luces y le dijo que eran las de las Cuevas. Ya en el restaurante, Camilo pidió un ron doble para él y para ella un entremés de jamón y queso.

— No hay ni jamón ni queso –le dijo el mesero.

— ¿Qué hay? –preguntó Camilo en vez de tratar de adivinar.

— Sólo mortadela.

La mortadela tenía más huecos que carne, pero en cuanto un poco de proteína cayó en su estómago, le regresaron los deseos de planear cómo desabotonar más allá de los dos primeros botones de la camisa del militar. Ya a punto de reiniciar su satería, Camilo llamó al mesero para indagar por Fito.

– Fito está solo en la cocina y no puede salir al salón –dijo el mesero.

– Entonces entro yo a verlo –sugirió Camilo.

– Está prohibido a los clientes entrar a la cocina –advirtió el mesero antes de irse.

Camilo regresó la vista al plato vacío de entremés y a un rostro en el cual, él podía leer: "ahora, te quiero comer a ti".

– Cosmonauta, me encantaría ver las Cuevas de Bellamar –dijo María.

– Si fuera de día te llevara. Son bellas –respondió Camilo terminando su ron.

– Tú no entiendes ¡Yo quiero verlas! –insistió María.

– Y tú no entiendes. Están cerradas. A eso hay que ir de día.

– ¡Llévame mañana, anda!

– Mañana tú estarás tirándote de los trapecios en la Escuela de Circo de La Habana –respondió Camilo en aras de disipar tensiones con un toque de humor.

A María no le sorprendió que Camilo no entendiera, pues en vez de carne, le había dado ron a sus neuronas.

– Lo que te estoy tratando de decir, es que podemos dormir juntos esta noche y mañana vamos a las Cuevas.

– Me vas a volver loco –respondió sin pensarlo el militar sintiendo que el ron y María le revolvían las palabras dentro los sesos.

Por la forma de mirarla, María sabía cuál respuesta Camilo quería darle, pero dedujo que la loca de la antorcha que esperaba por él en Cárdenas lo frenaba. Pero en vez de cambiar el tema, se chupó uno a uno los dedos que aún sabían a entremés y mirándolo fijo dijo: "loca por ver esas Cuevas".

El militar tomó el permiso no dado por el mesero para entrar a la cocina a ver a Fito.

— ¡Herma! —dijo Camilo en cuanto vio a su amigo revolviendo algo en un caldero.

— ¡Cami, qué sorpresota! ¿Estás de pase? —respondió Fito ofreciéndole un sudoroso abrazo.

— Sí, pero tengo un lío.

— ¿Qué pasó, Berta te anda atrás otra vez con una cabilla?

— Peor. Mira con disimulo la muchachita de la mesa de la entrada. La del florón gigante en la cabeza.

— No puedo, mi herma. Mira todos los pedidos que…

— No, ¿qué pedidos? Sal y mírala —le dijo Camilo empujándolo a la puerta.

— ¡Ay, jamoncito de pierna de verdad! ¿Y por qué a mí lo que me caen son alitas de pollo? — respondió Fito regresando al caldero.

— Recién la conocí, cuando pasaba por Holguín la recogí. Y prácticamente acaba de decirme que quiere dormir esta noche conmigo.

— ¡Ay, sí! Esas holguineras vienen con caja quinta.

— ¿Qué hago, herma? Berta sabe que llego a la casa hoy.

— Cuando la vida te tiró una toronja, te tuviste que casar con ella. Ahora que te tira un jamón por lo menos tienes que hacer pasta de bocadito.

— Déjate de juego Fito que estoy en un lío. Mira que llevo horas pidiéndole al soldadito que baje el rifle.

— Hermano, ¿cuál es el lío? ¡Métale con el rifle!

— ¿Y Berta? Tú sabes de su colección de cabillas —preguntó Camilo.

— ¡Es que tú te enredas y ahí es donde te sale Berta con la cabilla! Vaya, mate la carnita esa y mañana por la mañana regrese a casa con Berta que a cualquiera se le poncha una llantica. Mira, mi otro chef está de franco y siempre me deja las llaves de su cuarto en Santa Marta para que yo duerma ahí sí quiero. Él sabe que tú eres mi hermano, así que coge las llaves y me las traes mañana.

Camilo miraba las llaves con una mezcla de susto y alegría.

— Bueno, pero tengo que llamar a Berta —dijo Camilo.

— Olvídate de eso. Yo regreso a Cárdenas hoy y le hago cualquier cuento a tu toronja para que mañana cuando llegues a casa no esté tan ácida.

— Herma, te debo una.

— ¿Una? Un millón. Mira, agarra este cartucho. Ahí tienes una botellita de ron y unos cuadritos de quesos para que piques con tu jamoncito.

— Fito, pero si el mesero me dijo que no había ni jamón ni queso.

— Le hubieras dicho que tú eras mi hermano, porque para los hermanos de Fito hay de todo —dijo abrazando a Camilo y empujándolo para que saliera de la cocina— ¡Y no te vayas a enganchar, mi hermano! —dijo apuntando con un dedo Camilo.

El campaneo de un llavero frente a los ojos de María la hizo levantar sus brazos y poner cara de victoria. Él la miraba con los ojos que un hombre mira a la botella que sabe va llevar al fondo y en cuanto pudo pidió la cuenta.

Al Camilo abrir la terca cerradura del cuartico en Santa Marta, María tiró sus bolsas en una esquina del mal amueblado cuarto y saltó en el centro del colchón camero que había en el piso. Él abrió las ventanas para dejar que la brisa de la noche despejara el ardor que en unos momentos se crearía en el cuartico.

— ¡Trampolín! —decía ella saltando.

31

— Oye, bájate de ahí que no estás en el circo —la regañaba Camilo.

— Ven, Cosmonauta, ven aquí conmigo.

— Para de saltar María que le vas a romper los muelles.

Camilo le pasó la botella de ron queriendo sacar al cerebro de María del parque de diversiones y traerlo al encuentro de adultos que recién comenzaba.

— Yo no bebo, gracias —dijo María antes de caer sentada sobre el colchón.

— ¿Cómo que no tomas? Es Habana Club 3 años.

Después de un buche de ron, Camilo se paró para quitarse y colgar su camisa. Descendió al nivel de ella tratando de besar sus labios pero ella se levantó y frente a él desabotonó su blusa dejando aún tapadas pero accesibles sus seductoras maravillas.

— ¿De dónde tú saliste, muchachita? —preguntó Camilo deseando que ella prosiguiera con eso de la blusa.

— Yo soy una mujer que coge botella en la Carretera Central y luego mata a los hombres por la noche. Vamos a bañarnos que yo sólo asesino en la ducha.

— Tú te burlarás, —respondió Camilo— pero te confieso, me gustas y me asustas a la vez; la peor combinación que existe para un hombre. Y hablando de "mujer"... ¿Qué edad tú tienes? ¿Ya eres una mujer, no?

— Más o menos. Depende a lo que tú llames una mujer.

— No, no, mi concepto de mujer está muy claro. Enséñame tu Carnet de Identidad.

— Ay, no seas tonto, Cosmonauta.

— Muéstramelo que yo he visto cómo engañan las niñas de 15 de hoy en día. Y con esos brincos en el colchón ahora mismo no te doy más de 12 años.

– ¿12? ¿Tú crees que estos senos son de 12?

María dejó caer su blusa al suelo y ambas manos de Camilo se sujetaron fuertemente al alero de la cómoda.

– ¡Ave María purísima! Ponte eso, chica. Y muéstrame el carnet que yo no quiero ir preso –dijo Camilo.

María buscó en la bolsa y la vista de Camilo recorrió en las largas piernas de ella. En su imaginación separó el short de María hacia un lado y se hundió en el lado más oscuro de ella. En cuanto tuvo el carnet en la mano, por hábito de profesión, Camilo revisó todos los detalles del documento.

Con casi 22 años, quizás no era del todo correcto estar allí con ella, pero tampoco era ilegal. "Te llevo 10 años, para mí eres una niña", dijo Camilo regresándole el documento.

Eso de "niña" atravesó los sesos de María con la destreza de un tiro pero en vez de enfadarse dejó caer las pocas ropas que aún la vestían en el suelo, dejando un trillo de ropas rumbo al baño, convenciendo a Camilo de que ningún detalle de su cuerpo parecía el de una niña. Viéndola ir, Camilo recordó el consejo de Fito, pensando cuán difícil sería morder esa carnada sin que el anzuelo lo enganchara. Desde la ducha, María voceó un: "¡Arriba, Cosmonauta, ven a bañarte!"

Un largo buche de ron logró desprender a Camilo del alero de la cómoda. Ya en el baño, le robó el chorro de la ducha a María y en cuanto lo templado del agua enfrió el volcán que bullía en el tope de su cabeza, descendió con entusiasmo a donde los pechos de ella.

María quiso dejarlo proseguir sin confesar que nadie aún había roto su muralla pero algo le dijo que engañar al militar sería peor. Trajo los ojos del hombre a la altura de los suyos y aún sin decidir cómo lo diría, se propuso intentarlo.

– ¿Te puedo pedir algo, Cosmonauta?

– Mira, en estos momentos si me pides un cohete, te lo aterrizo en la puerta de éste baño –respondió Camilo aún sujetando los senos de María.

— Quiero que me hagas el amor.

— ¡Muchacha, pero eres una flecha! Tranquila que a eso vamos.

— No, escúchame. El amor, no como montan a las yeguas así de espaldas, ¿sabes? El amor, suave, delicado.

— Sí. El amor, María, yo sé... —respondió Camilo queriendo regresar su boca a los senos.

— Es que nunca me lo han hecho.

— ¿Nunca te han hecho qué, el amor suave y delicado, o nunca te lo han hecho?

— Ninguno de los dos.

— ¿Cómo? ¿Eres virgen? ¡María, pero eso se dice antes! —dijo Camilo soltando los senos y trenzando sus dos manos detrás de su cabeza.

— ¡Pero si te lo estoy diciendo!

— ¡No, antes, antes, como desde que me querías desabotonar la camisa allá en el monte! ¡Ese antes!

En el descenso que causó el conflicto, María lo miró con extrañeza. Él trataba de expresar el compromiso en que ella lo ponía, quería explicarle que aunque de joven sexo en vano con una virgen era una hazaña ya de viejo sonaba a crimen, pero sólo supo darle un consejo.

— Ese es un momento especial, María. Espera a compartirlo con alguien a quien tú ames.

— Yo no quiero amar, ni que me amen. Ni siquiera quiero casarme. Yo quiero sexo. Sexo sin las locuras ni las antorchas que vienen con el amor ¡Yo sólo quiero ser mujer! —respondió ella.

— ¿Pero quién te dijo a ti que tener sexo es ser mujer?

— ¿Y quién te dijo a ti que no lo es? ¿Alguna vez fuiste mujer?

Con el disgusto del rechazo aún vibrando en su garganta, María le explicó que tener sexo tomaba primer plano en su plan de crecer, era un ritual que para ella solo significaba "dejar de ser niña".

- ¿Y por qué conmigo? ¡Ave María purísima, las cosas que me pasan! – protestó Camilo de regreso al cuarto.

- Si no eres tú lo va a ser cualquier otro anacoreta por allá afuera.

- Eso dolió, –protestó Camilo– creo que me llamaste anacoreta.

- Vamos, Cosmonauta, al menos tú me gustas. Además, fuiste quien me sacó de Buenaventura, eres mi héroe –dijo ella guiñándole un ojo.

- ¿Sabes qué, María? Tú no eres una Mariposa, eres una bomba.

María se le acercó a Camilo y casi podía escuchar la conciencia del hombre pidiéndole a gritos que saliera de allí y dejara a esa mujer seguir su camino a La Habana. Antes que Camilo fuera a obedecer a su conciencia, María tomó la mano del militar y la llevó a la suavidad de la muralla que ella quería que él rompiera. "Cosmonauta, toca mi mariposa", le dijo ella.

Al Camilo palpar tal calidez, la humedad en su piel hizo contacto con la electricidad de su conciencia pero el choque lo envió de regreso al alero de la cómoda y al ron.

- ¿Qué te pasa, no eres hombre? –preguntó ella.

- Claro que soy un hombre, María. Y si no fueras virgen ya me estuvieras haciendo digestión. Esto además de la moral, me choca hasta con la hombría.

- ¿Es que no te gusto, Cosmonauta?

Camilo la observó desnuda, aún chorreando agua y asintió con la cabeza.

- ¿Y entonces por qué no me complaces?

- La verdad, María, es que no quiero lastimarte.

35

— ¿Lastimarme? ¿Pero por qué tener sexo con una chica virgen es lastimarla y con un chico virgen es enseñarlo? ¡Eso es machismo! —protestó ella.

Una tras otra, las bombas de María detonaban donde debían.

A modo de añadir más fuego a su juego, ella untó perfume de jazmín por toda su piel, segura de que si aquello aflojaba las patas de un semental, tenía que aflojar las de Camilo.

— Dame esa botella —le pidió María.

— ¿Pero tú no me dijiste que no bebías? —preguntó él.

— Ahora bebo —respondió ella arrebatándole la botella de su mano.

El primer buche de ron le quemó el esófago pero el segundo ardió en las paredes de su boca hasta que lo llevó a los labios de él. Del regalo nació un beso que derritió la regia vela de la sensatez del hombre y estalló en pedacitos el cristal que él trataba de interponer entre ellos.

En cuanto el ron descendió por lo tenso de la garganta de Camilo, ella notó cuan hábil subió su dureza. Camilo se derrumbó sobre el cuerpo de ella y una de sus manos paseó por la fresca humedad donde yacía la mariposa. Arrimó la dura ternura masculina que, pulgada a pulgada, solventó el ritual de hacerla mujer y en el milímetro que él notó que dolía, se detuvo a pedirle a ella que si la lastimaba le avisara para parar.

Hacer el amor "sin amor", con la dicha de poder parar, completaba la fantasía de María para su primer día de sexo. En un rato, el olor a jazmín de su piel se unió al olor de la satisfacción de Camilo y el cuarto olía a lo salado del día en que una niña cree volverse mujer. Ambos cayeron sobre nubes de placer, desde donde él tocaba el cielo y ella el fin de una meta.

Las ventanas abiertas disiparon el ardor que Camilo había pronosticado para la noche. Los grillos y las ranas sirvieron de fondo musical para hacer un picnic sobre la cama con toda la merienda que Fito había donado para la ocasión. Mientras más bajaba la botella, más subía el tono de las risas.

– Me parece mentira que le rompí la virginidad a "la Virgen María" –dijo a modo de chiste Camilo.

– ¡Qué rompiste, ni rompiste! Si "la Virgen María" casi tuvo que violarte.

Camilo tuvo que aceptar el chiste como dato real.

– Entonces, ¿qué te pareció el "sexo sin amor"? –preguntó Camilo.

– Genial para contradecir a mi padre –respondió María.

– Es obvio que con el sexo expresas tu venganza. Si un día te enamoras tendrás que cambiar de táctica.

–   Ya te dije que no me pienso enamorar.

Los ojos de María casi se cerraban pero Camilo debía preguntar algo que de por vida podría quitarle el sueño.

– Entonces, María, ¿no te "lastimé"?

– Cosmonauta, algo me dice que fue al revés –respondió ella riéndose y acurrucando la cabeza sobre el pecho de Camilo para dormirse.

ののの   のののの

María irradiaba armonía en su primera mañana de "ser mujer" y sin saberlo había despojado el zombi sexual de ganas carcomidas que vivía dentro de Camilo. Él manejó orondo a donde Fito para regresar las llaves del cuartico y de ahí llevar a María a ver las Cuevas. Al detenerse frente al restaurante, el parqueador percibió la alegría que Camilo destellaba y como es imposible decirle que no a las auras felices, hasta lo dejó estacionarse en la zona que decía: "No Parqueo".

Fito picaba ají con un cuchillo inmenso y saltó del susto cuando vio llegar a Camilo tan exaltado.

— ¡Gracias hermano!, de veras fui al cielo con ese jamoncito —le dijo Camilo.

— Pues mejor quédate en el cielo porque en Cárdenas te están buscando para mandarte al infierno —respondió Fito apuntando a Camilo con su cuchillo.

— ¡No! ¿Qué dijo Berta?

— Dice que cada vez te le pareces más a ese tipo que asesinaron "la semana que viene".

— ¡No! En serio, Fito ¿qué te dijo?

— ¡Qué ese cuento ya se lo habías hecho mil veces, asere[15]!

— ¿Qué cuento?

— Que se te había ponchado una goma saliendo de la base y te habías quedado a dormir por el camino con unos guajiros[16].

— Sí. Ese ya lo había oído pero la primera vez sí fue verdad.

— ¡Ah, pero ¿tú eres imbécil viejo? ¿Por qué no me dijiste que ya ese estaba usado?

— Da igual, cualquiera que le digas ella no lo cree. Aquí tienes las llaves.

— Mira, corre a Cárdenas a ver a Berta antes que te caigan a "cabillazos". Llévale esta bolsa con sándwich que la esquizofrenia de los celos se alivia con comida.

— Gracias, mi herma[17], te voy debiendo dos millones, Adiós.

Al Camilo abrazarlo para irse, un intenso olor a jazmín hizo estornudar a Fito.

— ¡Cami, asere pero con el olor a puta fina ese no vayas a llegar a donde está Berta! —gritó Fito rascándose la nariz —Restriégate

---

[15] En Cuba, "asere" se refiere a "amigo". Usado en el argot popular para dirigirse a una persona en tono de confianza.
[16] En Cuba, "guajiros" hace referencia a la gente de campo. El término puede ser derogatorio.
[17] Abreviación de hermano. Coloquial.

un pedazo de jamón por el cuello o báñate en gasolina antes de llegar allá. ¡Te van a matar!

— Ya, Adiós, chico[18], yo resuelvo eso —respondió Camilo corriendo de regreso a la puerta.

La visita dejó a Fito refunfuñando solo en la cocina: "¡Ahora hasta el ají este me huele a puta! ¿Qué le habrán echado al perfume ese chico, goma loca?"

— ¿Listo, Cosmonauta? —preguntó María al tener a Camilo de regreso en el Yipi.

— Sí, mejor a las Cuevas que al infierno, ¿tú no crees?

— ¿Por qué al infierno?

Aunque Camilo no respondió ella supo que él se refería a la loca de la antorcha y cuando Camilo abrió la bolsa con los sándwiches de Berta ante sus ojos, ella escogió el más grande.

En las Cuevas, detrás de la taquilla, unas largas escaleras los llevaron al centro de la tierra, donde joyas cavernarias de eternos túneles subterráneos y pozos marinos, se escondían de los años.

— Tienes razón, Cosmonauta, cuando dices que Cuba es un joyero.

— Me alegro que te guste, —comentó Camilo— aunque, te confieso, de todas las veces que he venido aquí, no fue hasta hoy que vi realmente cuán bellas son estas cuevas.

— Porque lo bello no es bello hasta que no se mira con ojos felices —respondió ella, zalamera.

Luego de un kilómetro escalando dentro de la sopa de calor que guardaban las Cuevas, María selló la visita con un beso, a sabiendas que ya le tocaba irse a La Habana y Camilo debía irse a Cárdenas. Entre el gentío de la salida, resaltaba una viejita que tenía solo dos dientes pero sonreía como si los tuviera todos. Vendía cucuruchos de maní. Hechizada por la sonrisa, María se sacó el interior de ambos bolsillos

---

[18] En Cuba, significa "amigo". Se usa en el argot popular para dirigirse a una persona en tono de confianza.

del short para que ella viera que no le compraba maní, porque no tenía ni un centavo.

- ¿Tú te fuiste de Holguín a La Habana sin gota de dinero en el bolsillo? –preguntó Camilo azorado de ver tanta inocencia encerrada en una sola persona. Así y todo, le compró diez cucuruchos de maní a María.

Rumbo al parqueo, la realidad de la inminente despedida comenzó a pesar sobre Camilo. Pronto terminaría la única botella que él nunca hubiese querido que terminara. Ya dentro del Yipi, el vapor del metal los cocinaba y con su rigidez hecha merengue y sus dos manos engrampadas al timón, él trataba de obviar el tema Berta para decidir si dejaba a María en Matanzas, como acordado, o la llevaba hasta La Habana. Sus ojos fueron a donde María que a pesar de los chorros de sudor, masticaba tranquila los maníes del último cucurucho. En vez de un "agitón" para que arrancara el Yipi, Camilo recibió una destellante sonrisa seguida de un: "¡Ay, qué maní más rico!". Mirándola se convenció que si la dejaba en Matanzas hasta un ovni le pararía para darle botella hasta La Habana y fue ahí que decidió no cederle su suerte a un ovni.

- Te voy a llevar a La Habana.

- ¿De veras, Cosmonauta? ¿Tú no tienes que llegar a tu casa?

- Yo soy un hombre, Mariposa –respondió Camilo.

El tono de culpa de esa respuesta tan abierta incitó a María a preguntar: "Y de no haber sido virgen, ¿me hubieras llevado igual?"

- No sé, María, porque hay mujeres que borran todo lo que uno sabe y nos dejan aprendiendo todo de cero –respondió él ya arrancando el Yipi .

Rumbo a La Habana, María sujetaba los cucuruchos vacíos con una mano y con la otra jugaba con el nuevo juguete que el Cosmonauta traía en el pantalón.

- Vamos a chocar contra una palma –le avisó Camilo tratando de controlar el timón.

— ¿Qué parte de mi cuerpo te gustó más, Cosmonauta? –preguntó María recogiendo su mano.

— Entera, pero esos senos…

— Ay, claro, los hombres y los senos…

— Los senos son la carnada pero el anzuelo que de veras engancha a los hombres es desearnos.

Y de todas las lecciones que Camilo quiso darle a María, esa fue la única que ella sintió que algún día le serviría de algo.

॰॰॰ ॰॰॰

En cuanto bajó el telón de Matanzas y subió el de La Habana, el gris del asfalto reemplazó el verde que había reinado en todo el viaje.

— Ya entiendo por qué hay tanta hambre en esta ciudad –reflexionó en voz alta María– ¡No hay donde sembrar! Y en el cemento no crecen mangos.

El sol de La Habana, en vez de ocuparse de su única tarea que era calentar, también se dedicaba a acosar a la gente que llevaba horas a lo largo de la carretera esperando algo en que irse a casa. Un hormigueo humano miraba a los carros pasar con ganas de querer saltarles adentro. Las densas nubes de humo negro que brotaban de los camiones no desanimaban a la gente a correr cuando paraban.

Aisladas del hormigueo, pasarelas de lindas mujeres mejor vestidas que modelos de revistas, sacaban la mano para coger botella con algún turista pero las bajaban cuando pasaba el Yipi militar. Una línea de carros de extranjeros, iban a paso lento por delante de las chicas, como niños por vidriera tratando de escoger el juguete que más lindo pareciera.

— Yo me imaginaba a las jineteras feas como brujas y vestidas de vampiras –dijo María.

— Son brujas pero por lo bellas que son.

— ¿Cuál de todas te gusta más, a ver?

— ¿A mí?, la que tengo al lado.

— Perfecta esa respuesta. Se ve que eres sicólogo militar.

Un azul que olía al imán del mar se coló por entre las brechas de humo negro que dejaban los camiones al pasar. Señalando una franja azul Prusia[19] en los bajos del cielo, Camilo le dijo a María que allá estaban las Playas del Este de La Habana y precisó que eran las únicas playas de esa ciudad que valían la pena. Como buen Matancero que era, añadió: "son playas de arena blanca pero nunca como las de Varadero". Y cuando María respondió: "Cosmonauta yo quiero hacer el amor en el agua", las ruedas del Yipi doblaron solas rumbo a esas playas.

Parquearon frente al pedazo más turquesa y más aislado que encontraron y allí María, más húmeda que el mismo mar, engrampó sus pies alrededor de la cintura de Camilo y revolvió el océano con su desorden. Ráfagas de cálidas corrientes jugueteaban entre las piernas del hombre mientras ella saltaba a gusto sobre él. Al María regalar la sal de su sexo al agua, soltó sus pies buscando ponerlos sobre la arena pero como no alcanzaba se quedó enganchada al cuello de él.

— Cuando cumpla 22 años y esté apagando las velas de mi cake[20] de cumpleaños, en vez de pedir un deseo voy a darte las gracias —dijo María— Has cumplido casi todos los deseos que yo iba a pedir en mi cumpleaños.

— ¿Casi todos? ¿Cuáles quedan? —preguntó intrigado Camilo.

— Que un hombre me dé un orgasmo.

La garganta de Camilo de pronto se secó, la vergüenza se tragó su ego y una pequeña ola que llegó a ellos por poco lo ahoga. Salió del mar halando a María por un brazo y la próxima parada del viaje fue para contactar a un colega suyo que podría resolverles hospedaje en una casa de descanso para militares. Como la temporada de vacaciones

---

[19] Azul oscuro, también llamado Azul Berlín.
[20] Del inglés, que indica "torta".

acababa de pasar, no fue difícil conseguir cinco días en una casita con vista a la bella turquesa de Guanabo.

La insípida morada ofreció amplio espacio para Camilo cumplir el último deseo de María. Dedicado a encontrar los puntos cardinales del cuerpo de ella, a los que generaran los mejores corrientazos, le pidió a María que no gimiera hasta que todo fuese enteramente involuntario.

– ¿Y cómo sé yo qué llegué a un orgasmo? –preguntó María.

– Llegarás a un punto irreversible donde la frecuencia de pequeñas explosiones de placer aumentan tanto que culminan en un espasmo.

Los gemidos de María sirvieron de mapa a Camilo para llegar a los espacios donde ella prometía las mayores dosis de placer y así llegaron a donde carnavales de orgasmos cumplieron más allá del último deseo de María.

– Mil disculpas por el sexo sin orgasmos de las primeras veces, María –dijo Camilo– En medio de los nervios que traen los principios, nuestro ego se interpone y nosotros, en vez de enfocarnos en ofrecer un buen orgasmo a una mujer, nos enfocamos en aparentar que lo sabemos todo de ellas. Por eso es tan común que ustedes en el sexo, terminen sin orgasmos.

– ¡Ay si, y mira que tú sudabas pero al final yo, nada!

– Para satisfacer a una mujer no hay que sudar, sólo hay que preguntar cómo llegar a ella.

– Ahora quiero hacerlo tantas veces que si nazco otra vez, no nazco virgen –dijo María volviendo a hundir a Camilo en los revuelos de las sábanas.

Los cinco días demoraron lo que una peseta en canciones de vitrola[21] pero ya cumplidos todos los deseos de María, ella le enseñó al militar el sobre con la dirección de su tía en Buena Vista.

---

[21]Término usado coloquialmente en Cuba para describir un aparato antiguo que tocaba música por selección de un usuario y funcionaba con monedas. También llamado rocola, sinfonola o tragamonedas.

El Yipi siguió la línea del mar hasta que el mapa de Camilo pidió que doblaran izquierda, loma arriba, por la Calle 70. En la punta de esa loma un barrio de casas despintadas, todas enrejadas, no le hacía honor a su bello nombre: Buena Vista. Adentrándose a la calle de la tía, a María le pareció que los labios de las mujeres se pintaron de un rojo más intenso, que la música se hizo más alta, que los viejos parecían más borrachos y que los perros parecían más sarnosos. Y antes que Camilo le preguntara que le parecía su barrio nuevo, ella suspiró diciendo: "La Habana, paralela al mar, es como vivir paralelo a la vida".

El Yipi frenó y con él, el embeleso de ella. Camilo señaló a un edificio de tres pisos que alguna vez había sido azul avisándole a María que ahí vivía su tía. Ella contó seis balcones y apuntando a los de arriba le avisó a Camilo que su tía vivía en el apartamento 6.

Camino al edificio un arbusto de Marpacífico le regaló a María una flor para su cabeza, dejándole saber que hasta en los pueblos más lejanos podemos encontrar nuestras constantes. Camilo supo que la tía no vivía en el mejor barrio, cuando vio que los tres hombres que conversaban en la entrada del edificio se alejaron al ver un Yipi militar.

El fuerte olor a sazón de la planta baja del edificio le dio hambre a María pero el olor a cloro del segundo piso se lo quitó. La tercera planta no olía a nada. Un gran "6" pintado en una puerta hizo a Camilo querer tocar pero María detuvo su mano y en cuanto ella pudo tocó a la puerta con la fuerza del que teme que le abran.

Una mujer alta trigueña, de pelos rizados y tez quemada como la que corría en la genética de la familia de ella, abrió la puerta.

— ¿Usted es Belinda? —preguntó María.

— Mi marido salió. Si andan buscando mercancía tienen que venir luego —respondió la mujer casi volviendo a cerrar la puerta.

— Tía, soy yo, María.

— ¡No! No puede ser. ¡Ay, mi niña! No te conocí ¡qué grande, qué bella eres! ¡Ay, qué alegría me has dado! —dijo Belinda saliendo a abrazarla con el regocijo del que espera a alguien.

— Me fui de mi casa —susurró María dentro del abrazo.

— ¿Con este hombre? —preguntó Belinda fruñendo el ceño.

— No, él es Camilo, —dijo María riéndose— me dio botella hasta aquí.

Dentro del apartamento de Belinda, un placentero aroma a café remplazó el olor a nada del piso 3. Camilo y María se apretaron en la esquina del sofá más cercana al balcón, esquivando un rajón en el vinil rojo que el pequeño sofá tenía a la izquierda. Aunque los muebles eran todos pequeños no parecían caber en el espacio de la sala. Los cuadros de encima del televisor lucían un pueblo que, por lo verde, se parecía a Buenaventura pero todos los demás adornos parecían venir de pueblos que no eran de Cuba. Un cenicero en forma de bandera canadiense adornaba la mesita del centro y por lo limpio, María supo que jamás había tocado ceniza. Un equipo de música y un televisor terminaban de darle un toque de lujo a lo modesto de la sala.

Belinda regresó de la cocina con café para cada uno sobre una bandejita, comentando que todos los adornos que veían se los habían regalado gente de afuera, amigos de su marido. Ya sentada junto a ellos, Belinda no sabía cómo decirle a María que su madre había llamado mil veces en los pasados días a preguntar por ella.

— ¿Mi hermana sabe a dónde fuiste, mi niña? —preguntó Belinda.

María negó con la cabeza tomándose el café y un silencio dejó que el ruido de Buena Vista reinara en la sala.

— Yo le dejé una nota a Juan Manuel diciéndole que me iba a Camagüey. Para allá debe haber ido con su machete a buscarme —dijo María.

— Sabes que si no se lo digo a tu madre, ella pierde la cabeza —respondió la tía.

— ¡No! No le digas tía que ella se lo dice a Juan Manuel y ese viene y sube en su caballo a este tercer piso a buscarme.

Belinda le agradeció a Camilo el haber traído a su sobrina, insinuando que ya debería irse. María abrazó a Camilo sin querer preguntarle si se volverían a ver y él la abrazó como si deseara que lo hicieran.

De regreso, las venas de La Habana aún olían a María y al Camilo llegar a la entrada de Matanzas, en vez de doblar en dirección a Cárdenas, las ruedas del Yipi insistieron en seguir de largo y no parar hasta la base militar.

En Buena Vista, María miraba a su tía cocinar una tortilla de papas. Se sintió útil poniendo mantel y cubiertos sobre una pequeña mesita de madera que competía por espacio con el sofá de la sala. Belinda le contó a María que el motivo por el cual ella había dejado Buenaventura, había sido un hombre de La Habana que había ido al pueblo y desde que lo vio, ella supo que era el hombre de su vida.

– ¿Te fuiste de tu pueblo por un hombre? ¡Ay no, que mal! – exclamó María.

– Allá nadie lo quería. Una vez fuimos a tu casa a visitar a tu madre, tú eras chiquita, Juan Manuel le cayó detrás por todo el pueblo diciéndole que si lo agarraba le iba a cortar los huevos.

– ¿Pero y eso?

– Yo no sé qué pasó, tu madre nunca me dijo pero a mi marido nunca se le ha olvidado eso. Tú sabes que con los huevos de los hombres no se juega –respondió riéndose Belinda.

Diciendo eso, "se fue la luz"[22] en Buena Vista y con la poca claridad que entraba por la ventanita de la cocina, Belinda encontró dos velas, una para terminar de cocinar la tortilla y otra para que María la pusiera sobre la mesa.

– En esta ciudad se pasa mucho trabajo –dijo Belinda– se va la luz todos los días. Yo extraño mi Buenaventura. Si no fuera por mi marido yo regresaba.

A pesar de las quejas de la tía, a María le encantaba la penumbra sobre todo porque a oscuras, la tortilla de papas olía mucho más rica.

[22]Se dice en Cuba cuando el Estado, como mecanismo de ahorro, corta el servicio eléctrico sin previo aviso.

46

—¿Y si no te fuiste de allá por un hombre, a qué viniste a La Habana, mi niña? –preguntó Belinda.

— Quiero ser trapecista.

La mueca en la cara de la tía pareció aún más tétrica con la oscuridad.

— Es que un día fue el circo de La Habana allá a Holguín. Al final del show[23], fui a ver al elenco detrás de las carpas. Me dijeron que si venía a La Habana la escuela me iba a encantar ¿sabes dónde está la Escuela de Circo?

— Ni idea, mi niña. Lo único que sé es que el circo da hambre, no comida.

Ni María, ni Belinda habían notado que detrás de ella, un moreno inmenso había entrado al apartamento. Ambas dieron un salto altísimo cuando el hombre preguntó: "¿Y ésta quién es?".

— ¡Ay, Sandro, papi, qué susto me has dado! –protestó Belinda tratando de aplacarse el pecho con una de sus manos.

— Sandro se rió y entró a la cocina a darle un beso en la boca a Belinda.

— Sandro, ésta es María Mariposa, mi sobrina de Buenaventura, ¿te acuerdas de ella?

— Sí, claro. La famosa hija de Juan Manuel, –dijo Sandro con una voz muy sobria– yo te vi un par de veces allá en tu pueblo ¿te acuerdas de mí?

María negó con el cuerpo y con la cabeza. Sandro la observó de arriba abajo y a pesar de la oscuridad logró notar los frutos que había generado el cuerpo de aquella niña.

— ¿Y por qué Mariposa? –preguntó Sandro con sus ojos detenidos en los frutos del cuerpo de María.

— Así le pusieron porque decía que de grande, ella quería volar –respondió la tía.

---

[23]Viene del inglés, usado en español para designar espectáculo.

– ¡No digo yo! Con ese padre que tiene, yo volaría hasta en un globo –respondió Sandro.

La respuesta de Sandro casi saca una sonrisa afirmante del rostro de María pero lo próximo que dijo el tío se la interrumpió.

– ¿Y a qué vino ella? –preguntó Sandro.

– A quedarse un tiempecito con nosotros –respondió Belinda mirando al marido con sus ojos bien abiertos.

– ¿Con permiso de quién? –preguntó Sandro con tono de desacuerdo.

– ¡Ay, estos hombres que se creen los jefes! María, pídele permiso a tío Sandro.

– Tío Sandro… ¿Me dejas vivir en tu casa por un tiempo? –pidió María temiendo la respuesta.

– Belinda, ¿pero dónde va a dormir? No inventes con el cuartico del fondo que ahí voy a criar el "puerco del 31"[24] –dijo Sandro saliendo de la cocina– La cosa está muy dura aquí en La Habana para estar alimentando otra boca que no sea la de un puerco –gritó Sandro llevando la vela de mesa para irse a bañar.

Belinda le hizo una seña llena de muecas a María que ella asumió como "no le hagas caso a Sandro".

La tortilla de papas por el olor que desprendía estaba lista pero pronto su agradable aroma fue opacado por un fuerte olor a colonia de hombre al Sandro salir del baño. Belinda llevó una vela y la tortilla a la mesa de la sala pero Sandro en vez de ir a comer, fue directo a la puerta de la casa con una maleta gigante en la mano.

– Pero, papi ¿te vas sin comer? –preguntó Belinda.

– Voy a casa de Mila a buscar más mercancía –dijo Sandro.

El tirón de puerta que Sandro dio al salir paralizó el cuerpo de María. A la luz de la vela, comiendo con su tía, ella se enteró que Mila era

---

[24]El puerco del 31 de diciembre se estila en Cuba como celebración de fin de año.

una jinetera que andaba con un canadiense que le traía ropas de afuera todos los meses. Sandro las vendía.

Luego de la cena, con la ayuda de la misma vela que las vio comer, Belinda dirigió a María al cuartico del fondo. Vistiendo el colchón que había en el piso con una sábana limpia, Belinda le aseguró a María que Sandro, al principio protestaba pero después accedía.

— ¡Hasta mañana! —dijo María al ver que la tía se iba de su cuarto.

— ¡Si, hasta mañana, pero mañana por la noche! Yo trabajo doce horas al día, seis días de la semana. Esta semana me toca el turno de día y salgo de casa a las 4 de la mañana para llegar al hotel a las 6. Hoy fue mi día libre, por eso me encontraste en casa.

— ¡Ay, qué horarios más terribles! ¿Y te pagan bien? —preguntó María.

— Hago propina y resuelvo comida para traer a casa. Mi salario es bajo pero Sandro vende ropa. Con lo mala que está La Habana, la verdad, no nos va mal.

La cabeza de María cayó en el colchón y sus ojos se perdieron en el vaivén de luz que la vela dejaba en las paredes. Ya casi se quedaba dormida cuando la luz regresó y un bullicio terrible estalló en Buena Vista. La música de los bajos parecía salir de la sala de la tía y las risotadas parecían salir del cuarto de ella. En menos de una hora María sintió que Sandro regresó al apartamento desentonando a toda voz la misma canción que venía de la fiesta. Y como la fiesta nunca terminó, María escuchó a su tía levantarse para ir a trabajar.

La máquina de moler sueños

A l día siguiente, no fueron los gallos, sino, los deseos de encontrar la Escuela de Circo, lo que le dio el "de pie"[25] a María. En su mente, Sandro dormía. Salió a tocar las puertas del edificio en busca de alguien que tuviera teléfono. La del 5 no abrió la puerta y la del 3 le dijo que la del 4 tenía. La del 4 abrió la puerta vestida con una bata blanca que dejaba ver cada detalle de sus "mulatísimas" curvas. Los ojos color miel de la vecina esperaron a que los ojos de María terminaran de examinarla para preguntarle: "¿mami, y tú qué quieres?"

— ¿Tú tienes teléfono y guía telefónica? Necesito el número de la Escuela de Circo —respondió María.

— Yo tengo de todo, mi chini ¿pero tú quién eres? —precisó la del 4.

— Ay, disculpa. Yo soy la sobrina de Belinda, la del 6 —dijo María señalando con un dedo el piso de arriba.

— ¿Belinda? ¿La mujer de Sandro? Claro, entra. Es que ayer tuve fiesta y ahora estoy esperando un Yuma que me van a traer.

María la vio darse vuelta y perderse detrás de la cortina que llevaba a la cocina y ella lo asumió como un permiso para entrar al apartamento a revisar la guía telefónica.

— Dicen que estos Yumas están todos cundidos del SIDA[26] ese que anda —gritó la del 4 desde la cocina— Pero yo lo limpio todo bien con cloro y les preparo vino dulce con una buena brujería adentro para que no me peguen ese osogbo[27].

---

[25]Expresión que indica despertar a alguien.
[26]Síndrome de Inmunodeficiencia Adquirida.
[27]En la religión Yoruba, palabra usada para referirse a lo malo, a la mala suerte.

María quería preguntarle a la del 4 sobre la relación entre el cloro, el SIDA y la brujería, pero la joven machacaba algo con furia en la cocina y nunca la escucharía. Así que puso toda su energía en encontrar los datos de la escuela en la guía telefónica que por el color de las hojas parecía de antes de nuestra era.

Los dedos de María dejaron de hojear la guía cuando vio a Sandro parado en el umbral de la puerta de la del 4. Y aún más se azoró Sandro al ver a la sobrina de su mujer sentada en casa de la vecina.

— ¿Y tú qué haces aquí, mijita[28]? –preguntó Sandro.

— Vine a buscar el teléfono de...

— Dale, "multiplícate por cero"[29] y piérdete –sugirió Sandro.

María hizo por salir pero la detuvo una especie de Drácula con la cara llena de granos que venía detrás de Sandro. Ella pidió permiso pero Drácula, con su mirada clavada en el short de ella, le dijo a Sandro: "a mi gustarme ésta".

— No eres bobo Míster pero el negocio no es con la india ésta, tú me la pediste flaca y mulata –le reprochó Sandro a su cliente.

— No importa pero "ésta, gustarme mucho" –insistió Drácula.

Los ojos de María, abiertos a todo lo que daban, pedían a gritos que la dejaran salir del apartamento. Así todo, la insistencia del cliente persuadió a Sandro a negociar con ella.

— Mi casa está libre, Mariposa –le dijo Sandro a María– puedes explotarle un poco de granos al Míster allá arriba y nos vamos a la mitad con cien tablitas[30].

El incentivo de las cien tablitas sacó a la del 4 de la cocina que hasta ese momento había permanecido detrás de la cortina cavilando si salía o no al encuentro de aquel monstruo.

---

[28]El diminutivo de "mija", un apodo popular que proviene de "mi hija" y en masculino "mijo", que proviene de "mi hijo".

[29]Forma coloquial en Cuba de decir "desaparécete".

[30]Una forma muy coloquial en Cuba para referirse al dinero.

— ¿Eh, y eso? Ese Yuma es mío que tú me lo trajiste a mí –dijo la del 4 meneando el cuerpo tan de derecha a izquierda como su mano.

Los granos de Drácula por poco se explotan solos al ver el tremendo mujerón que había salido de la cocina. Sus ojos rastrearon la blanca trasparencia de la bata de ella y se detuvieron justo en donde dos negros pezones apuntaban directo a él. De ahí en adelante Drácula no escuchó más nada. La del 4 le hizo seña con un dedo para que él aceptara tomarse el trago de vino dulce que ella le había preparado. Él se lo tomó sin quitarle la vista a los pezones y cuando la del 4 se dio vuelta hacia su cuarto él la siguió, sin importarle si Sandro y su sobrina se quedaban o se iban.

— ¿Y tú qué miras? –dijo Sandro a María– ¡Dale, agila y regresa a las "7 y nunca"!

El grito deshizo la trémula pose de María quien volando a doble escalón llegó a los bajos del edificio y no paró de correr hasta que una gran falta de aire la dejó con las manos sobre sus rodillas. Cuando el aire le regresó a sus pulmones María se vio en una esquina desconocida tratando de acordarse a qué había salido ese día. "La Escuela de Circo", dijo en alta voz.

Por toda una semana buscó quién supiera dónde quedaba la escuela. Aprendió a identificar las calles del barrio por las pilas de basura que tenían en las esquinas pero nadie parecía saber acerca de la Escuela de Circo.

El día que dejó de buscar, encontró lo que quería. Se había sentado sobre la raíz de un árbol que tenía la base atiborrada de trapos rojos, huevos rotos, patas de gallinas y muchas hormigas. A la mente no le venían ideas de que otra cosa hacer con su vida pero notó que una mujer de labios rojo-encendidos, venía directo a ella chancleteando un par de tenis y dispuesta a tirar una bolsa al tronco del árbol donde estaba ella.

— Pero niña, ¿tú eres monga? –preguntó horrorizada la mujer– ¿Cómo tú te vas a sentar donde todo el mundo tira brujería? ¿Tú no tienes otro lugar donde ir a comerte los mocos?

—Yo no estoy comiéndome los mocos, yo ando buscando la
Escuela de Circo —respondió María mirando a la mujer con ojos
retorcidos.

Y fue esa la mujer que resultó tener una vecina, cuyo ex-marido, cuya
hija, cuyo novio, cuyo primo caminaba por la cuerda floja para el Circo
Nacional de Cuba y siguiendo las pistas que la mujer le dio, María
encontró la escuela.

Para ir a matricularse, María se puso medias largas y enganchó dos
tirantes a su short de cuadros.

— ¿Y tú para dónde vas vestida de payasa, mi hijita? ¿Al circo? —le
preguntó Sandro al ver salir a María.

La burla de Sandro le confirmó a ella que había logrado el vestuario
perfecto para ir a donde iba. La Escuela de Circo era un lobby con
un edificio cayéndosele detrás y en la puerta una trigueña en leotard[31]
fumaba un cigarro con ganas de comérselo. María le preguntó si sabía
dónde hacían las matrículas.

—Pídeselo a la recepcionista que no es recepcionista —respondió la
trigueña —Ella te dará unas planillas que no tiene y te enviará una Carta
de Aceptación que nunca te llegará. Después te presentarás en un local
que se derrumbó en el último huracán, allí te darán el vestuario que no
tenemos, te colgarás de las cuerdas que están desprendidas del techo
y te tirarás en la cama elástica que la escuela aún no tiene por falta de
presupuesto.

María no sabía si dar las gracias o el pésame, así que siguió a la recepción
donde una mujer muy gorda se comía las uñas con inquina.

— Yo vengo a matricularme a la Escuela de Circo, ¿aquí es donde
dan las planillas? —preguntó María.

— Sí, pero no hay —respondió la mujer sin dejar de morderse las
uñas.

— ¿Y entonces cómo hago para matricularme?

---

[31]Vestuario de cuerpo entero que usan los gimnastas y bailarines.

– Oye, no te alteres –respondió la recepcionista.

– Ay, pero si yo no estoy alterada, para nada.

– ¿Tú por casualidad tendrás una limita de uña?

– No, pero me puede explicar lo de la matrícula.

– ¡Oye, yo te digo a ti que no hay limitas por ningún lado!

– Y entonces, ¿cómo es lo de la matrícula? –insistió María.

– Mija ya te dije que no hay planillas. Nosotros procesamos las aplicaciones "con la mente".

– ¿Y me puede procesar mi aplicación "con la mente"? –preguntó María.

– ¡Ay, pero qué insistente! A ver, ¿Qué edad tú tienes?

– Tengo 22.

– Mira, no hay cuño, pero si hubiera cuño te lo ponía sobre la casilla de la planilla que dice: "Aplicación Denegada".

– ¿Denegada? ¿Y eso por qué?

– Estás muy vieja. Terminas con 50 años la carrera y esto es el circo, no un club de ancianos.

– Termino con 26, no con 50 – precisó María dejando mostrar su rabia.

– Es lo mismo, para el circo eso es una vieja. ¿Oye y en ese bolso tan grande de verdad que tú no tienes una limita de uña?

María se alejó sabiendo que de tener una limita de uñas se la hubiera encajado en un ojo a la mujer. Al salir de la escuela la trigueña del leotard la miró con cara de "te lo dije" lo cual hizo a María alejarse aún más de prisa. Empezó a lloviznar y aunque el agua aliviaba el genio que hervía sobre su cabeza, nada aliviaba el desconcierto con que ella salió de aquella charla. Más que nada, en su cabeza martillaba el hecho que llevaba sólo dos semanas de mujer y ya alguien la creía vieja.

Desató su pelo y a la primera señal que hizo su mano para coger una botella rumbo a Buena Vista, paró una estrepitosa motocicleta.

– No hay gasolina por ningún lado pero por esos chores tuyos mi cacharro camina en seco –le dijo el joven motociclista– ¿Para dónde vas?

– Buena Vista, ¿sabes dónde queda? –dijo María sin gota de ánimo en la voz.

– ¡Ay, qué linda, si es guajirita! Yo no voy para allá pero dale, igual te llevo.

María que por primera vez montaba una moto, se agarró enardecida a la cintura del joven que no creía en eso de conducir en línea recta. A ella no le importaban las piruetas y el joven nunca supo que no era la llovizna, sino las lágrimas de María lo que humedecía su hombro derecho.

– Si quieres mañana paso por ti y te llevo a donde quieras en La Habana –sugirió el muchacho en cuanto dejó a María frente al edificio de Belinda.

– A donde único quiero ir es al cartel de la entrada de La Habana para debajo de "Bienvenidos a La Habana", escribir entre paréntesis: "Aquí no hay ni vergüenza".

Al oír eso el joven descartó el plan de hacerse amigos y con un acelerón el estrepitoso ruido de la moto se alejó del barrio. El peso del desaliento no dejaba a María darse vuelta para subir las escaleras pero las ganas de encerrarse en el cuarto a llorar la hicieron coger un poco de impulso. Al llegar a la puerta del 6 y empujarla con el hombro, lo que María vio en el sofá le robó el poco aliento que ella traía consigo: Sandro se comía a besos a una mujer que no era su tía.

– ¿Mijita y tú qué haces aquí, tú no estabas para la escuela de payasos? –le preguntó Sandro abotonándose el pantalón.

La perpleja expresión de María dio paso a que Sandro se levantara a cerrar la puerta y el tirón que dio al cerrarla aventó a María rumbo a su cuarto.

— Regrésate aquí, maleducada. Saluda a la visita —dijo Sandro.

María se dio vuelta, pero se quedó en el umbral que separaba los cuartos de la sala.

— Esta es Mila, una muy buena amiga mía. Y también de Belinda. Mila es la mujer de Mark, un buen amigo mío canadiense, socio del negocio, ¿tú me copias?

María pestañeaba tratando de disimular las ganas que tenía de darle una buena cachetada.

— Mila, esta es María. Una pariente de Holguín que está aquí en mi casa porque no tiene otro dichoso lugar a donde ir ¿verdad, María? —prosiguió Sandro.

Al ver que María ya ni pestañeaba de tan fijo que lo miraba, Mila intervino con una estrategia que creyó más hábil que la de Sandro.

— ¡Ay, qué bonita tu sobrina! Mira, tiene las caderitas anchas y cinturita fina. Quizás algunos de los jeans[32] que traje para vender le sirvan.

— A ver, mi sobrina, ven a ver cuál te gusta —dijo Sandro.

— No me gustan los jeans, gracias —respondió María.

— Nada, es que lo de esta chiquita son las faldas cortas, los chores apretados, nunca la he visto en jeans —le dijo Sandro a Mila.

— ¡Ah, bueno! Aquí hay faldas también. Cógete las que quieras, mamita —dijo Mila.

Un brusco giro y cuatro pasos llevaron a María a su cuarto. El tirón que dio a la puerta hizo saltar a Sandro y a su visita. Sandro le explicó a Mila que se había olvidado que tenía una sobrina quedándose en la casa. "Imbécil" fue una de las groserías más gentiles que le dijo Mila.

En cuanto la visita se fue, una lluvia de faldas cayó sobre la cabeza de María.

---

[32] Término en inglés, que indican pantalones de mezclilla, también conocidos en Cuba como "pituzas"

— ¿Allá en Buenaventura por casualidad se saben el dicho ese que dice "entre marido y mujer nadie se debe meter"? " —preguntó Sandro.

Cuando María asintió con la cabeza, las faldas que quedaban encima de ella cayeron al colchón.

— Porque aquí en el barrio mío hay uno que dice "entre marido y mujer, al que hable se le corta la lengüita" —añadió Sandro fingiendo una inmensa sonrisa.

María prefirió no reaccionar a la amenaza y esperó volver a coincidir con su tía para, con el dolor se su alma, contarle sólo del infortunio de la Escuela de Circo y enterrar para siempre lo de Sandro. "¡Ay alégrate, mi niña, que lo del circo no resultó!" fue la respuesta de su tía le dio cuando escuchó el cuento. María, que no lograba confabular un plan para emprender su tan deseado vuelo con alas propias en La Habana, le pidió ideas a su tía sobre lo que podría hacer.

— El mejor camino no se encuentra cuando uno se pregunta "¿qué voy a hacer?" sino cuando uno se pregunta "¿qué es lo que de veras me apasiona?" Hazte esa pregunta y deja que el corazón te dicte la respuesta —le aconsejó Belinda.

Desde ese momento, hallar respuesta a esa pregunta levantaba a María del colchón todos los días. ¿Sería pintar? En la Escuela de Artes Plásticas había cupo pero era necesario haber pintado algo en la vida para poder matricular. ¿Sería cantar? En la Escuela de Canto, ni con una clara de huevo en la garganta, María logró que le saliera la audición. ¿Sería hacer música? Ella misma se quitó la idea de intentarlo pues tocar un instrumento requería de la paciencia que ella sabía que no tenía.

De todas las esquinas de La Habana parecían salir martillos a desbaratarle las posibles ideas para emprender su vuelo en la ciudad. Un día la tía la llevó al hotel donde ella trabajaba a ver si podía meter a su sobrina en lo del turismo pero en una semana de prueba el administrador comprobó que ni limpiar, ni fregar, ni cocinar eran los talentos de María. Los únicos en la ciudad que parecían creer que ella servía para algo eran los hombres, quienes al verla pasar salían a chiflarle y gritarle disparates. Más de una vez María deseó que su padre se apareciera en su caballo, machete en mano, a cortarle la cabeza a unos cuantos.

Un día soleado ella se perdió en el Vedado donde el majestoso gris de la Calle Paseo brillaba con las luces de tantos carros que la transitaban. Pensaba que comparado con su pueblo, el Vedado era Francia. De pronto, un dolor en el hombro la sacó de su gloria. Al voltearse se dio cuenta de que un joven que no parecía tener más de 16 años la había tocado con la afilada esquina de un cartón que traía en la mano.

– ¡Oye, anacoreta, me pinchaste! –lo regañó María con el acento más holguinero que pudo.

– Te va a gustar. Léelo –respondió el muchacho.

Del refilón con que miró el papel, María leyó una lista en forma de menú como de restaurante. Los platos fuertes ofrecían posiciones sexuales con precios al lado. María lo miró de arriba abajo sin creer que aquel niño que aún olía a leche de teta andaba en cosas como esas.

– ¡Oye, mira, déjame tranquila! –respondió María.

– ¿Eres extranjera, titi? –preguntó el joven tratando de adivinar el acento.

– No, de Buenaventura, así que piérdete.

– ¿Qué país es ese?

– Ningún país. Holguín –respondió María apresurando el paso.

La incontrolable risa del joven casi la detuvo para preguntarle el motivo pero ya le habían advertido cuánto le gustaba a algunos habaneros burlarse de los guajiros, así que siguió el paso.

– ¡Pues, claro que eres extranjera! –le gritaba el joven entre carcajadas– La Habana es Cuba, mamita. Holguín está en otro país que se llama "Guajilandia" –añadió el muchacho antes de volver a doblarse de la risa.

María se dio media vuelta y le ametralló una frase cargada de todas las malas palabras que se sabía. Terminó subiendo el más grosero de sus dedos al aire y mandándolo al demonio. Se arremetió de nuevo a la Calle Paseo, sin poder creer cuán racista y despectiva podían ser algunos habaneros y maldecía a la ciudad completa por no entender que todos los pueblos de Cuba eran tan cubanos como el de ella.

La Habana la miraba, apenada, dándose cuenta que desde que María había entrado, sus calles no habían hecho otra cosa que ponerle piedras delante. En eso, en los bajos de un raro edificio, cuyos pisos de arriba eran más anchos que los de la base, La Habana le dejó ver a María un cartel que colgaba de los cristales que decía: "CAPTACIONES PARA EL ELENCO DE DANZA FOLCLÓRICA DEL TEATRO NACIONAL DE CUBA".

El cartel especificaba fecha, hora y lugar de la audición pero en vez de números y letras María recordaba las tantas peleas con su padre cada vez que ella quería matricularse en un grupo de baile en Buenaventura y su padre se lo prohibía.

"El baile. Siempre fue el baile", dijo María en alta voz y fue así que La Habana respondió la pregunta que según su tía, guiaba al camino ideal de uno.

De regreso a casa percibió cuán fértil suele ser, para los miedos, la tierra de los sueños. En su mente perturbaban con ahínco los "quizás estoy muy vieja para bailar, quizás no tengo talento, quizás no pase la prueba". Y aunque su cerebro jugaba al pesimismo, los recuerdos de todas los retos[33] de bailes que de pequeña ganó en su escuela, le aseguraban que de presentarse a la audición tenía chances de ganar. Escuchando la primera canción de su casete de Síntesis decidió que al día siguiente comenzaría a ensayar el número que bailaría en la audición.

A la media noche, la despertó Sandro que entró al apartamento gritando: "¿Dónde está mi mujer?", a lo que Belinda respondió: "Vete a dormir, papi, que estás borracho". Después escuchó que alguien cayó al suelo y que luego cayó sobre la cama. Sintió un forcejeo dentro del cual la voz de la tía pedía con certeza a su marido que parara. María pensó que debía ir a ayudar a su tía pero el fiero chirriar de muelles que

---

[33]En Cuba, se refieren a competencias de bailes entre amigos.

prosiguió le quitó la idea. El revuelo terminó con un grito espantoso emitido por Sandro.

Cuando Belinda salió a trabajar, María se volvió a despertar y en cuanto pensó que estaba sola en casa desayunó un gran vaso de batido de mamey y comenzó el ensayo. Del casete de Síntesis salieron tambores que provocaron en María un gracioso meneo de cintura y el primer llamado Yoruba[34] causó que de su baile brotaran algunas poses de esclavas afrocubanas.

Unos fuertes aplausos hicieron voltearse a María que al ver a Sandro en la puerta de su cuarto, se llevó una mano al pecho y pidió disculpas por haberlo despertado. Entrando al cuarto de María Sandro le aseguró que para él no había mejor alarma para despertarse que una conga como la que ella tenía puesta pero también le aseguró que esa ropa con la que ella bailaba no le venía nada bien a esa conga.

— ¿Y qué ropa le viene bien? —preguntó María un tanto confundida.

— Harapos como usaban las esclavas, —dijo Sandro tirando de la blusa de María— y pelo suelto... —añadió halando la liga del pelo de ella.

María dio un paso atrás y él uno hacia ella.

— Imagínate en el centro del batey sonsacando a los demás esclavos. Eso es lo que te pide esa conga —dijo Sandro.

María dio las gracias y él no dijo "por nada" pero salió del cuarto. Con amarrarse la blusa bajo sus senos y romper un poco su falda, el aura de una esclava en el centro del batey dio lo que parecía faltarle a su porte de niña fina.

El día antes de la audición, María ensayaba en su cuarto y cuando la conga volvió a despertar a Sandro, él dio unos pasos hacia el cuarto de María para, desde el umbral de la puerta, verla bailar.

— Esa seriedad con que tú bailas no va con ese baile —dijo Sandro.

— ¿Y tú qué sabes de baile? —respondió María.

---

[34]Religión afrocubana.

— De baile nada pero de esclavas lo sé todo. La conga es seducción y sumisión, mijita y esos gestos no son de mujer sumisa.

— Es que en este cuerpo mío no hay ni gota de mujer sumisa.

— Bueno, haz lo que te dé la gana. No te lo digo yo, te lo dice el muerto mío que es un taita[35] mambí y él lo sabe todo –respondió Sandro.

Esa noche, las vísperas a la audición no dejaron dormir a María.

Un mundo de gente esperaba afuera de la sala del Teatro Nacional, donde no había ni orden ni desorden, sino una gran cola de aspirantes a bailarines, quienes debían pasar por un panel de críticos. Se decía que de los cientos que esperaban, solo aceptarían veintiseis.

María nunca había visto algo más parecido a una "maquinita de moler sueños". Allí vio gente desmayarse, llorar, pelear, reír e irse. Y como el pesimismo es contagioso, ella también comenzaba a desesperarse pero cuando alguien la llamó por su nombre, ella no solo entró al salón, sino que entró en el personaje. El primer crujir de la trompeta sedujo a su esclava al baile. En vez de críticos en un panel, María veía esclavos en un batey.

En medio de su baile, un panelista se puso de pie a pedirle que abandonara la rutina. Cautivado por el frescor de las poses de ella, le pidió que en vez de "a la calle" prosiguiera a una oficina que encima de la puerta decía "Oficina del Director". Allí alguien acuñó una Carta de Aceptación y precisó todos los detalles del contrato con ella.

Al salir del salón, las piernas de María se aflojaron y ella cayó al suelo llorando. Su llanto confundía a los demás aspirantes que esperaban su turno pero nadie se dignaba preguntar qué había pasado. María llegó a casa con los mismos harapos con los que había bailado y en cuanto entró a la casa le dio un abrazo a su tía. Como María aún lloraba, Belinda la abrazó con ánimo de consuelos pero cuando ella mostró su Carta de Aceptación, la tía saltó de alegría tal como lo hubiese hecho una madre. "¡Así que ya tenemos sobrina bailarina!", le dijo la tía después de diez mil "felicidades".

---

[35] Tratamiento que solían dar los mambises a los ancianos

María le pidió a Sandro que le diera las gracias al negro taita mambí de su parte, a lo que Sandro obedeció llevándole al muerto una línea de la botella de ron que se estaba tomando.

Al día siguiente María se presentó a una casa antigua convertida en escuela con el ánimo del que finalmente siente que está punto de despegar su vuelo. Entrando, el blanco mármol de la escalera le trajo la visión de las aristócratas españolas del siglo diecinueve, quienes probablemente habrían subido esos escalones sujetando sus coloridos vestidos con una mano y un delicado parasol en la otra.

Ella voló sobre esas escaleras y se adentró en los pasillos que la llevaron al último salón donde esperaban los otros veinticinco bailarines a los cuales "la maquinita de moler sueños" no había destrozado. La minoría eran hombres, a los cuales María halló bellos por ser tan diferentes a los hombres que ella estaba habituada a ver en la calle. Ella incluso le sonrió a un joven corpulento que instaló conversación con ella diciéndole que su nombre era Fermín.

— Todo en este salón inspira arte —dijo Fermín mirando hacia los suntuosos ventanales.

— Algo que no ven mis ojos me dice que esta casa está viva —respondió María buscando vida en la melancólica vejez de los techos.

La instructora del elenco llegó al salón con una falda tan larga como las cortinas que cubrían las ventanas. Hablaba con una energía tan viva como la que se respiraba en aquella casa. A modo de bienvenida, les dijo: "Aquí aprenderán a desarrollar el estilo de los tiempos con sus cuerpos y a dominar las energías del presente con su mente. Para mí, eso es bailar".

La interrumpió la directora de la escuela, una mezcla diabólica entre maestra de Filosofía Marxista y Matemáticas, quien venía a centrar las mentes del elenco en el objetivo de esa escuela, que según ella no era bailar sino "forjar estrellas revolucionarias que bailan". En su discurso enumeró las muchas estrellas revolucionarias, quienes, bajo su dirección, habían terminado en el Elenco Nacional de Danza Folclórica de Cuba, o bailando en el Gran Cabaret de Tropicana, según ella, el sueño de cada bailarín y bailarina. Los pulmones de la directora terminaron sin aire cuando de un solo respiro les informó a los bailarines que en tanto ellos lograran esos sueños, el elenco serviría para prestar servicios en instalaciones turísticas creadas para recaudar divisas que el país había perdido a causa de la caída del campo socialista y del fiero repudio de los imperialistas americanos. Pero la directora aún no iba por "campo socialista" cuando la atención de María regresó a los altísimos techos de la casa y a preguntarse qué provocaba que esa casa se sintiera tan viva. Según Fermín, allí había fantasmas.

María trató de preguntarle sobre ellos pero la directora alzó la voz y mirando hacia ella dijo: "Además nadie puede faltar a las clases de Ética Revolucionaria, dedicadas a aprender las reglas a seguir con relación al servicio que le damos a los "compañeros extranjeros" que visitan nuestro país. Reglas como por ejemplo: está prohibido hablar, molestar, o acosar a los "compañeros extranjeros". Mucho menos aceptar propinas, o salir a pasear con ellos. Y como saben, la tenencia del dólar americano está terminantemente prohibida en Cuba y son años y años de cárcel si tocan ese dinero.

Todos en el elenco se miraban preocupados entre ellos pero Fermín, a modo de chiste, le susurró a María en un oído que a él, por la cantidad de Yumas con los que se había acostado, le tocaba mínimo cadena perpetua. "Mexicanos, españoles, canadienses, colombianos", enumeró Fermín. María casi llora al enterarse que a aquel "hombrazo" no le interesaban las de su bando.

Por el resto de la semana la instructora dejó que el lenguaje artístico de los bailarines fluyera en el salón a modo de conocerlos por sus estilos, no por sus nombres. El cuerpo de Fermín hablaba el idioma del ballet clásico mezclado con una cierta fortaleza afrocubana y el de María hablaba a una aborigen del período prehispánico. En unas cuantas semanas ya el elenco presentaba su rutina en hoteles, discotecas y cabarets, repletos de "compañeros extranjeros", todos siempre locos por llevarse las "estrellas revolucionarias" con ellos a sus habitaciones.

El elenco recaudaba más divisas para ellos que para la economía del país. Parecía que nadie, excepto María, temía ir a la cárcel por la tenencia de moneda americana. Cada dólar que colgaban de su tanga, María lo devolvía.

Una tarde les tocó bailar en un show folclórico en la piscina del Hotel Copacabana y María llegó temprano a casa de Belinda para bañarse, comer e irse pronto. Su tía no estaba en casa pero Sandro y dos amigos tomaban ron en la sala. Las tres miradas quedaron lelas al ver a María entrar y la siguieron sin saludar hasta que ella entró en su cuarto. "¿Quién es esa, asere?", María escuchó decir a uno. "Oye, viejo, preséntame la panetelita esa", escuchó decir al otro. Sandro les contestó que esa era la "puñetera sobrina" que le había quitado el cuarto donde él quería criar al puerco. Protestaba porque no sabía qué más hacer para sacarla de su casa. Uno de los amigos se ofreció para llevarse la sobrina con él a su cuarto a modo de liberar el de Sandro. Y después de unas cuantas risas el otro amigo sugirió cambiársela a Sandro ese mismo día por un puerco.

En cuanto la botella de ron tocó fondo los amigos de Sandro tomaron su rumbo. Él se quedó tirado en el sofá pensando ir a saludar a María pero tanto alcohol lo había dejado sin fuerzas para levantarse. Cuando Sandro vio a María salir del cuarto vestida de atuendos dorados de pies a cabeza entre carcajadas le gritó: "¿Pero qué te pasó, mijita? ¿Contra qué tú chocaste, contra una estrella?"

María voló escaleras abajo queriendo huir del acoso de Sandro pero llegó al Copacabana donde los "compañeros extranjeros" se metían en pleno show a acosar las bailarinas. Un ruso gigante cargó a María en sus brazos justo cuando ella bailaba una Oshún[36] con un gorro emplumado, haciendo que su gorro rodara por el suelo. En pleno número final, un alemán subió a escoger sus cuatro bailarinas preferidas: una rubia, una negra, una achinada y a María que según el alemán era la India. Les propuso llevárselas a su habitación para una fiesta.

Al terminar el show, las otras tres escogidas corrieron a la mesa del alemán. María quiso correr también, pues calculaba que si hacía dinero esa noche podía pagarle algo a Sandro por haberle ocupado el cuarto

---

[36]Deidad del panteón Yoruba. Patrona de Cuba. Divinidad del río. Se sincretiza como Virgen de la Caridad del Cobre.

del puerco pero algo la detuvo y eran las ampollas que le habían hecho los altísimos tacones dorados sobre los que había bailado toda la noche. Se demoró tanto en el camerino echándose agua fría en los pies que el alemán se fue a su fiesta, sin la India.

María arrastró sus pies hasta que cayó sentada en las escaleras de la entrada del hotel, cerca de unas latinas que parecían, o muy divertidas, o muy borrachas.

— Aquí no puedes estar –dijo un guardia tocando el hombro de María.

— Si tienes una grúa me puedes mover, porque mis pies ya no caminan. Mira esto, qué ampollas.

El guardia tomó un rato recorriendo con la vista las largas piernas de María.

— Con esas bellas piernas así brillosas me fue difícil ver las ampollas –le dijo el guardia.

— Por suerte el dolor no brilla, sino te hubiese encandilado la vista –respondió María.

— Yo salgo a la 1 de la mañana. Si me esperas te llevo a tu casa pero necesito que te muevas de la escalera por donde entran y salen los turistas.

A la 1:10 de la mañana, el guardia la recogió en el contén de la calle donde ella se había tirado a esperarlo. El Lada azul no tenía manigueta para abrir por fuera pero él chofer se pasó de caballero y salió del carro a abrirle la puerta con una llave.

Salieron por calles con casas inmensas en las que parecía que no vivía nadie y llegaron a Buena Vista donde por la música parecía que vivía La Habana entera. Antes de bajarse del Lada, el guardia le pidió a María que a cambio de la botella fuera con él a la playa al otro día. Por suerte, la puerta del Lada tenía manigueta por dentro para María salir del auto sin darle respuesta, ni las gracias.

El taconeo de María entrando al edificio interrumpió la charla de cuatro hombres que jugaban dominó bajo un foco medio fundido que había en los bajos. Por el olor no parecía que tomaban ron sino que se habían bañado en él. Ella ni los miró pero en cuanto lo oscuro de la puerta del edificio se la tragó, escuchó un "Mami ¡qué culo más rico!" y pudo discernir que era el vozarrón de Sandro el que amenazó a los tipos con darle un estrellón si se volvían a meter con su sobrina.

En el descanso del segundo piso tropezó con una pareja que había escogido ese lugar para fornicar, justo donde la música partía los tímpanos. En cuanto llegó al 6, sin siquiera quitarse el vestido, María cayó boca abajo en el colchón de su cuarto y se quedó dormida.

Al rato, cantando a toda voz, Sandro entró a la casa y el perfume de María lo recibió como una bofetada. "¡En esta casa siempre hay olor a puta!", gritó él, pero nada despertó a María, ni siquiera el ruido de los tumbos que dio Sandro tropezando con todo hasta llegar al baño. Al encender la luz, el oro de las piernas de María destelló y el brillo atrajo a Sandro. Y con la media luz que entraba, él podía ver que por los bajos del vestido de María, se salían las mitades de las nalgas de ella. Algo retó a Sandro a hacer por verlas completas.

Al alzar la punta del vestido de María, Sandro vio que una fina tanga dorada que delimitaba las nalgas de María y dos tiras se ajustaban fieles a sus caderas. La escena empuñó un cañón en los pantalones del hombre y un súbito impulso lo tiró encima de ella.

Llueven piedras en La Habana

María se despertó con su cabeza atrapada en el hueco de un agrio sobaco y con sus dos piernas aprisionadas por las de Sandro contra la cama. Una mano inmensa sujetaba ambos brazos de ella y la otra manoseaba cada parte del cuerpo de ella. Al entender que no era una pesadilla, su cuerpo trató de dar saltos pero un gran peso no la dejó elevarse ni media pulgada.

Supo quién estaba sobre ella, cuando una voz que olía al mismo tufo a alcohol de los bajos le ordenó que se estuviera quieta.

— Desde que llegaste a mi casa, lo tuyo es sonsacarme. Entras y sales con esos vestiditos cortos enseñándome las nalgas, chorcitos apretados, barriguita afuera y con ese perfume que le para la pinga a un muerto ¿de qué tú crees que yo estoy hecho, mijita? — dijo Sandro rompiendo el hilo que separaba las nalgas de ella.

— ¡¡Suéltame Sandro!! –gritó María aún desde el sobaco– ¡Se lo voy a decir a mi tía!

— ¿A tu tía? Yo soy el que le va a decir a tu tía que tú me estás sonsacando. Mírate, aquí tirada con el culo al aire, una tanga dorada y la puerta abierta para que yo te vea.

— ¡¡Mentira!!

— ¿Ahora es mentira? Vestida de esclavita en las mañanas bailando para mí, enseñándomelo todo ¿eso también es mentira? Si tienes hasta a mis socios del barrio vueltos locos, descarada.

Los dedos de Sandro penetraban en lugares que provocaban espasmos en ella, no palabras. Ella gritaba que la dejara irse y Sandro le decía: "¡Gritas porque te gusta, mamita!"

Un súbito giro sacó la cara de María de las vecindades del sobaco de Sandro y la colocó bajo la cara de él. Igual de inmóvil, María sintió con cuánta facilidad las piernas de Sandro abrían las de ella y con cuánta dureza entraba dentro de su cuerpo. Al ritmo del funesto vaivén, Sandro describía con palabras lo que él creía que ella estaba sintiendo por lo que le hacía.

– Si desde Buenaventura me tenías ganas. De chiquitica te sentabas en mis piernas y en secretico me decías que yo era tu novio. ¿Tú no te acuerdas? A mí no se me olvida. Y despúes llegaste aquí. "¿Tío Sandro, me dejas vivir en tu casita?" Ahora gritas porque te gusta, ¿no es verdad, sobrinita?

Sandro reventó sus acumuladas ganas dentro de María con un gemido más alto que lo que gritaba ella. Y en cuanto él desenganchó su anzuelo, ella sintió que no era en sus pies, sino en su alma donde grandes ampollas ardían en carne viva. Los gritos de María pasaron a sollozos y el descenso permitió a Sandro explicarle a María las nuevas reglas de su casa.

– A partir de hoy se acabaron las llegaditas tarde, sobrinita. Te quiero aquí a más tardar a las 11 de la noche.

Los gruesos dedos de Sandro insistían en rozar los apretados labios de María mientras le hablaba pero ella hizo todo por esquivarlos. Sandro sostuvo entonces la quijada de María y terminó su discurso hablando bien cerquita de ellos.

– Y fíjate qué tío más bueno tienes que me voy a olvidar del puerco del 31 ¡Cógete el cuartico! Pero cuando llegues a mi casa, vas directo a mi cuarto y me esperas en mi cama encuerita. Pagas tu renta con este cuerpecito y luego vas a dormir tranquila.

– ¡¡Hijo de puta!! –respondió María.

– Y cuidadito con abrir esa boca. Si Belinda se entera de este pacto, te pico en pedacitos y echo tu carne a los perros.

El llanto hacía que el nudo en la garganta de María quisiera convertirse en vómito. Ni escupiendo, ni tomando agua, ni llorando, dejaban de brotar a borbotones el asco desde sus adentros. Ella deseaba una ducha pero acercarse al cuarto donde dormía Sandro la inmovilizaba. Quería salir corriendo pero el terror la detenía.

Un ápice de alivio llegó casi a las 6 de la mañana cuando el traquetear de las llaves indicó que Belinda había llegado del trabajo. Quiso salir a abrazar a su tía pero un pesar que raspaba entre el horror y la vergüenza obstaculizó sus ganas. Unas horas después, escuchó a Sandro entrar y salir de la ducha protestando por la falta de agua pero así todo, su colonia masculina inundó la casa. El tirón de la puerta le aseguró a María que Sandro se había ido y fue entonces que sus músculos empezaron a abrir los pestillos y sus manos, aún temblorosas, pudieron empacar algunas cosas en su bolsa. Sus uñas, que aún le dolían de tratar de quitarse a Sandro de encima, quisieran haber podido arrancarse la piel para irse y dejar la suciedad que cubría su cuerpo sobre las sábanas.

Salió del edificio con los nudos de la noche apretándole la garganta y corrió a todo lo que dieron sus pies por la Calle 70 deseando que el olor a Sandro quedara detrás pero el olor corrió siempre a su lado. La Calle 70 la llevó al mar, el imán de los que lloran. Llegó sin aire. Allí, un mar tan rocoso como el corazón de los habaneros y tan salado como las lágrimas que le corrían a ella por el rostro, la invitó a saltar. Ella aceptó y la caída la dejó tocar un fondo más lejano que lo que ella pudo haberse imaginado. Al tratar de subir a la superficie las olas rompían inmensas contra los arrecifes, que carecían de fuerzas para controlar los deseos del mar de arrasar con La Habana. Un mundo de agua le tapó la cabeza cuando quiso respirar y los cuchillos de los arrecifes le arañaron sus piernas.

Tratando de encontrar paz María se vio envuelta en una nueva pelea. Se vio jugando a morirse, agitando sus brazos para subir la escalera invisible del mar que la llevaría por encima de las olas a tomar aire. En el vaivén del ahogo, María llegó a un punto del juego en el cual no le interesó ganar ni perder y en un desplome mitad natural y mitad permitido por ella reinó una especie de paz dentro de la cual prefirió morirse. Pero por mucho que trató, la traicionó el reflejo de querer vivir, que la obligaba a subir una y otra vez para tomar respiros y dar más gritos.

Su ajetreo despertó a un desahuciado que dormía camuflado en el único banco de esa rocosa playa y que al abrir los ojos se preguntó si ver a María ahogándose era una pesadilla o resacas de su borrachera. En cuanto concluyó que era una desgracia más que la vida le ponía por delante, le siguió la pista a los gritos hasta llegar a donde las olas incrustaban una y otra vez a María contra los arrecifes. Aprovechó un segundo libre de olas para, bien sujeto a una roca, agarrar a María por uno de sus brazos. Lo que demoró una ola en retroceder para dejar que la próxima rompiera, fue el tiempo que le tomó al desahuciado robársela al agua.

Dando rápidos tumbos de héroe borracho, la llevó hasta el banco que tantas mañanas le había servido a él de cama. Fue allí que la boca del hombre más apagado del mundo le devolvió a María sus colores. Los ojos aún le lloraban, su nariz aún tosía y la frustración de no haber podido morirse reventaban sus deseos de reprocharle al desahuciado: "¿Por qué me salvaste?". Pero él, al saber que María vivía se lo dijo todo con sus aliviados ojos.

Ella lo vio alejarse desde la neblina de mar que aún flotaba en sus ojos y como su voz externa se había quedado en el fondo del mar, estiró la mano hacia él queriendo pedirle que se quedara. A solas en el banco y fuera del alcance de las olas, ella dejó que el sol secara la sal que de por siempre ardería en sus heridas. No sabía si contar ese día como la tercera vez que había deseado quitarse la vida, o la primera que el mundo intentaba quitársela a ella.

Sin idea de a dónde ir abandonó el banco. El débil impulso la condujo a calles y calles que por rara coincidencia terminaron en su escuela. En el umbral del salón, María decidió que aunque a sus alas de le faltaban pedazos, bailaría con ellas rotas. Ensayó sola toda la mañana y al mediodía, de tanta hambre ya no podía ni con sus alas.

Temiendo que María cayera al suelo sobre sus aún sangrantes rodillas, la instructora le ofreció un vaso de agua con azúcar y le sugirió a María que fuera a casa. A falta de casa, el cuerpo de ella le pidió tirarse en el piso del salón para un intento de siesta. La acababa de rendir el sueño, cuando tres hombres con cascos de construcción entraron al salón debatiendo lo que finalmente le explicó a María por qué esa casa se sentía tan viva.

El Hombre 1 sugería demoler la escuela, apuntando con un dedo las grandes quebraduras de la estructura. El Hombre 2, con una mano en el corazón, opinaba que la casa merecía convertirse en reliquia del patrimonio nacional. El Hombre 3, pinchando su libreta con un lápiz, decía que su Ministerio no tenía fondos para restaurarla con fines de escuela. El Hombre 1, enfocado en las rajaduras, insistía que había que demolerla. El Hombre 2 rebatió la idea indicando que eso sería demoler la historia de la española que vivió y murió en esa casa: "Sus padres la obligaron a venir a Cuba durante la colonia. Ella murió aquí a causa del dolor que le causó haber dejado a su gran amor allá en España". El Hombre 1 y el 3 lo miraron con cara de estar escuchando hablar a un marciano. Quedaron en hablar con un tal Hombre 4 encargado en restaurar reliquias coloniales y habilitarlas para el turismo internacional de forma que generaran divisas para la economía.

La algarabía de las chicas regresando del almuerzo espantó a los hombres. Kendra, la más rubia de todas las bailarinas del elenco, fue directo a hablar con María.

— Acabo de escuchar la historia de esta mansión. ¡Quieres oírla! —dijo María con la primera media sonrisa del día queriendo asomarse en sus labios.

— Lo que quiero oír es por qué no fuiste con nosotras anoche, ¡lo que te perdiste, monga! —dijo Kendra estirando los tirabuzones de su largo pelo.

— Esta casa es un patrimonio nacional —respondió María con un tono muy frágil.

— Hablando de "patrimonio nacional", ese alemán se vuelve loco con las cubanas. Fuimos a su suite en el Hotel Nacional: allí comimos, tomamos, bailamos y después de unos polvos ya no recuerdo que más hicimos pero me recuerdo del bulto de billetes con que salí de allí esta mañana.

– Aquí vivía una españolita –dijo María en voz aún más baja.

– Yo no sé qué tú fumaste pero el Yuma nos quiere de regreso esta noche y nos pidió que no llegáramos sin "la India" ¡Así que, ponte colorete que te ves horrible!

La directora de la escuela entró al salón dando repetidos aplausos para avisar que el Jefe de Entretenimiento de una finca turística en Guanabo había pedido a la escuela un elenco de ocho bailarinas. "Allá estarán por dos semanas. El pago es mínimo pero les darán desayuno, almuerzo y comida", añadió la directora. Después de la algarabía que causó la noticia, prosiguió a leer los nombres de las chicas que ella había elegido para el proyecto. El nombre de María encabezaba la lista, seguido de las otras tres chicas que tenían cita con el alemán esa noche. Esas tres declinaron la oportunidad por lo que la directora, sin vacilar, nombró otras tres chicas.

– Dile que no María, el alemán te quiere allí esta noche –le ordenó Kendra con su mirada tornándose furiosa.

– No. Yo quiero irme a la finca.

– ¡Qué monga! En una noche con el alemán vas a ganar 10 veces más de lo que te van a pagar en dos semanas en esa finca llena de ranas y mosquitos –dijo Kendra.

Kendra se alejó con cara de asco pero para María, la oferta eran dos semanas lejos de la casa del asco que vivía con su tía. Al frente del salón la directora daba detalles del viaje, explicaba que el elenco saldría para la finca al día siguiente y allí bailaría para "compañeros extranjeros" que venían a Cuba a un encuentro cultural por lo que el show, además de fenomenal, tenía que ser educativo.

La instructora disimulaba su infortunio por la hecatombe de coreografías que debía montar esa noche para dos semanas. Las bailarinas, sin embargo, no disimulaban su inconformidad porque el grupo no contaba con hombres.

– ¡Arriba! Échenle azúcar a los pasos esos –les pedía la instructora a las ocho chicas del elenco.

— Pero es que el baile sin hombres es un juego con nadie —protestó una bailarina.

— ¡Arriba! Que la mujer que aprende sin hombres, luego todo le sale mejor con ellos —las animaba la instructora.

— Quizás pidieron solo mujeres, porque hay muchos hombres en la finca —opinó María.

— Hicieron eso porque los hombres comen mucho y resulta más caro hospedar a uno de ellos que a ocho bailarinas —respondió la instructora.

Sintiendo que los pasos del elenco perdían toneladas de azúcar por segundo, la instructora pidió a las chicas que salieran a comer y regresaran en media hora. María hizo por salir pero la detuvo el hecho de no saberse dueña ni de un peso. Sentada en el blanco mármol de la entrada sus tripas exprimían los recuerdos del ajo y la cebolla que destilaban las cenas que justo a esa hora servía su padre en Buenaventura.

Lloviznaba pero como cuando hay hambre no hay malas ideas, María decidió cruzar a la cafetería de enfrente a mendigar comida. Según el menú pintado en la pared, allí vendían de todo pero según el dependiente recostado sobre el mostrador de la cafetería con sus dos manos sujetando su quijada, no había nada.

— ¿Seguro que no hay nada? —preguntó María espantando el arsenal de moscas que vinieron de pronto a posárseles en la cara.

— Ni comida, ni electricidad. Nada —respondió el dependiente.

— Yo me muero del hambre. Y de todas las tragedias que me han pasado hoy, una de ellas es que no he comido nada en todo el día.

— Oye, yo soy dependiente, no psicólogo. Ya te dije que no hay nada.

Como buena chica de campo, María sabía que donde hay moscas hay comida. El dependiente la podía engañar pero su olfato no mentía.

— Será que tengo tanta hambre pero yo huelo comida —le dijo María.

— Mira, trajeron pasta de oca para hacer croquetas pero aquí no hay cocinero. Y yo no soy freidor de croquetas. Yo soy un dependiente. Y fino.

— Pues yo soy cocinera –respondió María ocultando que sus padres jamás la habían dejado entrar a la cocina.

— Bueno, si tú fríes las croquetas yo mismo te las despacho. Están allá atrás en la pocilga de cocina esa.

Detrás del mostrador, las cucarachas se habían organizado en hileras como si fueran hormigas para entrar y salir de la cocina. Como no había luz dentro de la cocina, las cucarachas no se veían pero crujían bajo las chancletas de ella. Siguiendo la claridad que entraba por la ventana del fondo, María llegó al fogón del cual despegó un batallón de moscas dejando ver la montaña sangrante de carne de oca que había sobre una bandeja.

A la décima chispa, María logró que el encendedor le diera vida al fogón. Tiró trozos de la carne de oca a la sartén con la intención de que salieran croquetas pero el calor derrengó la consistencia de la masa y resultó una especie de pay[37] de carne. El olor atrajo al dependiente a la cocina, quien entró justo cuando María se tragaba el primer pedazo de pay.

— ¿Oye, pero yo no te dije que te las iba a despachar? –le dijo el dependiente.

— Es que te conté del vacío en mi estómago pero no el de mis bolsillos –dijo María aun masticando.

— ¿Cómo? ¿De contra no me vas las vas a pagar?

— Mira, lo picamos en triángulos y los vendemos como pay de carne, así les sacas dinero. Si quieres yo te ayudo.

— ¡Na'! Si yo saco esa mercancía a la venta como pay de carne y no croquetas, me meto en líos con el administrador ¡Mejor que se pudra que yo lo que quiero es largarme de la cafetería puerca esta!

---

[37]Viene del vocablo en inglés "pie" que indica pastel.

María se llevó lo que quedó del pay que ella había cocinado. La aventura le devolvió el "azúcar" y de regreso al salón pudo seguir ensayando. Y cuando el sueño se hizo más pesado que el hambre, la instructora las dejó irse a casa.

Todas se fueron menos María, quien se escondió detrás del cortinaje de otro salón para pasar la noche dentro de la escuela. Al oír que la instructora cerraba el gran portón de la mansión con llave, María salió de atrás de las cortinas, tiró una manta flamenca al suelo y se sentó sobre ella. Iba a encender una luz pero temía romper el magnífico silencio de no ver a nadie.

Tanteó en su bolsa para sacar lo que quedaba del pay de carne y mirando a lo más infinito del techo invitó a los fantasmas de la casa a que lo probaran el pay. "En el tiempo de la colonia no había pasta de oca deliciosa como esta", dijo María extendiendo el pay a las alturas de la casa. "¡Allá ustedes!", les avisó ella cuando vio que ningún fantasma vino a morder un pedazo.

Después de la primera mordida María revisó bien a ver si se estaba comiendo el pay de carne y no uno de sus zapatos. El pay se había puesto tan duro que costaba masticarlo. "Pruébalo, españolita, que si este palo te cae en la barriga te caes del cielo y caes aquí con los vivos", insistió María.

El único ruido que María escuchaba era el romper de sus dientes contra el sólido pay y cuando empezó a dudar que hubiera fantasma en la casa se dispuso a molestarlos.

– Oye, españolita, me enteré que viniste a Cuba a morirte por un hombre y él, diciéndote Adiós seguro que te borró de la mente. ¿A ver, por qué no vino a Cuba a buscarte? ¿No había barco? ¡Quién bien te quiere no te hace llorar, mi amiga! Y fíjate, morirse por un hombre es malgastar la bóveda. Ninguno sirve para nada.

Una frenética coincidencia rompió el silencio de la casa cuando una súbita luz externa encendió el salón. Provenía de un rayo que quería quebrar el cielo de La Habana. Un viento fuerte comenzó a empujar las paredes de la casa y el aire casi hablaba al entrar por las rajaduras.

– Oye, españolita, si tú tienes algo que ver con esta tormenta, te
advierto, quien no le teme a este pay de oca, no le teme a nada.
¡Por mí, qué vengan cien fantasmas!

Una calma prosiguió como si de pronto alguien escuchara y de los
huecos del techo empezaron a caer gotas como si las lágrimas de
alguien corrieran por las paredes de la casa.

– Ave María, españolita ¡qué malcriada! –protestó María cuando
vio que no importaba a cual esquina del salón corriera la manta,
las goteras le caían encima.

Desistiendo de encontrar una esquina seca, se acostó sobre lo
encharcado de la manta. El perenne tanteo de las gotas la adormeció
pero en el sueño, un vendaval de tristezas trajo pesadillas que revivieron
las escenas de la noche con Sandro. Sus propios gritos la despertaron a
media noche y le pareció que además de goteras, sus propias lágrimas
corrían por las paredes de la casa.

– Españolita, –aclamó María aún agitada– el hombre que viste en
la pesadilla es el marido de mi tía. Y eso que viste pasó anoche.

María se tapó los ojos para no ver nada y en un rezo le pidió a la
españolita que la ayudara a olvidar aquella pesadilla. En cuanto se
volvió a quedar dormida, a sus sueños vino Camilo a pedirle que lo
buscara pues él debía decirle algo. Detrás de Camilo, un hombre que
María nunca había visto le juraba de rodillas que él la amaba desde
vidas pasadas y tenía que encontrarla en ésta. Y detrás todo eso, el azul
del mar titiritaba.

"Dicen que los sueños son mensajes del futuro dichos cuando
dormimos, ¿será que Camilo quiere verme? Y, ¿quién era ese hombre
de rodillas?", le preguntó María a la españolita. Nadie respondió pero
unas risas que venían del portal de la casa avisaron a María que ya las
demás bailarinas escogidas para ir a la finca iban llegando. "Sabes que
tu vida es una desgracia cuando tu realidad es peor que tus pesadillas",
exclamó María levantándose para salir al portal, donde las bailarinas
esperaban el transporte y conversaban sobre las travesuras que harían
en la finca.

Cuando María llegó a donde ellas, ninguna notó que ella estaba empapada y que traía puesta la misma ropa del día anterior.

అఆఆ ఆఆఆ

Camilo, en la base militar, también había soñado con María y al despertar decidió que en cuanto le dieran el pase, volaría sin escala a encontrarse con ella en La Habana. Cuando el día llegó, así lo hizo. Pasar por el framboyán delante del cual María daba brincos, además de un lindo recuerdo, le regaló una sonrisa. Al pasar por las Cuevas, decidió no parar a ver a Fito y ni por la mente le pasó ir a ver a su mujer en Cárdenas.

Cuando el túnel de La Habana lo devolvió a la "ciudad sin nada", un aleteo se desató en el estómago de Camilo y no paró hasta llegar a casa de Belinda. Vestido de militar por fuera pero más nervioso que un niño por dentro, arrancó un Marpacífico del arbusto de la entrada para regalárselo a María en cuanto ella le abriera la puerta. Tocó en el 6 lleno de esperanzas pero del cielo cayeron ladrillos cuando Sandro fue el que abrió e informó que María se había ido de la casa.

– ¿Dónde puede haber ido? –preguntó Camilo.

– No sé. No dijo a dónde, se la tragó la tierra –respondió Sandro.

Por los ademanes de Sandro, Camilo disertaba que el tío quería cerrar la puerta. Además, sus ojos miraban sin gracia el uniforme que él traía.

– ¿Pero lo reportaron a la policía? –preguntó Camilo.

– ¿Policía?, no hombre, no. Ella seguro conoció un bárbaro y se fue con él. Ella es un relajo, llegaba aquí 4 y 5 de la mañana todos los días.

– Yo tengo buenas conexiones en la policía por si tenemos que encontrarla. Aquí le voy a dejar mis datos para que en cuando ella regrese, usted se los dé y ella me llame.

Mientras Camilo escribía su cargo militar, nombre, apellido y teléfono en un papel, los ojos de Sandro se atascaron en las mayúsculas con las que Camilo escribió su cargo: "TENIENTE CORONEL". Y antes que esa bomba hiciera todo su destrozo, Camilo insistió a Sandro que pasara su recado a María, pues le urgía verla.

Sandro escondió el papel en la gaveta de sus calzoncillos y acomodando una línea de ron sobre el altar de su muerto mambí, avisó: "¡Ya tenemos nombre y apellido de esa rata, algo me dice que a ese Coronel hay que trabajarlo, taita!"

Camilo pasó dos días flotando sobre la nada de La Habana pero ningún destino lo condujo a un rastro de María. La buscó en la Escuela de Circo donde nadie confirmó haber visto jamás a una chica de Holguín con una flor en la cabeza, que olía a haberse comido una mata de jazmín entera.

María, en tanto, agradecía la distancia que la finca en Guanabo ponía entre ella y Sandro. En las noches bailaba para "compañeros extranjeros" que se decían venir a Cuba a comprender la cultura pero que jamás salían de la finca si no era en guagüitas[38] con guía para que se la explicara. Las demás horas del día eran suyas para perderse en el centenar de arbustos con flores y en el fuerte olor a campiña que emanaba de la densa arboleda que rodeaba la finca.

Una insólita paz nacía del hecho de sólo haber chicas en el dormitorio que albergaba al elenco de bailarinas y de saber que un largo trillo separaba al dormitorio de la finca donde dormían los "compañeros extranjeros". En las mañanas, después del desayuno pero antes que los turistas salieran en sus guagüitas, muchas bailarinas iban a la arboleda para desde allí llamarlos y planificar encuentros nocturnos con ellos. María, sin embargo, iba a la arboleda a buscar espacios donde ser invisible a los hombres. Aunque había un italiano, que desde que vio a María bailar la primera noche del show, la buscaba a toda hora. Un día, ella tomaba el sol de la tarde en el portal del dormitorio y de pronto un hombre muy alto cuyo pelo blanco brillaba más que el sol que tenía justo detrás de su cabeza, le pidió permiso para hablarle y le entregó una flor. De un

---

[38]Cubanismo. Guagua significa autobús, guagüita es el diminutivo.

salto María quedó de pie y aunque el hombre le había dicho que se llamaba Luciano, ella no lo retuvo. Toda su atención se había enfocado en mirar a los alrededores para asegurarse que ningún jefe o custodio de la finca tergiversara la escena alegando que ella había traído a un cliente al dormitorio.

– Te pregunté, ¿cómo te llamas? –insistió Luciano.

– María –respondió ella queriendo entrar al dormitorio.

– Qué lindo bailas ¡Mama mía! Yo soy escritor y acabo de pasar un año en España estudiando el castellano pues me encantaría escribir en español también. ¿Y tú, eres de La Habana?

– Mi escuela está en La Habana pero yo soy de Holguín. Y disculpe la mala forma pero voy a entrar que las bailarinas no podemos vernos con clientes.

– Claro que si pueden pero en secreto. Yo venía a proponerte encontrarnos esta noche, yo le pago al guardia para que te deje entrar a mi habitación y allí nos conocemos un poco mejor.

– ¿Arriesgarías tú lo único que tienes en esta vida? ¿Lo único que no podrías perder?

– ¿Qué quieres decir con eso?

El pelo de María casi da en la cara del italiano al ella darse vuelta e irse.

– Pero, ¿quién diablos le dijo a estos extranjeros que todas las cubanas queremos acostarnos con ellos? –preguntó María a una bailarina que había en el dormitorio.

– Nosotras mismas se lo dijimos, mimi. Esto es un elenco de baile no un convento –respondió la bailarina con cara de no entender la razón de tal pregunta.

Ya María ni a las bailarinas soportaba y esa noche cuando vio que el italiano regresó al show a seguir adorándola a ella, hasta al baile le hizo rechazo.

En cuanto las bailarinas empezaron a dispersarse a sus puntos de encuentros nocturnos con los turistas, ella fue rumbo al trillo que la regresaría al dormitorio pero Luciano la esperaba justo a la salida para darle algo en un sobre, el cual ella asumió que era una carta y sin mirar a ningún lado clavó con rapidez en sus senos.

– ¿Qué hay en ese sobre? Estás loco, ¿aquí delante de todos? –protestó María.

– Me quedan dos semanas en Cuba y yo quiero verte… –le dijo Luciano– Si no puedes verme aquí en la finca llámame cuando llegues a La Habana. Ahí tienes cómo localizarme. Yo rento un carro y voy a verte. Nos hospedamos en el hotel que tú quieras.

Cruzando sus brazos, María lo miró en total desconcierto y le preguntó: "¿Ven acá y en las clases esas de cultura que dan ustedes, no les han dicho que los cubanos no pueden hospedarse en un hotel?". Antes de él responder, una de las bailarinas que vio a María conversando abiertamente con un cliente llegó a donde ella y de un jalón la apartó de Luciano. "¡Andiamo[39], andiamo!", insistió la bailarina queriendo ahuyentar a Luciano cuando él hizo por seguirlas.

Luciano comprendió el gesto que la bailarina hacía con sus manos era como un "¡Espanta, espanta!" María protestó por el jalón y deshizo su brazo del engrampe que la halaba por un brazo rumbo al dormitorio.

– ¡Tú estás loca, chica! –la regañó la bailarina.

– Ya déjame. Yo le iba a decir que no de todas maneras.

– Mala idea. Ese italiano está forrado en plata, tienes que decirle que sí pero no así delante de todo el mundo. Mira, mañana después del desayuno, vas a la arboleda que él siempre anda por ahí dando vueltas como un estúpido.

– A mí él no me interesa.

– Da igual si te interesa, acuérdate que esta ricura del baile nos dura hasta que nos salga la primera estría. Ese italiano se ve que está muerto contigo.

[39]En idioma italiano: "vamos"

– ¡Qué muerto ni muerto!

– Mami, coopera que te veo lenta. Si quieres yo misma te cuadro la jugada para ir esta noche a su habitación. Allí le haces las mil maravillas que te sepas; clavas 40 dólares para ti y 10 para el custodio. Al irte, le dices que te sabes mil maravillas más y que se las vas a hacer al otro día por la noche.

– ¡Ay mija, olvídate de eso, si yo no me sé ni una maravilla! ¿Cómo me voy a saber mil?

– María, eso no importa ¿y tú crees que yo me las sé? ¿Tú no sabes que el jamo para atrapar a un hombre hoy, es decirle con cuál jamo tú lo vas a atrapar mañana? ¡Ese truco se lo sabía hasta mi abuela!

– Sí, alguien me había dicho algo de eso: "el anzuelo que engancha a los hombres es desearlos".

– ¿Qué? ¡Yo no dije eso! Yo dije "engañarlos". Eso lo único que los engancha a ellos.

Cuando las respuesta de María ahondaron en el lado filosófico de lo terrible que sería enganchar a un hombre a base del engaño, la bailarina le pidió que parara de hablar rarezas y le informó que ella debía regresar a la finca a hacerle mil maravillas al extranjero que ella había enganchado a base de engaños.

Los grillos no cantaban esa noche y nubes rojas cundían el cielo con una robustez similar a la de esas noches en las que quiere tronar. María fue a su litera a alisarse el pelo, que para ella era otra forma de decir "pensar". Allí notó cuánto echaba de menos el espejo de su cuarto en Buenaventura que tantas veces la vio hacer eso y se preguntó que de tenerlo enfrente de ella, qué le diría a su silueta cuando ella viera cuan caídas traía sus alas. En eso, sintió que la esquina del sobre que le había dado Luciano pinchó su seno y como no había nada mejor que hacer lo abrió para leer la carta que le había escrito él. La carta no era más que una oración que le pedía lo mismo que ya le había pedido él: "*Bellísima María, llámame en cuanto llegues a La Habana que yo voy por ti. Luciano*". Pero cuando estrujó el sobre para echarlo a la basura notó que allá dentro había algo más, algo en extremo ilegal: 40 dólares americanos.

Las manos de María se enfriaron y sin darse tiempo a reaccionar su mente calculó: "equivalente a casi 4000 pesos cubanos, al salario anual de mi madre que es maestra, a la expulsión de la escuela y a dos años en la cárcel". Apretando los dos billetes dentro de su puño, María regresó al portal a caminar de un lado a otro y decidir qué hacer con ese dinero. Lo único que se le ocurrió fue ir a devolverlos. "Pero si me los quedo, con ellos podría rentar una casita en La Habana, lejos de Sandro y no tendría que dejar mi escuela", pensó. Durmió con los billetes bajo su colchón y al otro día le vino a la mente una idea mejor: le pediría a Luciano que se los cambiara y le diera el equivalente en pesos cubanos.

Con el primer gallo que cantó, María se levantó y fue hasta la arboleda en busca de Luciano. Como no lo encontró, fue a la recepción con la excusa de hablar con el encargado del elenco. Estando allí vio que Luciano salió de su habitación para ir a desayunar y ella pudo ver donde él dormía. Ella trató de hacer seña para que Luciano la viera pero él ni cuenta se dio que alguien buscaba su atención dando saltos en la puerta. Con sumo cuidado lo siguió por los pasillos hasta llegar al frío salón donde servían el desayuno a los extranjeros. Él buscaba una mesa sin notar las señas que ella le hacía desde la puerta pero un custodio sí notó las señas de María y a pasos agigantados llegó a donde ella.

El custodio la agarró por un brazo y la dirigió rumbo a la puerta trasera de la finca, avisándole que esa sección pertenecía a extranjeros. María ni chistaba pues sabía que si el custodio registraba su cuerpo y encontraba los dólares americanos que traía en su bolsillo, iría presa. Todo el cuerpo le temblaba.

    – ¡Y te salvaste que ahora no tengo ganas de chanchullo ni papeleo! –dijo el custodio–Pero si te agarro otra vez en el zorreo[40], te voy a reportar a la policía.

Cuando el custodio soltó su brazo, un empujón sacó a María de la finca. Ella corrió hacia al framboyán que había detrás de la cocina. Allí estaban las dos mesas donde servían el desayuno, almuerzo y comida a

---

[40]Cubanismo, indica flirtear

las bailarinas. Un sudor frío tapizaba su frente y la agitación al respirar traía una sensación de vómito. Alguien salió de la cocina y le alcanzó un café con leche pero ella negó con la cabeza y el hombre regresó a la cocina. En cuanto las bailarinas empezaron a llegar al framboyán ella, aún sin aire, corrió al dormitorio. Allí se quedó hasta la noche y tal era su suerte, que esa noche Luciano no fue a ver el show.

María esperó a que todas las bailarinas que tenían cita con extranjeros se fueran para ella ir a la habitación de la cual había visto salir al italiano. La poca luz de la luna, la guió por lo recto del trillo que llegaba hasta la puerta trasera de la finca, donde no parecía haber custodio. Abrió la puerta despacito, procurando no hacer ruido y atravesó en puntilla los rústicos pasillos con piso de madera. Llegó a la habitación del italiano y con solo dos toques a la puerta él abrió.

Los ojos del italiano se encendieron de alegría cuando vieron a María ahí.

– ¡Mama mía! Yo soñando con esas piernas y me han venido a visitar –dijo Luciano alzando sus dos brazos al verla.

– ¡Anacoreta! ¡Me diste 40 dólares! –respondió María entrando a la habitación.

– ¿Qué pasa, es poco? ¿Y qué cosa es "anacoreta"?

– No. Es que son dólares americanos. ¿Tú quieres que me lleven presa?

– Yo pago todo con dólares americanos ¿Por qué te van a llevar presa?

– Chico pero… ¿Qué clase de curso de cultura de basura es ese que tampoco te han dicho que para los cubanos es ilegal la posesión de dólares americanos?

– Ah, es que estudiamos la cultura, el folclor...

– Bueno, en el folklor de Cuba, tener este dinero es un delito –respondió María encerrando los 40 dólares dentro de la mano izquierda de Luciano –mañana, cuando salgas en tu guagüita, te escapas a cualquier barrio y les pides a cualquiera que te cambie estos dólares al "dinero folklórico mío".

— Pero, ¿cómo los voy a cambiar, tú no dices que son ilegales?

— Ay, olvídate eso, –dijo ella retorciendo los ojos y regresando a la puerta –la gente los compra aunque sean ilegales y dan 80 o 90 pesos cubanos por cada dólar. Cuando los cambies me los das.

— ¡No te vayas, espérate! –le pidió Luciano.

— Tengo que irme. Si me encuentran aquí me queman viva como a Hatuey.

— ¿Cómo a quién? ¡Ay, ese perfume! ¡Mama mía! ¡Quédate un rato! –dijo Luciano agarrando el pelo de María para olerlo.

María atravesó los pasillos en punta de pies y un diestro crujir de los pasos sobre la madera la llevó de regreso a la puerta de atrás. Llegó despacio pero muy agitada y aunque trató que la manigueta de la puerta no traqueara para abrirse, el óxido del hierro rechinó.

Al salir, del costado de la finca María escuchó un: "¡Pss! Oye, mamita, ven acá". Un moreno más oscuro que esa noche, libretica en mano, se acercó a ella pidiéndole su nombre. Ella quería decirlo pero al ver al mismo custodio de por la mañana, el corazón se le trabó en la garganta y no le salían las palabras.

— ¿Además de zorra, también sorda? ¡Que cuál es tu nombre, te pregunté! –insistió el guardia.

— Me llamo María pero mire...

— Ningún mire. Ya yo miré lo que tenía que mirar: una "jineterita" sofocando a los clientes desde por la mañana. Te levantaré un acta y de ahí vas para la estación.

— ¡Ay no, ¿qué estación?! No me haga eso que yo soy de Holguín y…

— Como si eres del Cosmos, aquí en Cuba la prostitución está terminantemente…

— ¡¡Yo no soy prostituta!! —interrumpió María— Un cliente italiano me dio una propina en dólares americanos que son ilegales. Yo fui a su habitación a devolvérsela. Le pedí que mañana me la diera en pesos cubanos. Si lo hace yo le entrego a usted cada centavo que él me dé. No me reporte, por favor. Yo aquí en La Habana no tengo ni quien me envíe una carta a la celda.

— ¡Ah, además de zorra, cuenta-cuentos, mira qué bien!

— ¡Esa es la verdad! Por favor, no me reporte. Yo hago lo que usted pida.

El custodio terminaba sus apuntes en la libretica cavilando qué responder. María miraba el negrísimo panorama detrás del custodio, todavía queriendo salir corriendo al monte.

— ¿Lo que yo te pida, eh? —preguntó él.

María apretó los puños, respiró profundo y asintió con la cabeza.

— Me gusta cómo suena eso —dijo más calmado el guardia— mi turno termina a las 2 de la mañana ¿Qué tal si vas conmigo a un lugarcito ahí?

— ¡Ay! ¿Será que el sexo es la nueva moneda oficial de este país?

— ¿Qué sexo ni sexo? ¡Con lo flaca y fea que tú estás!

— ¿A dónde es que hay que ir entonces?

— Mira, mis muertos me pidieron ofrenda de mujer para un trabajo. Yo soy de Oriente[41] y no conozco a nadie aquí en La Habana que me pueda ayudar.

— ¿Qué es eso de muertos y qué lugarcito es ese?

— A casa de Cheo, un babalawo[42].

— Ay, a mí no me gusta la brujería.

— Instrúyete, mamita, eso no es brujería, eso es Palo de Monte,

[41] De las provincias orientales de Cuba.
[42] Sacerdote máximo de la religión Ifa.

donde caminan los muertos. Y si no vas, el "palo" te lo darán en la estación a ti.

El custodio supo que María aceptó el trato cuando vio que ella, tragó en seco y cabizbaja se dio vuelta para irse. "¿Cuán malo podría ser ir con el guardia a ver a un babalawo?", pensaba María mientras esperaba por el custodio transitando el oscuro portal del dormitorio de un lado a otro. "No poder protestar por una infamia es la madre de todas las infamias", protestaba ella sintiendo que detestaba el sabor del chantaje.

De pronto, el escalofriante aliento de un hombre susurró su nombre: "¡Maríaaaaa!". Eso le detuvo el paso a ella y detrás del segundo que duró su espanto, una blanquísima cajetilla de dientes se abrió en la oscuridad y se echó a reír a carcajadas.

– ¡Por poco te cagas, por poco te cagas! –dijo el custodio aún muerto de la risa.

– ¡Ay pero que odioso! –respondió María en extremo seria.

– Ningún odioso. Me llamo Domingo y me dicen Yoyo. ¿Lista para partir?

Con el ademán de su mano Yoyo le pidió a María que lo siguiera hacia los montes. Ya adentrada en lo más profundo de la arboleda, la luz de los cocuyos le trajeron un poco de calma a ella pero sus nervios se volvieron a rajar cuando de pronto Yoyo se detuvo y sacó un cuchillo del bolsillo trasero, avisando que escuchaba unas lejanas carcajadas de una mujer.

– ¡No te cagues! –dijo Yoyo temblando –Esos son muertos y no hacen nada.

– Yo no le temo a los muertos, yo le temo a los vivos –respondió ella empujando a Yoyo por la espalda para que siguiera caminando.

La voz de un hombre, también lejana, se reía con la mujer. Yoyo prosiguió con su cuerpo encorvado, apuntando el cuchillo a cada dirección de la que creía venían las voces. En cuanto la arboleda desembocó en un poblado Yoyo se relajó. Calles cortas que no conducían a ningún lado los llevaron a un trillo tapizado de ranas que moría en un platanal. Después del platanal, había que cruzar un riachuelo de agua al parecer estancada. Al María agacharse para espantar la última de las muchas ranas que le había saltado a los pies, se percató de la cantidad de excrementos que flotaban en el riachuelo.

– ¡Eso no es un río, eso es agua de fosa! –dijo María con cara de horror y tapándose la boca para no vomitar.

Con María cargada en sus brazos, Yoyo cruzó el riachuelo y del otro lado, el lejano toque de un tambor se convirtió en la brújula que los condujo a casa de Cheo.

Situada en el claro de una tupida arboleda yacía una choza de guano, donde una música atraía a Yoyo pero a María la hacía dar pasos hacia atrás. Ella se sentía que había llegado al Congo. Un hombre aún más oscuro que Yoyo los recibió con una abundante escupida de ron en la cara.

María cerró los ojos y se limpió el encharcado saludo. Yoyo había abierto sus brazos para abrazar al hombre que los escupió. El abrazo duró lo que duraría el de un hijo que regresa de la guerra.

La media luz que emanaba de un quinqué bailaba en el medio de la choza al ritmo de los golpes que cuatro hombres de sudadísimas espaldas daban a los tambores. La gente bailaba entregada de tal forma al trance del tambor que uno de los que bailaba cayó al suelo y convulsionó.

Con sus manos sobre los hombros de María, Yoyo la dirigió a donde el babalawo tenía su altar. Se la entregó como quien entrega una botella de ron al patrón de una fiesta.

– María, este es Cheo, el dueño de todos los misterios. Padrino, esta es María, la ofrenda que el muerto pidió.

Un escalofrío subió y bajó por el cuerpo de María cuando ella percibió que algo que no estaba vivo pulsaba desde esa esquina y escuchó a Cheo conversar en un idioma que sonaba africano con ese "algo". Ella saltaba cada vez que Cheo, como parte de su charla con el muerto, azotaba el piso con su bastón. Se quedó casi sin aire cuando Cheo, mirando hacia arriba culminó su charla en español, diciéndole a muerto: "y aquí tienes el cuerpo de mujer".

Con su bastón, Cheo hizo a un lado una gallina sin cabeza que había en el piso y tocó a María por la pierna avisándole que ya podía desvestirse. A María le resultaba difícil hablar con tan fuerte bombardeo dentro de su pecho pero cuando Cheo regresó a una mesa a machacar cosas, ella susurró que no pensaba desvestirse.

Los golpes de Cheo sobre la mesa hacían saltar los palos, pinchos, gajos y todas las cosas que él tenía allí. Ella hizo por irse pero el bastón de Cheo le detuvo el paso. María obedeció temiendo que de proseguir, terminaría tan sin cabeza como la gallina que había en el suelo. Segura de que hubiese sido mejor terminar presa que en aquel lugar, María se quitó short. Como no traía sostén, se amarró la blusa bajo los senos en forma de ajustador.

Al ver el vientre de María libre, Cheo, evocando a alguien en africano puro, llevó una vela a donde el ombligo de ella se endurecía del susto. De allí subió a donde los ojos de María y mirándola muy cerca le preguntó: "¿Desde cuándo tú no comes, mi hija?".

Cheo no esperó respuesta para empezar a barrer un gajo de tupidas hojas por el cuerpo de María y mientras lo hacía le aconsejaba que debía comer más. El gajo picaba en su piel pero como Cheo ya había cerrado sus ojos para volver a conectarse con el africano a quien él hablaba, él no veía los gestos que María hacía cuando los azotes causaban algo de dolor. Al sentirla limpia de demonios, Cheo colocó una piedra en la mano de María y le pidió la pasara por todo su cuerpo, "hasta en lo más húmedo de tu vagina" enfatizó. Le pidió que la escupiera antes de echarla en una tártara con un líquido de olor rancio que Cheo sujetaba frente a ella.

Al caer la piedra en el líquido Cheo cerró los ojos y respiró profundo, como si la piedra le hubiese caído a él dentro del corazón. Casi sin fuerzas Cheo le pidió a María que se vistiera y fuera a comer. María acababa de subirse el short cuando vio que Cheo venía hacia ella con un afilado cuchillo pidiéndole que no se moviera. Antes que ella pudiera gritar: "¡No, el pelo no!", ya Cheo había cortado una gruesa mecha del pelo de ella y la había revuelto en el mejunje rancio donde yacía la piedra.

Con ganas de gritar horrores, María corrió a donde Yoyo, quien al verla venir le abrió los brazos para abrazarla. El empujón al pecho que María le dio a Yoyo ni si quiera lo tambaleó pero fue suficiente para que él supiera los genios que ella traía.

– ¡Eres un anacoreta! Y ese viejo es el más anacoreta de todos los anacoretas de la tierra –gritó María.

– ¿Pero qué pasó? –preguntó Yoyo.

– ¡Me cortó un trozo de pelo! –gritó ella aún más alto.

– ¡Ay, bendita mujer! De todo lo que diste y un poco de pelo es lo que te viene a molestar. Se lo diste a mis muertos para una protección contra alguien que me hace mucho daño.

– ¡Idiota que eres! ¿Con esas "espaldazas" y que tú no puedas protegerte? ¿Te hace falta mi pelo? –replicó María.

– Mira, sin mi Eleggua[43] yo no tendría espaldas. Él es Eshun, el diablo y la tierra, el bien y el mal, el monte, la calle. Él me abre los caminos y tú me acabas de devolver la suerte.

– ¡Qué suerte, ni suerte! ¿Qué diablos tú hablas? Ser buenos con los demás es la mejor brujería que hay para la buena suerte. Pero como tu trabajo es martirizar gente, la suerte jamás te va a llegar.

Yoyo corrió a tocar madera para espantar el osogbo que María le acababa de anunciar.

– Oye, ¡te pones más fea todavía cuando te pones brava! Ser custodio es un trabajo honrado y a estos Yumas hay que cuidarlos, que hay mucha sabandija[44] detrás de ellos.

– Los Yumas nos andan detrás a nosotras. Los sabandijos son ellos

[43]Deidad del panteón Yoruba, es la protección primera y el que abre los caminos. Se sincretiza con el Santo Niño de Atocha.
[44]Insecto que fastidia. Cubanismo para referirse a mujeres malas o de baja clase.

91

¿o tú eres ciego? –gruñó María rumbo a la puerta de la choza.

Sacando un pie de aquel lugar María notó que la poca luz de la luna con que habían llegado allí ya se había apagado y cayó en cuenta que de irse sola de allí llegaría a Holguín.

— ¿Y ahora cómo me regreso? –preguntó María a Yoyo cruzando los brazos en la puerta de la choza.

— Oye, yo seré un anacoreta pero como caballero no hay quien me gane –le respondió Yoyo.

— Ella esperó afuera de la choza a que el custodio terminara de despedirse de su padrino pero en vez de Yoyo, quién salió a encontrarla fue Cheo.

— Mi muerto pide que aún no te vallas –dijo Cheo en un tono muy serio.

— Ah no, ¿Y eso por qué? ¿Necesita más pelo? –le preguntó María.

— Mi muerto registra que vives una gran tristeza –respondió Cheo apuntando con un dedo en dirección a su altar.

— ¡Tremendo adivino! Pues dígale a su muerto que yo registro que cada ser humano en esta choza vive una gran tristeza.

— En la tuya yo registro que majá que se arrastra y llega a ti, envuelve tu cuerpo, lo aprieta duro y te pica. El muerto dice que a ese majá hay que matarlo, mi hija.

A pesar de la cara impávida que María puso, Cheo tomó la mano de ella y allí dentro puso una semilla de ojo de buey.

— Un moreno muy fuerte, –susurró Cheo al oído de María– él busca tu cuerpo, te envuelve y cuando estás dormida, él te viola. Tengo tus gritos en mi cabeza, ¿quién es ese majá, mi hija?

María apretó el amuleto con su mano y la llevó al bolsillo del short. La otra mano fue a su estómago, justo donde unas punzadas querían doblar su cuerpo del dolor.

– Él te busca rabioso porque no te encuentra... –prosiguió Cheo– ¿Por qué te busca? El majá da vueltas sobre la tierra. Yo registro que ese majá te vuelve a picar.

Mientras más lejos se iban los ojos de Cheo, más cercano le picaban a María las palabras que él decía y más dolían las punzadas en su vientre.

– Ese hombre tiene un muerto muy fuerte que lo ayuda ¿quién es ese, ay, mi ahijada, quién es ese? –preguntó Cheo arrugando su seño.

Antes que el dolor de las punzadas le doblaran las rodillas a María, ella contestó: "El marido de mi tía. Sandro. Se llama Sandro".

Con un dedo, Cheo alzó la cara de María para que su ojos leyeran la indignación que él sentía por lo que acababa de registrar y con un rostro aún más asqueado que el de ella, Cheo le explicó: "El muerto de Sandro es muy fuerte pero si le hacemos "huevo de gallo pa' enfermar" matamos a Sandro y acabamos hasta con el muerto".

– ¿Usted está loco? –preguntó María empujando la mano de Cheo que aún sujetaba su rostro.

– ¡Majá con cabeza sigue comiendo! –le advirtió Cheo.

– Yo no quiero matar a nadie. Yo solo quisiera darle una buena patada por los huevos, y ya.

– ¿Sólo los huevos? –preguntó Cheo– Como tú quieras, por ahí podemos comenzar.

María quiso responder pero ya Cheo se alejaba de ella pidiendo que lo siguiera rumbo al monte. Cuando ella lo alcanzó quiso preguntarle a dónde iba pero Cheo le entregó un palo y le pidió mucha valentía para lo que iban a hacer. Llegaron a la entrada de la arboleda que ladeaba la choza y Cheo abrió paso por entre las hierbas para entrar.

– Ay Dios mío, –dijo María– cuando creo que caí en el hueco más oscuro de todos, la vida me enseña uno más negro todavía que tengo que explorar.

De ahí no dijo más nada pues para para seguir a Cheo por la oscuridad de aquel tupido bosque, María tenía que hacerlo por la voz.

– Después que majá pica, viene veneno, ahijada. Mucho veneno… –le dijo Cheo– ese amuleto me lo dio mi muerto para ti, porque hiciste un bien. Se salió del engendro que llevaba tu pelo para que fuera a tu mano. Él quiere sacarte de ese hueco y para ello él pide la cabeza del majá. Si no matas a Sandro lo que te viene encima peor. Cuida ese amuleto que él te dio pues un día podrá ayudarte.

Cheo frenó en seco haciendo que las narices de María chocaran con su espalda.

– ¡Aquí está! –gritó Cheo.

María no veía nada.

– ¡Escupe esa planta! –le ordenó Cheo.

Cheo agarró la cabeza de María con sus dos manos y la dirigió a donde ella debía escupir. Le pidió que siguiera escupiendo por un buen rato. "Eso es Guao, –explicó Cheo– el diablo hecho hierba y como la escupiste, el daño jamás te lo hará a ti".

María oyó el crujir de una bolsa plástica y sintió que Cheo se la entregaba en las manos a ella.

– ¿Qué es esto? –preguntó María que en tal oscuridad no había visto a Cheo meter un mazo de hojas de la planta en esa bolsa.

Cheo se dio media vuelta y haló a María para salir de la arboleda "En cuanto llegues a casa, –le explicó Cheo– enseguida trituras el Guao y el polvo que le saques se lo das a tomar a Sandro. Se lo echas a un trago de ron y lo vas a reventar por dentro, mi ahijadita. Ya verás los pedazos de ese desgraciado pegados a la pared".

– ¿Ay, no, Dios mío? –se quejó María con cara de horror.

– A esa serpiente hay que despedazarla pero si no tienes valor, le untas el polvo del Guao a los calzoncillos para cuando se los ponga se le explotan los huevos.

– Ay, ¿se le explotan de verdad? –preguntó María.

– Na´, pero de la quemadura y la picazón, él mismo va a querer que se les exploten.

Ya fuera de la arboleda, Cheo se despidió de Yoyo con un abrazo que duró lo mismo que el de bienvenida. Cuando Yoyo y a María ya iban lejos, Cheo le gritó a ella que regresara si algún día lo necesitaba. Con excepción del mechón de pelo que le faltaba, María llegó a la finca intacta.

– Ahora, quieras o no quieras, eres mi hermana –le dijo Yoyo ya cerca de la finca– porque no sé si tú sabes que la religión es lo único que hace a las feas como tú y los lindos como yo, hermanos de por vida.

María respondió dándole a Yoyo un piñazo por el hombro, a lo cual el añadió: "Yo trabajo mañana y ahí estaré para lo que necesites, a cualquier hora del día".

– Todo lo que necesito yo lo llevo dentro, Yoyo –dijo María a modo de despedida.

– No estés tan segura de eso, hermana –respondió él viéndola irse.

María, loca por caer en su cama, atravesó las hileras de árboles que quedaban para correr al dormitorio y dormir pero las primeras luces del día habían sorprendido a tres bailarinas del elenco chachareando bajo el framboyán que había detrás de la cocina. Una botella de ron a medio palo justificaba las risotadas da las tres y cuando las chicas notaron que María salía de la arboleda la llamaron para que viniera a conversar con ellas.

La mano de una bailarina extendió la botella para que María se diera un trago. Antes de darse el primer buche ya María se había enterado que esa noche una de las bailarinas se había llevado a un español con ella a la arboleda: "Estábamos en la calentura cuando la mujer del Yuma empezó a llamarlo como a un perrito: ¡Chuchi, chuchi, chuchi! Y él me tapaba la boca, porque yo me orinaba de la risa y después me lo templé en la tierra repitiéndole el: chuchi, chuchi, chuchi. ¡Qué manera de

95

reírme anoche!". María enseguida descifró que esas eran las risas que había escuchado cuando cruzaba la arboleda con Yoyo.

Las risotadas de las chicas cesaron cuando otra de ellas comenzó a contar que ella había acabado en la habitación de dos franceses que querían un show privado: "Pero se me fue la mano con las acrobacias porque me senté en el lavamanos con los pies apuntando a la luna y de pronto se desprendió aquello de la pared y yo caí de nalgas en el suelo y un chorro inmenso de agua salió disparado hacia la cara de los franceses. Ellos corrían medio-encueros por el cuarto gritando algo así como: ¡Deló! ¡Deló! y yo me fui corriendo no vaya a ser que eso quisiera decir: ¡Policía, policía!"

Las chicas ya dobladas de la risa se volvieron a componer cuando la tercera bailarina aclaró que ninguna de ellas había ido presas esa noche porque ella había terminado en una caseta con el guardia de seguridad de turno: "Y las dimensiones de ese pene eran tan serias, que les aseguro, mientras todas ustedes cogían dólores, yo cogía cervicitis pélvica".

En cuanto las risas volvieron a mermar las chicas se voltearon a María en espera de su historia, suponiendo que sería picante pues ella acababa de salir de la arboleda.

— Yo terminé en casa de un babalawo –dijo María seria– donde me cortaron un mechón de pelo para hacerle brujería a no sé quién.

El infortunio primero causó risa pero cuando María mostró el mechón de pelo que le faltaba, las tres bailarinas quedaron en silencio.

— ¡Ay Dios, María, tú estás loca! Eso suena a Palo de Monte, que es lo peor que hay en santería –advirtió una de ellas, que después de decir eso tomó un buche de ron en su boca y lo sopló al aire para limpiar el espacio, tal como Cheo había hecho la noche anterior cuando ella y Yoyo llegaron a la choza.

— Ya, dejen eso, el babalawo me dio un amuleto, así que estoy protegida –dijo María.

— ¡No, eso es osogbo para siempre! El pelo es lo único que uno nunca da para brujería –dijo otra bailarina.

– Da igual, –respondió María– peor mi vida no se puede poner. Ya a este punto, lo que no me mate me tiene que ayudar.

El plomo de seriedad que dejó caer la respuesta de María disipó la fiesta. Todas se fueron a sus literas a dormir. María no llevaba ni dos horas durmiendo cuando una bailarina la despertó para avisarle que un cliente la andaba buscando. María salió del dormitorio con los ojos más cerrados que abiertos pero así todo pudo ver la gran sonrisa con que Luciano esperaba por ella.

– Estás loco, Luciano, tú no puedes venir aquí, me metes en líos –dijo María.

– Aquí tienes tu "dinero folclórico" –dijo Luciano entregándole un sobre gordísimo.

Luciano se alejó diciéndole con señas que la veía en La Habana. Ella trató de esconder el sobre dentro el short pero el paquete le sacó una barriga que al entrar al dormitorio parecía que el italiano, en vez de dinero le había traído un hijo. Con esa misma porte de embarazada fue a la campiña a recoger flores y luego a bañarse para ir a almorzar. María cantaba canciones en la ducha cuando una bailarina fue a avisarle que saliera del baño pues el jefe del elenco quería hablar con ellas.

Sin tiempo para quitarse todo el jabón en el pelo pero con el sobre de regreso a la barriga, María corrió al portal del dormitorio donde el jefe ya tenía reunidas a todas las bailarinas.

– Esta mañana recibimos tres quejas de tres clientes diferentes – dijo el jefe con tres dedos apuntando al cielo– todas con relación a este elenco. ¡Eso jamás se había visto en esta finca! Una pareja de españoles incluso se nos fue de la instalación porque una de las bailarinas le devolvió al marido lleno de tierra y chupetones. ¡El custodio no vio nada! Y como las cámaras de seguridad no tienen baterías no sabemos quién es inocente y quien es culpable, así que tenemos que despedirlas a todas.

– ¿Despedirnos por qué? –preguntó María.

— ¡Por descaradas! Y ya llegó el camioncito que las llevará a todas a La Habana.

Las bailarinas empacaban muertas de la risa y cada vez que alguna decía algo, las demás jocosas repetían: "¡por descaradas!" María sin embargo, recogía sus cosas con plomos en los dedos pues no sabía dónde dormiría esa noche.

En la entrada de la finca, un viejo Chevrolet del 58 con la carrocería trasera cortada, era a lo que el jefe le llamaba "el camioncito que las regresará a La Habana". El viejito que lo manejaba fumaba una cachimba y al ver ocho bailarinas venir a él con doble número de paquetes, soltó su cachimba para ayudar a apretujar las ocho muchachas dentro del camioncito de modo que cerrara la puerta. "El camioncito es de seis puestos pero le caben veinte", dijo el viejito a todas ya rumbo a La Habana. Pero parece que en el año 58, la Chevrolet nunca concibió que ese carro se fuera a convertir en camioncito en los 90, porque a medio camino el motor del vehículo se ahogó y de tanto humo que soltó, las bailarinas tuvieron que bajarse y correr lejos para no ahogarse.

Al otro lado del humo los carros de turismo aminoraban la marcha dispuestos a darles botella a las bellas chicas que no perdieron tiempo para posicionarse a pedir botella. En tanto María, que no tenía a casa a donde ir esperó con el viejito a que el motor del Chevrolet se enfriara y llegar a La Habana Vieja, la parte de la ciudad que tenía fama de resolverlo todo.

Al llegar, María se adentró a las flaquísimas calles de La Habana Vieja, todas llenas de extranjeros paseando tranquilos y felices de que esa no era la ciudad donde vivía la solución de sus problemas. Había partes de ese barrio donde ella temió estornudar pues de hacerlo, las casas abatidas por siglos de huracanes, se podían derrumbar.

Ella, sujetando el "dinero folclórico" que traía dentro de su short buscaba dónde hospedarse pero al pasar las horas, de cada esquina salían menos esperanzas de encontrar lo que buscaba. En medio de ese laberinto se abrió ante sus ojos una linda plaza que parecía vestida con la misma intención con la que los niños terminan sus castillos de arenas en la playa. Esculturas de bronce en forma de mujeres desnudas adornaban las puertas. Los extranjeros tomaban Mojito[45] en una taberna y le pagaban tragos a jovencitas como ella. Cerca de la taberna había dos jóvenes muy bien vestidos que parecían sabiondos del lugar. María les preguntó si sabían de algún lugar donde podría hospedarse.

- Yo tengo un Yuma allá adentro que si te ve te hospeda en su cama —dijo uno de los chicos.

- Yo no quiero hospedarme con un Yuma. Yo tengo dinero para rentar un cuarto en una casa —respondió María.

- Ahora mismo, con el "cantadito" de guajira ese, el que te hospede en esta ciudad, pierde el cuarto que te rente y pierde la casa —respondió el chico— hay tremendo fuego abierto a los particulares que hospedan ilegales en esta ciudad.

- ¿Ilegales? ¿Tú me estás llamando ilegal a mí? ¿Por qué, porque soy del campo?

Los muchachos la miraron con cara de quien habla con una extraterrestre. Quisieron decirle que hospedarse con un Yuma era su única solución en La Habana pero en la esquina opuesta a donde estaban llegaba un grupo de policías así que los chicos se dieron un giro en 180 grados para doblar por una esquina y dejar que La Habana Vieja se los tragara.

María no vio a los policías pero le fue detrás a los chicos para seguir diciéndole lo que creía de ellos: "¡En mi pueblo jamás haríamos eso a un habanero, ustedes son unos anacoretas todos!". Y cuando se colaron en solares y ella los perdió de vista, cayó sentada en una esquina donde afluía una vertiente de una tubería rota con un olor intenso a fosa. En alta voz pensó: "¡Qué clase de uñas tiene La Habana!"

La puesta del sol ya le añadía sal a su tarde y la idea de regresar a casa de su tía sonaba peor que quedarse a dormir en esa esquina, al lado de la fosa.

Al María levantar la vista, divisó que en el portal de una gran casa tan bella como vieja que había enfrente, un hombre sin camisa se acariciaba

---

[45]Trago típico cubano a base de ron, hierba buena, azúcar, agua gaseada y limón.

la barriga y mordía un palito. Por la suciedad que divisaba sobre los pisos del portal supuso que allí vivía mucha gente y que quizás tendrían cuartos donde dormir ella.

– ¡Guajira y jinetera aquí en La Habana, tú estás loca! –dijo el hombre en cuanto escuchó el acento con que María se lo preguntaba.

– En primera yo no soy jinetera y en segunda…

María no pudo continuar pues el nudo de la impotencia atragantó su idea. Le preguntó al hombre cómo era posible que en una isla tan pequeña existieran divisiones tan inmensas y por qué de tanta discriminación contra la gente del campo.

– Mami, no me vengas a dar clases de filosofía que hoy es sábado –respondió el hombre llevando una de sus manos a su frente.

– Te doy 100 pesos si me encuentras donde quedarme –dijo María.

Al oír eso el muchacho recuperó su postura y dejó de morder el palito.

– Mira, te puedes quedar conmigo y con mi mujer si quieres. Ella es mayor que yo pero le gustan las jovencitas.

– ¿Pero qué le echan al agua aquí en La Habana que tornan a la gente descarada? –respondió María dándose vuelta para seguir la búsqueda.

La Habana apagaba las luces y como si de pronto la ciudad quisiera esconderle todas las opciones de ayuda, llevó hacia María un viento que olía a lluvia. En cuanto la primera gota de agua le cayó a María sobre la espalda, la calle se quedó sin gente. Ella siguió andando rumbo a dónde van los que no saben a dónde pero el hambre comenzó a sonar dentro de su barriga y sus bolsas comenzaron a pesarle con el agua que añadía la lluvia. María corrió a buscar un portal con techo donde guarecerse pero hasta eso le escondió La Habana.

A lo lejos, divisó un letrero que parecía decir "Restaurante" y ya frente al cartel, por las dos parejas de extranjeros que comían arroz congrí con carne de puerco en el lugar, confirmó que había leído bien. Al querer entrar, un mesero le informó que si no era extranjera no podían servirle. Con la misma intensidad que le rugían las tripas, María le rugió al mesero: "¿y eso por qué, acaso no pagamos con el mismo dinero?"

— Pues claro que no, estos clientes tienen divisas y supongo no seas tan tonta como para decirme que traes dólares americanos encima –dijo el mesero.

— Doy lo que sea por un plato de comida. No he comido nada en todo el día.

El joven leyó el desgano en la mirada de María y en vez de responderle, revisó el menú del restaurante como quien busca soluciones. "Da la vuelta por esa esquina y espérame detrás del restaurante. Voy a ver que puedo sacarte de la cocina", le dijo él a María.

A la puerta trasera del restaurante se llegaba atravesando un pasillo pestilente repleto de roedores. Saltando como si jugara al Pon[46] entre las ratas, María llegó a la puerta donde el joven la esperaba con un sándwich, el cual ella enganchó con sus uñas para devorarlo.

— No te voy a preguntar pero por tu acento sé que eres de muy cerca de donde yo tengo familia, –le dijo el joven a sabiendas que María con la boca tan llena de comida no iba a decirle de dónde era– pero ten cuidado, están limpiando la calle de ilegales. Aléjate de este tipo de lugares que son solo para el turismo. Aquí, a veces, hasta los clientes pueden ser chivatones[47] o policías. Un grito desde la cocina le avisó al joven que había clientes en la puerta del restaurante y al irse el joven ella vio la puerta cerrarse frente a sus narices.

Salió por el pasillo masticando el último bocado y esquivando las ratas. Llegó a donde un río de agua de lluvia corría sobre la calle, en dirección a una avenida con luces. Allí un escalofrío invadió sus huesos y un horror impidió levantar su mano para pedir botella a casa de la tía.

Como si los demonios de La Habana estuviesen ayudando, sin ella levantar la mano, un carro que venía sin luces por la avenida paró para

---

[46]Juego infantil en el cual se pintan números en el acera y se saltan sobre ellos.
[47]Cubanismo para designar a la gente que delata actos contrarevolucionarios a las autoridades.

llevarla y el chofer le dijo que casualmente él iba hasta Buena Vista. Por el camino María rogó porque ese día fuera el día de descanso de su tía. Al llegar al edificio, ella se bajó del carro y como de su cuerpo chorreaba tanta agua, ninguno de los tres hombres que jugaban dominó bajo el tenue foco de la entrada, notaron sus lágrimas.

– ¡Mamita, vamos pa´ mi casa que yo te seco! –le dijo uno de los jugadores que fumaba un tabaco inmenso.

Los otros dos también dijeron algo pero como en su mente ella retumbaba un "¡no subas!", no escuchó que le dijeron. La flojera en sus rodillas hacía cada escalón parecer mucho más alto que el anterior y por ella cae al suelo cuando al tocar la puerta del 6 fue Sandro quien le abrió.

– ¡Pero mira quien regresó a la flor de mi calabaza! –dijo Sandro al verla.

– Permiso –dijo ella bajando la mirada.

Una sonrisa esquinó la boca de Sandro al verla entrar.

– Once de la noche, Mariposa, justo como te lo pedí –dijo Sandro dando golpecitos en su reloj.

María siguió rumbo a su cuarto sin contestar.

– ¿Quieres darte un trago con tu tío? –dijo Sandro después de darse un largo trago empinado a su botella de ron.

– Tú no eres mi tío –dijo ella en un tono tan tenue que Sandro no la escuchó.

María se quitó la ropa encharcada en agua y se puso un vestido menos encharcado que traía en su bolsa. Se metió bajo su colcha tan áspera como el miedo que rallaba su piel, deseando poder dormir en paz.

El olor de María exaltó las ganas de Sandro que hasta en la cocina la podía oler y llamando a María por su nombre saltó sobre los charcos de agua que ella dejó en el camino y llegó al cuarto donde ella pretendía dormir.

– ¿Dónde carajo tú estuviste toda esta semana, sobrina? Por poco matas a tus tíos del corazón –dijo Sandro.

Un trueno hizo saltar al edificio y la fuerza que había tomado la lluvia no dejó que Sandro escuchara la respuesta que ella le dio.

– ¿Pero se te olvidaron las reglas, sobrina? ¿Yo no te dije que antes de ir a dormir había que pasar por la cama mía? –prosiguió Sandro.

Al ver que María no decía nada Sandro le arrancó a María la colcha de un tirón. Ella saltó y quedó sentada en la esquina más pegada a la pared de su colchón. Él continuó con su sermón y ella en vez de a un hombre muy molesto veía al desgraciado que en unos momentos iba a envenenar echando en su vaso de ron el Guao que Cheo le había dado allá en Guanabo.

– Así que sin que yo te tenga que obligar, ve tú solita a mi cuarto –concluyó Sandro.

– Sí, pero primero tráeme ron –respondió María.

– ¡Así me gusta! Fiesta primero –respondió Sandro extendiéndole la botella que traía en la mano.

María se dio un buche y mirando directo a él pidió: "Quiero más pero con refresco de Cola".

– ¡Un Cuba Libre! ¡Me encanta esta sobrina nueva! –dijo Sandro rumbo a la cocina en busca del refresco de Cola.

María daba brincos en el lugar, pensando que lo oscuro del refresco escondería lo verde del Guao pero cuando sacó el Guao de la bolsa cayó en cuenta que para usarlo como veneno tenía que estar en polvo. Su cuerpo se enfrió al verse sin salida y un trueno que estremeció las ventanas la hizo correr hacia la puerta de la casa. Los pasos de María aventaron los de Sandro en dirección a ella y a medio metro de su salvación, María sintió que los robustos brazos del tío la atraparon.

Haciendo una camisa de fuerza alrededor de ella Sandro quebró el tímpano de María cuando muy cerca del oído le dijo: "¿Por qué te vas sobrina? si ya te preparé tu ron". Aún dando patadas, María cayó boca abajo en la cama de Sandro y él cayó sobre las espaldas de ella. Sus pies tocaban el piso pero sus rodillas quedaron prensadas entre las rodillas de Sandro y el costado de la cama. A veces una de sus manos se salía para tratar de golpearlo pero pronto regresaba presa. Su espalda quedó inmóvil en cuanto Sandro le engrampó el hombro con una firme mordida. Lo único que quedaba suelto entre ella y Sandro era un blúmer pero una mano inmensa ya lo bajaba.

- ¡Sandro suéltame, no te da vergüenza! –dijo María con la voz rajada.

- ¿Vergüenza? Tú fuiste la que regresaste a mi casa, a ver quién es la sinvergüenza.

- Regresé porque no tenía a donde ir.

- Regresaste porque tu tío te encanta, descarada.

La mano de Sandro se paseaba por los genitales de María, sin decidirse por cuál de los huecos de ella comenzar. La lluvia azotaba la madera de las ventanas con tal vigor que los gritos de María no salían de la casa y en poco tiempo le fue difícil hasta gritar pues sintió que Sandro barrenaba un hueco por donde nadie nunca había entrado.

Los ojos de María se apretaron al mismo ritmo con que el dolor la inmovilizaba y anchando lo tenso de sus adentros Sandro desgarró cada pliegue de María. De los gritos que causó desgarró hasta su garganta.

Al venirse, Sandro desplomó su gigantez sobre el cuerpo exhausto de María. Él respiraba detrás de los oídos de ella como dragón que acaba de regalar el último soplo de candela y con un aliento hirviente susurró: "No sabes lo que tú me gustas, sobrina". Ella no se movía.

Disfrutando lo roto del cuerpo de ella, Sandro le avisó que al próximo día Belinda no trabajaba pero que al día siguiente podían volver a celebrar.

Cuando María rompió en llanto y él se le quitó de encima, ella corrió a la ducha donde el agua, mucho más fría que sus lágrimas, calmaba todos los desgarres menos los de su alma. La culpa la engullía. Sentía que La Habana la había masticado, hecho digestión y defecado en el medio de su plaza más céntrica.

María fue a donde el Guao y pensó que quizás debía hacerlo polvo para tragárselo ella. Cuando se llenó de valor para salir corriendo de allí sintió que su tía ya llegaba.

La fuerza de la lluvia le regaló su olor a la madrugada y poco a poco fue dejando un tintineo sobre las ventanas. Una gran falta de aire llevó a María la pequeña ventana de su cuarto y mirando al cielo rajado por la luz de los relámpagos pidió a quien fuera que estuviera oyendo que por favor la ayudara.

De regreso a su colchón, el dinero que Luciano le había dado en la finca se había salido del short y el amuleto que Cheo le había dado se había salido del bolsillo. María tomó eso como señal y buscó el teléfono del italiano planeando que entrando la mañana, ella saldría a llamarlo.

Creyéndose sin gota de fuerza, su cuerpo le demostró que siempre queda una reserva. Ella salió en puntillas de la casa y se entregó al barrio muerto de aquel domingo inerte. Esquivó las toneladas de basura que el sábado había dejado en la ciudad en busca de algún teléfono público donde llamar a Luciano. Iba con sus puños bien hundidos en los bolsillos del short, oprimiendo el dinero de Luciano en una mano y el amuleto de Cheo en la otra, pero al teléfono que no le faltaba el orificio de la moneda, le faltaba el auricular completo. Había algunos de los cuales solo quedaba un cuadrado sin pintar en la pared pues alguien lo había arrancado.

Ya el sol empezaba a evaporar los charcos que la lluvia de la noche había dejado en Buena Vista y el arrastrar de los pies de ella comenzaba a alzar polvo de las calles. Los únicos despiertos parecían ser los perros callejeros y el paso de María cada vez más lento indicaba que ya ella empezaba a desistir.

Con su mirada al cielo María apretó el amuleto como queriendo decirle al muerto de Cheo que esa era la hora de ayudar. Ella, que pensó que a sus espaldas solo venía su sombra, escuchó una voz que la hizo voltearse. Una señora de sonrisa tan blanca como el pañuelo que llevaba en la cabeza le dijo: "Que Dios te bendiga hija, eres muy bella". Aquello la detuvo pues halagos genuinos y sin motivos era algo común en Buenaventura pero un lujo que La Habana jamás le había ofrecido.

– ¿Yo entendí mal o usted me acaba de bendecir? –preguntó María.

– No temas hija, que yo no echo mal de ojo –respondió con gracia materna la señora.

– Yo no creo en mal de ojos. Sólo que, es curioso cuán sutiles son los gestos que nos hacen extrañar nuestros orígenes. Tanto que creo que ahora mismo si no consigo un teléfono salgo para mi pueblo.

– Si lo que necesitas es un teléfono yo tengo uno. Esa casa amarilla es mía, de ahí puedes llamar –dijo la señora mientras abría la reja para que ella entrara –Yo me llamo Nieves y aquí estoy para servirte –añadió.

– La llamada es a Guanabo y podría ser larga distancia pero yo le pago lo que cueste –le aseguró María.

– No me pagues nada. Usa el teléfono y ésta tarde vístete de rojo que Changó[48] te quiere a ayudar.

La mayor de todas las sorpresas no fue que alguien en La Habana le dijera "aquí estoy para servirte", sino que ese alguien le sirviera sin querer cobrarle. Quiso preguntarle a Nieves quién era Changó pero cuando entró a la casa y vio un guerrero vestido de rojo en un altar, dedujo que era ese. A María se le hizo raro que Nieves no la escoltara pero buscando el teléfono vio que además de Changó y unas maracas en casa de Nieves no había nada que robar.

Entre las telarañas que cubrían el teléfono, ella marcó el número que Luciano le dio. De la primera vez comunicó y la recepcionista le informó que Luciano no estaba en la habitación pero que había dejado instrucciones precisas para que si alguien lo llamaba lo encontraran donde quiera que estuviera. El pie de María daba nerviosos golpecitos

---

[48]Deidad del panteón Yoruba. Dios de los truenos. Se sincretiza como Santa Bárbara.

sobre el suelo levantando polvo de las capas de suciedad que vestían el piso. Su cuerpo entero se detuvo cuando del otro lado de la línea escuchó acercarse a alguien corriendo y suspiró del alivio al escuchar la voz de Luciano.

Después de saludar, enseguida el italiano propuso ir a verla a La Habana.

— Ven hoy mismo por favor –pidió María.

— ¡Pues claro! ¿Dónde nos vemos?

— Déjame pensar. Tiene que ser un lugar central como para que un taxi lo encuentre pero no muy turístico para que no hayan policías. ¿Qué te parece la escalinata de la Universidad de La Habana? Está en el Vedado.

— Perfecto, se lo digo al taxista que me lleve. Allí estaré a la 5 de la tarde.

Colgando el teléfono, los demonios de La Habana parecían menos fieros. Calzó 20 pesos debajo el teléfono de Nieves y salió a darle las gracias pero ella ya no estaba. Le cerró la reja de la casa y se fue meciendo sus brazos de regreso a casa de la tía pero todo en ella se detuvo cuando entró al apartamento y vio a su tía en la mesita de la sala desayunando con Sandro.

— ¡Pero, mi niña, qué alegría, estás de regreso! –dijo su tía corriendo hacia ella con sus brazos abiertos.

Las manos de María salieron de los bolsillos para abrazarla pero dentro del abrazo no sabía cómo responderle sus preguntas.

— ¿Dónde te metiste? ¡Qué susto nos has dado! Llevamos dos semanas buscándote. Sandro salió en su moto y te buscó por todos lados.

— Eso mismo le dije yo cuando le abrí la puerta anoche –dijo Sandro con sus ojos clavados en la palidez de María.

— No me hagas esto más nunca, mi niña –prosiguió la tía– Yo fui a buscarte a todas las escuelas de baile que encontré en la guía telefónica. Hasta me puse a oír Radio Martí pensando que te habías tirado al mar.

— ¿Cómo que al mar, tía?

— Mi hija, es que aquí en La Habana todo el mundo está en eso. Hasta pensé que habías venido a mi casa como un puente para irte del país. En Radio Martí dicen que miles de balseros han llegado a Miami este año pero hay otros miles que se han tirado sin llegar.

— Ay, discúlpame, tía.

— ¿A ver, a dónde tú te fuiste mi niña?

— A trabajar. A bailar en una finca lejos de aquí.

— Lo cual está bien, pero si te tienes que ir a trabajar déjame una nota María, o mira, llámame por teléfono. Déjame un recado con la vecina del 4, para saber que estás bien, ¿me lo prometes, mi niña?

María le dio su palabra y en cuanto Belinda le dio el número al cual ella debía llamar, ella fue rumbo a su cuarto. Sandro sonreía y no dejaba de admirar lo bien que María guardaba sus secretos.

— Hoy Sandro me pidió que fuera con él a casa de Mila. ¿Sabes?, la novia del canadiense. Van otros canadienses, hombres de negocio ¿Quieres venir con nosotros, mi niña? —preguntó la tía caminando rumbo al cuarto de María.

— No, vayan ustedes, gracias —respondió María buscando su vestido rojo dentro de su empapada bolsa para vestirse tal como la había aconsejado Nieves.

— Dale, vamos María, que ellos traen ropas de uso muy lindas. A lo mejor te pones dichosa y regalan algunas.

— No tía, yo no necesito ropa.

— Quizás ropas no, pero un marido canadiense no te vendría mal. Vamos que ellos seguro de verte, se enamoran.

Procurando que Belinda cesara la insistencia, Sandro fue al cuarto de María a interrumpir la charla.

— Ella no necesita ni ropa ni marido, Belinda –dijo Sandro– ¡Ve a vestirte ya!

Aunque Sandro tenía algo de razón, ella necesitaba cambiar su suerte ya y ya dentro del vestido rojo sintió que ponía su suerte en las manos de Changó. Alisaba su largo pelo negro sobre la cama, cuando Belinda regresó al cuarto de ella a despedirse. "¡Qué vestido más bello María, pareces una Santa Bárbara!", le dijo la tía. María fue hacia su tía y la abrazó con todo lo que daban sus brazos como quien, más que las gracias, quisiera pedir disculpas por el daño que causó.

Intuyendo demasiado acercamiento, Sandro regresó al cuarto de María a avisarle a su mujer que ya tenían que irse. "Cuidado con ese rojo que los toros de La Habana te harán trizas", le dijo Sandro a María al notar el vestido de ella. Belinda le preguntó a María si regresaba tarde, a lo que Sandro añadió "llámame si quieres que vaya a buscarte". Con deseos de lanzar el peine que tenía en la mano a Sandro y mirando a la tía respondió que no sabía.

Sandro salió del cuarto empujando a Belinda pero antes de salir puso un dedo firme sobre su boca como recordándole a María que debía guardar silencio. Con esa imagen machacándole los sesos, en cuanto ella se quedó sola en casa, voló a la repisa de la cocina a buscar un mortero con que machacar el Guao. De rodillas en el suelo de su cuarto, echaba hoja a hoja en el vaso del mortero para machacarla. Los azotes sacaban sus lágrimas pero las razones por las cuales ella trituraba ese veneno, se las secaban rápido.

La savia del Guao dio una mezcla cáustica que al rato se tornó en talco perfecto. Ya con el veneno listo, por primera vez María coincidió con su padre en algo: en las ganas de arrancarle los huevos a Sandro. Con eso en mente fue al cuarto donde la noche anterior Sandro la había violado.

Un estridente escalofrío se coló por entre los poros de su cuerpo y ella lo atribuyó al enojo del mambí que sabía lo que ella estaba a punto de hacerle a Sandro. Alzando bien el mortero en dirección al altar, como quien retar a un muerto, le dijo: "¡Salud, taita mambí, pero aquí en la tierra somos los vivos quienes mandamos!"

Enseguida el valor regresó a ella y en la primera gaveta que abrió encontró todos los calzoncillos y pares de medias de Sandro. Con su propio cepillo de diente, María ralló Guao en la huevera de cada calzoncillo del tío, tornando el polvo casi invisible. Abriendo el último calzoncillo, María encontró los datos de un tal Camilo notando que debajo de ese nombre, en mayúsculas, decía Teniente Coronel, y había números de teléfono con códigos de Guantánamo. Ya iba a regresar el papel a la gaveta cuando vio que una flecha llevaba a un recado que decía: "Dígale a María que me llame".

El cuerpo de María hirvió de rabia al caer en cuenta que Sandro le había ocultado que Camilo había ido a verla a La Habana. Sin siquiera pensarlo, usó el poco de Guao que quedaba en el mortero para rayarlo también dentro de los pares de medias.

Era obvio que la luz se había ido porque en Buena Vista ese domingo no había música pero dentro de María cantaba la venganza. Antes de irse se tomó una jarra de batido de mamey completa y fue a donde el mambí a guiñarle un ojo y tal como le había hecho Sandro, poner un dedo sobre su boca para pedirle al muerto que no dijera nada.

En los bajos del edificio, María echó un escupitajo en dirección a la mesa de dominó donde ya tomaban y jugaban dos hombres.

– Niña, ¡tan linda y tan asquerosa! –dijo el más viejo.

– Oye, cosa rica, ven a acá, pa´ que veas que rápido te quito esa tuberculosis –dijo el menos viejo.

La mata de Marpacífico de los bajos le regaló a María una flor para su pelo y como nadie le podía decir que no al rojo que ella vestía, la avenida enseguida trajo a un carro que parecía del siglo anterior, cuyo chofer aceptó darle botella a su próximo capítulo de vida.

Entrando al Vedado, una retahíla de policías acosando muchachitas le rayó el disco de alegría que traía María.

– ¡Ay, qué bueno, hay recogida[49]! –comentó el chofer al notarlo.

– ¿Cómo "qué bueno", chico? ¡Eso es terrible! –respondió María.

– No, cuando andan detrás de las jineteras nos dejan en paz a nosotros los taxistas.

María no pudo negar que lo magnífico para unos es a veces una desgracia para otros. "Mira, de ahí las llevan para el campo a recoger tomates", dijo el chofer señalando a una cantidad de chicas que parecían sardinas apretadas en la parte de atrás de un carro de policía. "A ver si se les quita las ganas de ser jinetera", añadió el chofer con un tono purgativo.

Convencida que la recogida significaba una desgracia para ella, que iba a encontrarse con un extranjero, María se bajó del carro apretando su amuleto y pidiéndole a Changó que la ayudara a navegar el encuentro con Luciano. Rumbo a la escalinata, notó cuantos patrulleros rondaban el Vedado y también notó cuan hábil el rojo de su vestido y de la flor que llevaba en la cabeza volteaban hacia ella todas las miradas del lugar.

Justo en los bajos de la escalinata un hombre, cuyos ropajes a la legua decían: "soy extranjero", ya la había visto venir y la saludaba con las manos al aire como cuando al final de la película el novio se encuentra con su amada. Era Luciano. María bajó la vista pretendiendo que los saludos no eran para ella. Miró al tráfico para cerciorarse que no venían policías y con suma suerte, vio un Lada con porte de taxi de hospital y le sacó la mano. El taxi paró y ella sin preguntarle al taxista si la llevaba o a donde iba, se montó. Luciano confundido, corrió al taxi e hizo lo mismo.

Ante el obvio "¿para dónde van?" que preguntó el chofer, María no tuvo respuesta. Luciano mucho menos.

– Llévanos a un lugar tranquilo, apartado y sin policías –sugirió María.

– No hay problema. ¿Qué tal les parece la luna? –preguntó el chofer.

– Mira, llévanos lejos de La Habana que yo soy del campo y estar

[49]Rastreo policial en busca de jineteras.

aquí con un extranjero es querer colgarse y no tener soga.

– Sí, hay tremendo fuego abierto hasta a mí, si me cogen dándole viaje a "jineteritas" con sus Yumas, me quitan hasta el "musicón" del Lada.

– ¡Mira, estúpido, yo no soy ninguna "jineterita"! –respondió María.

– ¿No? ¿Qué eres? ¿Francesa? –respondió el hombre revirando los ojos a María para hablarle a Luciano –Amigo, qué tal rumbo a Pinar del Río. Allí hay un hotelito "descargoso" con ranchón y "piscinón"... tranquilo para que los Yumas descarguen con sus niñas. Y no hay policías –enfatizó, dirigiendo sus ojos a María.

– ¡Para esa misma luna vamos! Dale, arranca –ordenó María.

Los deseos de meterle por la cabeza al chofer con una de sus bolsas le quitaron a María los ánimos de saludar a Luciano. Las palmas y más palmas que empezaron a aparecer en el paisaje poco a poco fueron alivianando sus nervios. Al llegar al hotel cercano a Pinar del Río, Luciano le pagó al taxista doble de lo que él pidió y María le dejó saber a ambos lo poco que se lo merecía. Luciano entró con las bolsas de ella y el chofer se fue del hotel sacudiendo los billetes que Luciano le dio, articulando un "jineterita" con la boca, a lo cual María respondió: "Aprende a hablar, so-comemierda".

La deliciosa sazón de la comida los guió al famoso ranchón. Ya sentados, Luciano admiraba la tierna criollez del lugar y María trataba de ubicar quiénes de los presentes tenían porte de policías. Como todos vestían ropajes con aires internacionales como los de Luciano, ella pudo comer tranquila.

Un Mojito y temas ligeros acompañaron la cena. Los ánimos comenzaron a tomar peso cuando Luciano preguntó sobre el moretón que María traía en el hombro y sobre la gran bolsa con la cual María había salido a comer con él. María le daba vueltas a su vaso sin saber que contestar pero en cuanto se llenó de valor, le confesó al italiano que la noche anterior el marido de su tía la había forzado y que esa noche ella no tenía donde dormir.

De pronto, todo lo que Luciano había comido daba más vueltas que una lavadora dentro de su estómago. Él pagó la cuenta, se levantó y le pidió a María que no se moviera de la mesa. María, al verlo caminar rumbo a la recepción, no dudó que era para pedir un taxi e irse millas lejos de ella. Respiró profundo y el intenso olor a campiña le dijo que alrededor del hotel había un tupido monte y pensó que quizás allí podría dormir. Antes de caminar rumbo al monte, María fue al lobby del hotel a cerciorarse de que Luciano se había esfumado. Paro para su sorpresa, entrando al lobby vio que un joven en la recepción le entregaba a Luciano unas llaves y le pedía que esperara en la piscina a que su habitación estuviera lista.

– Por menos que lo que yo te conté cualquiera desaparece. ¿Por qué no te fuiste? –preguntó extrañada María.

– Yo no vine a Cuba a humillar a los cubanos –respondió Luciano– Yo vine a aprender a vivir sin nada, como hacen ustedes.

– ¿Y cómo vas a aprender a vivir sin nada si viniste a Cuba con todo?

– Yo no vine con todo. Mira, yo tengo una casa bella en Florencia, tengo una mujer que me ama, tengo dinero. Escribo para periódicos y revistas en Roma. Pero yo, teniéndolo todo siento que mi vida es un gran sin-sentido. Ustedes los cubanos son dichosos, ¡tienen tanto con tan poco!

– ¿Tenemos qué cosa? ¿Viste qué rápido tú conseguiste una habitación en un hotel? Yo ayer, ni con dinero en el bolsillo pude lograr eso. ¿De qué tú hablas, Luciano?

– Ustedes tienen vida. Son felices porque tienen cercanía, humildad, hermandad.

– Sí, pero nada de eso se come.

– La vida fuera de Cuba es difícil también, –dijo Luciano– no hay Período Especial como lo hay aquí pero otras escaseces nos vacían. A mí, por ejemplo, mi mujer me ama pero no como yo quiero que me amen y mi hija que dice que regresará a vivir a casa el día que la herede.

— Porque ustedes son una partida de gente inconformes, que no aprecian los regalos que les da la vida y siempre quieren uno mejor ¡Es tan frustrante para los desdichados escuchar a tantos dichosos maldecir su suerte!

— Yo sé qué difícil es para los que no tienen nada entender los pesares de quienes lo tienen todo pero entiéndeme, yo solo tengo dinero, estoy muerto por dentro y no hay peor muerte que la que se siente en vida.

— Los cubanos tenemos mil razones para sentirnos muertos también, pero no tenemos otra opción que sentirnos vivos porque aquí, al que se haga el muerto lo entierran para quitarle el reloj —respondió María.

— Llevo dos meses aquí y creo que la gran falta de los cubanos es que viven enfocados en las carencias y se olvidan sus riquezas.

— ¿Riquezas? ¿De dónde tú sacaste eso, del curso cultural que te dieron en la finca?

— Te estás burlando.

— ¡Ay dios mío, esa enfermedad mental tuya tiene que tener nombre!

Mientras más trataba de explicar Luciano, más hervía la sangre de María. Por suerte un muchacho interrumpió la charla en el punto que se tornaba candente para, señalando a la chapilla de su camisa, decirles que su nombre era Marcos. Con suma amabilidad el joven les pidió que lo siguieran para llevarlos a la habitación y por el camino ofreció que si al otro día gustaban de un paseo a caballo le avisaran.

La habitación olía a pintura fresca pero el azul de las paredes no parecía nuevo. El olor venía del techo y según Marcos, lo acababan de pintar para "tapar la humedad", luego de lo cual María también discernió un fuerte olor a moho. Marcos le aseguró que todos esos olores se iban en cuanto encendieran el aire acondicionado.

— ¿Y de veras enfría el aire? —preguntó Luciano.

— Da igual, Luciano, si no enfría dormimos en la piscina —sugirió María en broma.

— Está prohibido dormir afuera, señorita –aclaró Marcos.

Haciendo un giro de 180 grados para caer bien de frente a la cara de Marcos, María preguntó: "¿Son ideas mías, o tú me llamaste señorita?"

— Ah, claro. Señora. Disculpe, es que… –rectificó Marcos.

— ¿Señora? ¡Mejor todavía! Porque estando allá afuera sin el "Señor" italiano siempre me llaman "oye, mijita, mamita, cosa rica, jineterita. Y aquí adentro soy "señorita". De aquí yo no salgo.

— Bueno, que disfruten su estadía los señores –respondió Marcos a modo de poner fin a esa charla.

El silencio que dejó la partida de Marcos sentó a María sobre la cama. Por su mente pasaba que, según la regla del "giro", le tocaba hacerle mil maravillas al italiano. Mirando al italiano encender un tabaco María le preguntó: "¿Qué viene ahora?" Por la expresión de Luciano María dedujo que él no había entendido.

— ¿Qué hacen las cubanas cuando de pronto se quedan a solas con un extranjero en el hotel? –insistió ella.

De dos cachadas de tabaco, Luciano inundó el cuarto de humo y María tomó eso como pie para ir a la ducha donde el agua hirviendo enjuagó el polvo del día pero nunca calmó sus nervios. María salió del baño envuelta en una toalla y atravesó el humo del cuarto para llegar a la esquina donde Luciano escribía bajo a la luz de una lamparita y justo en frente del aire acondicionado.

María liberó su pelo del retorcijo de la toalla que traía en la cabeza. Él la miró por un segundo y regresó a escritura pero al próximo vistazo ya el cuerpo de María no traía toalla. El latigazo en el tiró a Luciano al suelo a recoger la toalla y a pedirle a María que se vistiera. Dos veces, María le preguntó por qué hacía eso y dos veces él respondió: "¿Para qué arrancarle más pétalos a una flor que ya está rota?"

— Yo no estoy rota, –dijo María envolviéndose con furia en la toalla– ¿quién te dijo a ti que yo estoy rota?

Luciano soltó su pluma y trató de explicar qué quiso decir él con "rota".

Ella, sin querer admitirlo, sintió que las palabras de Luciano zafaban nudos de entre sus nervios y tal alivio la tumbó en la cama.

Al día siguiente, el sol los invitó a las tumbonas de la piscina. Luciano ordenó un Mojito y María agua y antes que llegara la orden María le preguntó: "¿Qué tú quieres de mí, Luciano?" Cualquier respuesta que él le diera iba a sonar brutal, así que respondió con la más brutal de todas: la verdad.

– La primera noche que te vi bailar en el show de la finca te escribí un poema. Fue el primero que escribí en un año desde que salí de Italia. Algo me dijo, "he de tener a esa cubana". Al otro día en la mañana y por tres días seguidos, fui a buscarte a la arboleda de la finca para acordar una cita nocturna contigo. Un día fuiste y te seguí por los trillos. Te vi escogiendo flores y oliendo hojas. No parecías estar allí para lo que estaba yo. Al salir, una bailarina preciosa me ofreció una cita con ella y se la acepté pero le pagué extra para que nunca te lo comentara y para que me ayudara a coordinar una cita contigo. Ella trató pero tú le dijiste que yo no te interesaba.

– Linda la historia pero no respondiste mi pregunta –respondió María con hielo en las palabras.

– Tenerte. Solo quiero tenerte –respondió Luciano.

– ¿Y entonces, por qué no lo hiciste anoche?

– No sé. Después de lo que me contaste, te vi con otros ojos.

– ¿Con lástima? –preguntó María temiendo que él confirmara eso.

– Yo soy un hombre, María. Tengo una hija. No sé, ¡ni me imagino el dolor que debes sentir!

– Lo único que no me gusta de tu historia es que la víctima soy yo.

– Porque lo eres y aunque no lo creas, ahora mismo, estás en estado de shock.

– ¿Shock? Si la que cometió el error fui yo, Luciano. Ignoré que en casa de mi tía vivía un hombre. Sin darme cuenta lo sonsaqué y lo desorbité al punto que él creyó que yo lo deseaba. Pero el mejor maestro de esta vida se llama error y yo no pienso desperdiciar esta lección. A partir de hoy, con los hombres, ¡alerta!

– María, por Dios, nada de eso fue tu error. El marido de tu tía te violó, lo cual es un acto criminal. En Italia, nosotros cortamos los huevos por eso.

"¡Ay, los huevos!" dijo María en voz alta, poniéndose de pie con cara de haber recordado algo muy importante.

Eso "cortarle los huevos" causó en María una intensa curiosidad por saber que había sido de los huevos de Sandro después que ella embadurnó sus calzoncillos de Guao. Tal curiosidad la hizo saltar de la silla y correr rumbo a la recepción para llamar a su tía a decirle que no llegaría esa noche y de paso enterarse. En cuanto la del 4 respondió el teléfono, María pidió hablar con Belinda.

– Imposible, mi chini. Belinda está en el hospital –le informó la del 4– A Sandro se lo llevaron anoche en una ambulancia dando gritos y con las patas en alto, pues tenía los huevos al rojo vivo... Dicen que una alergia a un pescado que le causó quemazón pero yo no me trago ese cuento. Eso es SIDA que cogió en los huevos. Esa enfermedad la están entrando los Yumas a Cuba y tú sabes que tú tío se ha acostado con todas las jineteras esta isla.

– ¿Se le quemaron los huevos a Sandro? –preguntó María con voz quebrada del nerviosismo pero queriendo reír.

– Ay sí, mi chini y dicen que largó hasta la planta de los pies ¡ese SIDA es candela! La ambulancia iba por la esquina y yo oía sus gritos en mi casa.

María colgó el teléfono. Con la culpa y la felicidad carcomiendo ambos lados de su conciencia, corrió a donde Luciano en la piscina, hizo a un lado la revista que él leía y saboreándose dijo: "¡Ay, qué dulce es la venganza, qué rica!"

– ¿Pero, qué pasó? –preguntó Luciano.

— Olvídate qué pasó. Esto hay que celebrarlo con ron ¡Así que, vamos para el cuarto!

Sin saber que celebraban, Luciano le gustó la fiesta pues María de pronto parecía más risueña, más sexy, más loca; hasta daba saltos sobre la cama. Tomaron ron hasta que María se quedó dormida y a él le entró sueño fumando tabaco y escribiendo poemas bajo la luz de la tenue lamparita.

— ¿Qué es esto? –preguntó María en la mañana cuando se despertó y encontró un poema bajo su almohada.

— Eso es algo que pensé te haría feliz.

— Ayer te pregunté qué querías de mí y me dijiste que tenerme. A ver dime tú ¿qué diablos hago yo hoy con un poema en la mano? Esto no me hace feliz. Esto solo me confunde.

Más raro que el poema fue ver a un hombre, el doble de su edad, poner cara de bebé y actuar más confundido que ella. Por eso dejó a Luciano en el cuarto y fue a la piscina a tratar de descifrar por qué ciertos acercamientos de Luciano la malhumoraban tanto. Sentándose en una tumbona notó que la piscina comenzó a dar vueltas a su alrededor, así que asumió que el mal humor se debía a lo tanto que había tomado la noche anterior.

En lo que el sol evaporaba el alcohol que le quedaba a María en las venas, Luciano fue a la tiendecita del hotel y compró un bikini morado para ella.

— ¡Ay, qué lindo Luciano! ¿Para mí? A mí nunca un hombre me había hecho un regalo –dijo María adorando el bikini en sus manos.

Luciano sugirió que fuese a cambiarse para ir al agua con él y ella aprovechó para pedir disculpas por haber sido tan necia esa mañana. Todos los que la vieron regresar a la piscina con el bikini morado puesto sintieron que sus cerebros daban vuelta. Pero ella sin notar quienes la miraban, llevó a Luciano a una esquina de la piscina y allí se lo comió a besos. El italiano sintió que aunque sus pies tocaban el fondo, él se ahogaba pues María le susurró al oído: "Es hora de tenerme, vamos al cuarto".

Quitarle el bikini a María fue fácil, lo difícil fue entender el cambio de luces de ella. Después del sexo, Luciano fue por un tabaco y espantando la nube de humo que quedó entre ellos, él revirtió la pregunta que el día anterior le había hecho ella: "¿Y tú qué quieres de mí, María?" Como el semblante apagado de María no decía nada, Luciano casi podía apostar que la respuesta de ella iba a ser "no sé" o "nada". Para su sorpresa, María respondió con una oración corta pero inmensa: "¡Yo quiero aprender!". Luciano, que para nada se esperaba esa, le hizo la obvia pregunta que venía después: "¿Aprender qué?"

— Yo necesito aprender cuáles son las dichosas mil maravillas que le gusta a los hombres y a cambio, yo revelo el secreto de cómo satisfacer sexualmente a una mujer —respondió María.

Luciano dejó el tabaco humeando solo en la esquina de la habitación y fue a donde las intrigas de María parecían crear más humo que su tabaco.

— ¡Empieza tú! —propuso Luciano cruzando los brazos.

— Muy bien —dijo María asumiendo poses de profesora— a una mujer sólo se satisface admitiendo que no sabes cómo hacerlo.

— Pero, ¿qué tal si yo sé cómo hacerlo? —preguntó Luciano

— ¿Y qué tal si yo te aseguro que no sabes nada? Ustedes creen que todas las mujeres somos copias de un libro escrito por el mismo escritor. Pueden llevar 50 años teniendo sexo con mujeres, pensando que todas salieron satisfechas, pero…

María negó con la cabeza y por su cara de maestra burlona él sabía que María insinuaba que en 50 años ninguna mujer salió satisfecha de su cama.

— Ese no es mi caso —aclaró Luciano.

— ¿Que no? Y con tantos años que llevas de casado, hoy no supiste darme un orgasmo…

119

El latigazo de María devolvió a Luciano a su tabaco, el cual Luciano pronto cambió por un vaso de ron.

— Quizás no te viniste por lo que acabas de pasar, María –respondió Luciano en cuanto pudo hablar.

— O quizás porque no sabes hacerlo. Cada mujer es un laberinto y si ustedes no empiezan el acto preguntan cómo hallar la salida, les costará un mundo llegar. ¡Eso, si llegan!

El vapor del día no ahogaba tanto como el ambiente que María creó con sus lecciones. Masticando los pocos pedazos de ego que ella le había dejado intacto, Luciano sugirió salir de la habitación para ir a comer.

— No, ¿y mi lección? –preguntó María.

— Te la doy cuando aprenda a darte un orgasmo –respondió Luciano.

Por el resto de los días en Pinar del Río, él se dedicó a admitir que no sabía nada a modo de aprenderlo todo sobre el cuerpo de una mujer, y en el proceso María aprendió un mundo de sí misma. Él que había ido a Cuba a aprender sobre la cultura nunca se imaginó que la gran lección la recibiría su hombría y que se la daría una joven que al parecer no sabía nada de la vida. Y en cuanto él aprendió lo que debía pasaron a la lección que María había pedido.

— La verdad es que las mil maravillas que le gustan a los hombres no son mil, son más, pero vienen en tres dimensiones –le explicó Luciano– En la dimensión física reina el sexo, donde la clave para satisfacer a un hombre no es la posición sexual, ni la dureza de las curvas de una mujer, sino con cuán ganas ella quiera ese sexo con nosotros. La segunda es la emocional, donde generalmente las mujeres se exceden con sus maravillas, pues yo creo que Dios las equipó a ustedes para, de vernos, saber qué es lo que nosotros necesitamos. Y la tercera es la intelectual, en la cual no importa el nivel universitario, ni la cantidad de libros leídos, sino la posibilidad de conectar las mentes para poder conversar con palabras y no a golpes.

— Mira eso, tres dimensiones, ¿así de simple?

— Créeme, de simple no tiene nada. Cuando te enamoras, mantener esas tres dimensiones vivas y presentes a largo plazo en una relación es casi imposible.

Y como el único plan a largo plazo que María tenía era volar, no enamorarse, fue a cambiarse de ropa advirtiéndole a Luciano que eso de las dimensiones eran cuentos de tontos pues sabiendo todo eso, él estaba en Cuba siéndole infiel a su mujer.

— Porque cuando en la pareja un hombre carece de alguna de esas dimensiones, muere por dentro y buscando sentirse vivo es que puede ser infiel.

Marcos, que tenía puntería para interrumpir las charlas más intensas, tocó la puerta de la habitación para preguntar: "¿Los señores necesitan algo, un paseo a caballo o salir del hotel?" Aunque Luciano respondió que no desde la hendija que dejó al abrir la puerta, María salió diciendo que necesitaba aire.

A ella le gustaba sentarse afuera del hotel, donde los grillos y el olor a campo eran como su pueblo en medicina. Esa noche su mirada se perdía en la oscuridad de los montes pensando que ya en dos días Luciano regresaba a Italia y ella se quedaría sin rumbo otra vez. Luciano no lo mencionaba, pero leía terror en la oscura expresión de María. Esa noche, en vez de ir a dormir con ella a la habitación, Luciano se fue solo a la piscina a soplar un poco de humo a la luna. De lejos, Marcos lo vio y fue a preguntarle si podía hacer algo por el Señor. Por primera vez Luciano respondió que sí.

— Dos cosas, –dijo Luciano– la primera es una caja de puros para llevarme a Italia. Y la segunda, que me ayudes a hospedar a María en este hotel durante unos meses.

— Con lo de la caja no hay problema, Señor pero nacionales solos, sin extranjeros, no están permitidos en la instalación, ni siquiera en el ranchón –respondió Marcos.

El italiano trataba que el humo de su tabaco expulsara el amargor que dejó en él la respuesta de Marcos y con los ojos perdidos en la poca luna que regalaba la noche le pidió al joven que lo dejara solo.

"Aunque, yo puedo averiguar en la finca de mi tío, que queda por aquí cerca. Él tiene muchos cuartos y quizás pueda hospedar a su novia", dijo Marcos a modo de animar a su cliente. La pizca de esperanza devolvió algo de lustre en Luciano, quien sacó de su billetera 50 dólares para que Marcos comprara la caja de tabacos y unos cinco billetes de 1 dólar para que Marcos no se olvidara de gestionar el otro pedido. El joven tomó el dinero de los tabacos pero devolvió los otros billetes diciendo: "Yo no acepto dinero por trabajo no hecho". Ante la cara de confusión de Luciano, Marcos añadió: "Esa cantidad es mi salario mensual, cuando yo los trabaje usted me da propina".

Al día siguiente, en cuanto Luciano vio que María ya abría los ojos le contó sobre la posibilidad de alojarse en la finca del tío de Marcos.

– Yo no me puedo quedar a vivir en Pinar del Río, Luciano, –respondió ella– pierdo mi escuela.

– Pero a casa de tu tía no puedes regresar, María, sobre todo si ya decidiste que nunca vas a reportar a ese abusador a la policía y que ni siquiera se lo contarás a tu tía. Tienes que irte. ¿Qué tal si regresas a tu pueblo con tus padres?

– Mi escuela es lo único que yo tengo. Si pierdo eso lo pierdo todo. ¡Prefiero que me violen todos los días a nunca en la vida intentar ser feliz! –gritó ella encerrándose en el baño.

Los gritos dejaron a Luciano perplejo. En la tarde él fue a ver a Marcos para recoger sus tabacos y para decirle que, a causa de la escuela de ella, lo de la finca de su tío no iba a resultar para María.

– ¿Dónde estudia María? –le preguntó Marcos.

– En La Habana, pero como es del campo no la hospedan en la ciudad –respondió Luciano.

– ¡Termina de mosca el que no conozca! –exclamó Marcos– Yo la puedo conectar. Mi madre vive en La Habana y tiene una mansión por la calle Obispo donde hospeda chicas del campo sin problemas con la autoridad.

Luciano lanzó sus dos brazos a Marcos y le dio un fuerte abrazo.

—¿Está enamoradísimo de esa cubana, no? —preguntó Marcos cuando Luciano lo soltó.

—No sé.

—Si lo supiera, no fuera tan obvio. Yo creo que sí lo está.

Luciano, que llevaba días preguntándose lo mismo, no supo explicar si era su lado paterno o su lado enamorado el que obraba por ella. Dejó la pregunta inconclusa para ir a darle la noticia a María. Ella, al oír que alguien en La Habana podía hospedarla también se lanzó de emoción a abrazar a Luciano.

—Aunque no resulte —dijo María— por tan solo por intentar ayudarme, te quedo agradecida por el resto de mis días.

María empacó su gran bolsa y se puso el vestido rojo con que llegó a ese hotel para que la suerte de Changó otra vez la acompañara.

తతత ≪≪≪

Marcos arregló para que en vez de un taxi regular, un amigo suyo llevara a sus clientes de regreso a La Habana. Y con ya tantos favores cumplidos, Luciano, en vez de unos cuantos billetes de un dólar le regaló a Marcos uno de veinte.

El amigo de Marcos llegó en un suntuoso Cadillac, un auto tan antiguo que en vez de a La Habana parecía que los llevaba rumbo al pasado. Luciano quiso viajar en el espacioso asiento de adelante, junto a María y el chofer para que desde la ventanilla, las palmas, las presas y los poblados del Pinar del Río lo deleitaran. "¡Qué bello Pinar, mama mía! Pasé casi dos semanas aquí y no salí del hotel ni una vez", exclamó

Luciano. El chofer, que ya había notado la infinita sensualidad de María, no se sorprendió al oír el comentario.

Ella iba a gusto entre los dos hombres. La colonia del chofer olía fresca y le recordaba a la de Camilo por lo que a cada rato sentía deseos de decirle que olía fenomenal. Pero el deleite de todos culminó cuando el chofer detectó que a lo lejos un policía acosaban a otros choferes y avisó: "Punto de control". El nerviosismo de María le dio razones a Luciano para llenarse también de nervios.

– ¿Y si nos agarran con un italiano dentro del carro que nos hacen? –preguntó María.

En vez de responder, el chofer le pidió a Luciano que saltara por encima del asiento y se hiciera el dormido en el asiento de atrás.

– Fíjate, –le advirtió el chofer a María– si preguntan, tú eres mi novia. Yo estoy casado. Soy de Pinar pero vivo en La Habana. El Yuma no es Yuma, es mi hermano. Duerme porque está borracho. Fuimos los tres a Pinar. Allá vive mi padre. Ah, y me llamo Carlos Menéndez, ¿cómo tú te llamas?

– María. Y soy de Holguín.

– Ay, mamacita… ¡Reza porque no te pidan carnet! –respondió el chofer.

Al ver que la mano del policía pedía que frenara el chofer aminoró la marcha y se parqueó detrás de dos carros que esperaban por su registro. Luciano se viró contra el espaldar del asiento y pretendiendo dormir una gran borrachera, ni se movió más. A pesar de los sudores fríos, María fingió una sonrisa en sus labios. Para entrar también en personaje, Carlos Menéndez pasó un brazo sobre los hombros de ella. Ella, hundida en un olor que le recordara a Camilo, buscó los labios del chofer y lo besó con tal gusto que al llegar el policía a la ventanilla tuvo que sonar dos veces la garganta para que el chofer le prestara atención.

Más choqueado por el beso de María que por el policía en la ventanilla, Carlos Menéndez no recordaba donde había puesto su identificación. Mientras él buscaba los papeles, el policía metió la cabeza por la ventanilla del Cadillac para dar una extensa ojeada. Luego le preguntó al chofer todo lo que él había predicho. María sonreía a cada rato, actuando su papel de queridita[50] irresistible.

En vez de pedirle a Carlos Menéndez que despertara al que dormía en el asiento trasero, el policía le ordenó: "abre el capó". Por suerte, allí solo bailaba la bolsa de María, llena de blúmeres, blusas y chores de mujer. Pieza por pieza, el policía confirmó que nada de lo que el chofer transportaba en el capó era ilegal.

Al sentir el carro andando de nuevo Luciano preguntó: "¿Ya me puedo despertar?" María y el chofer, aún bloqueados por los sucesos, le respondieron a la misma vez que sí. En el carro reinó el silencio hasta que Carlos Menéndez frenó a media cuadra en una fina calle de La Habana Vieja y señalando a una casa que alguna vez fue bella les informó que ahí vivía Julia, la madre de Marcos.

Luciano pagó el taxi y enseguida se bajó para admirar el carisma de la calle donde vivía Julia. María respiró profundo dentro del carro como quien pide unos segundos antes de comenzar una nueva corrida de toros. El chofer aprovechó para preguntarle a María cuando podría volverla a ver, a lo cual ella respondió "nunca".

El portón de madera de casa de Julia, al tocarlo, desprendía una nostalgia insoportable. Una señora, bien vestida pero mal peinada, les abrió la puerta y regresando despacio a su sillón, les dijo que Marcos les había avisado que ellos venían. Con el ecuánime gesto de una mano, ella los invitó a sentarse.

A María se le iban los ojos a la repisa de la sala donde una colección de botellas de ron y cerveza vacías trataba de disimular las carencias. Rayos de sol entraban por los huecos de las persianas rotas del gran ventanal de la sala dejando que líneas de luz cundidas en polvo atravesaran la sala. Esa luz permitía entrever fieras arrugas en la cara de Julia, de esas que dejan los maltratos de la vida en el rostro de una mujer.

Julia parecía haber estado en "el giro" antes de nacer y hablaba como si todos también lo hubiesen estado.

---

[50]Forma coloquial para decir amante.

– No tengo habitaciones "para la lucha" –dijo Julia.

María dedujo que con esa de "la lucha" ella quiso decir "jinetear". Luciano, que no dedujo nada, puso cara de pánico y le preguntó a Julia si eso quería decir que no tenía habitación.

– Todos los cuartos habilitados para alquilar están ocupados –respondió monótona Julia.

Pero María, que sabía que en La Habana, cuando hay dinero de por medio, el "no" es una de las muchas formas de llegar al "sí", dejó que Julia continuara.

– Pero hay uno, en la planta más alta, –prosiguió Julia– que está clausurado pues ahí dormía mi madre. Ella murió el año pasado. Ese cuarto es una posibilidad.

– ¿Cuánto cuesta? –preguntó Luciano.

– La renta fija no da, –respondió Julia– alquilar a los legales son 50 dólares al mes. A los ilegales como esta niña yo alquilo por comisión.

– ¿Comisión cómo? –fue la primera pregunta que hizo María.

– Pongamos el ejemplo de Cindy, la chica del otro cuarto de arriba, si ella ganara 10 dólares por un trabajo, dos o tres veces al día, todos los días, ella me daría un 10%. ¿Sacaron la matemática?

– No –respondieron María y Luciano a la vez.

– Son brutos. Renta fija son 50 dólares al mes. Por comisión 80 o 100.

– Yo le doy 60. Renta fija. Sin clientes ni comisión –respondió Luciano.

Julia aceptó con un ecuánime gesto, como si lo que le acabaran de ofrecer no fuese una fortuna. Insistió en que solo lo hacía porque Marcos le había pedido que ayudara a su amigo italiano.

– Trato hecho –dijo Luciano, antes que Julia se auto-convenciera de no efectuarlo.

Al Julia querer estrechar la mano de Luciano, dejó caer al suelo un bulto de llaves amarradas con un alambre. Luciano las recogió y le pidió que les enseñara el cuarto. El siglo que demoró a Julia subir las escaleras de la mansión sirvió para María notar las décadas de polvo incrustadas en los escalones de fino mármol blanco y también las muchachas que transitaban como velas apagadas por el segundo y tercer piso de la casa.

– ¿Y cómo es posible que hospedando chicas del campo aquí no le hayan quitado esta mansión? –preguntó María.

– Cuando yo era joven como tú les di placer a muchos hombres que hoy son gente importante –explicó Julia– Digamos que a ninguno de ellos le conviene cerrar esta casa.

Julia señaló a un baño intercalado entre dos cuartos. Al María asomarse y ver una única ventanita redonda en el baño entendió el olor a humedad que reinaba en la planta alta de la casa. La décima llave que Julia probó abrió el candado de la puerta del cuarto que le iba a dar a María.

– La verdadera dueña del negocio era mi madre, que por cierto murió en este cuarto. Ella era una mujer de muy mal genio. Desde los bajos aún la escucho tirar las puertas, tal como lo hacía en vida –dijo Julia invitándolos a entrar al cuarto.

– Yo no le tengo miedo a los muertos. Si se descuidan me deben tener miedo ellos a mí –aclaró María descartando la posibilidad que Julia usara esos tipos de presagios para manipularla.

– ¡Pues, cuánto me alegro! –respondió Julia– porque yo les tengo terror. Yo jamás me porto por aquí arriba.

En el cuarto, hileras de telarañas paseaban la vista de un lado hacia otro y capas de polvo sobre los muebles contribuían al ahogo de los visitantes. Queriendo demostrar que el ventilador ruso de tres paletas funcionaba, Julia alborotó aún más el polvo.

– Este cuarto es un horno pero el más claro de toda la mansión –dijo Julia tratando a empujones de abrir una inmensa ventana.

Una eterna vista de La Habana se abrió ante los ojos de todos cuando

Julia logró abrirla pero ni una gota de aire entró con el sol. María entregó sus ojos al más allá de los infinitos techos de la ciudad donde el sol azotaba a La Habana como capataz a una esclava. Y detrás de todo, el mar.

– ¿Qué crees de esta opción? –le preguntó Luciano a María.

– Creo que la única opción del que no tiene opción es olvidar su preferencia ¿tú no crees? –le respondió ella.

Aunque María nunca dio la "luz verde", Luciano le pagó dos meses de renta a Julia y ese mismo día se despidió de María sin hablar de amor ni futuro. Esa noche, tomando su vuelo a Italia, Luciano lamentó tener que pasar un día entero trancado en un avión pero calculó que nada se comparaba con tener que dormir en el cuarto sucio de una difunta como única opción para que un tío no te viole.

En cuanto su avión aterrizó en Roma, Luciano se vio en el lado del mundo que tenía arte para marchitar sus pocos ánimos de hombre vivo. Cavilaba que no solo regresaba de Cuba sino, de un año entero de no ver a su mujer, Alessia. Así y todo, esa noche, en lugar de irse a Florencia a verla, durmió en la habitación de un hotel en Roma, la cual, de tan solo abrir las maletas, se llenó con el perfume de María. Fue ahí que él sintió que el anzuelo de los encantos de ella comenzaba a encajarse en su piel. Al día siguiente, con María impregnada en su camisa salió a buscar un departamento en Roma para alquilar. Llave en mano, rentó un carro con el cual ir a Florencia a ver a Alessia y pedir lo que hacía mucho ya había decidido: el divorcio.

El viaje de Roma a Florencia, que por 20 años no significó más allá que el regreso de un viaje de negocios a su casa, ese día parecía cargado del plomo de las últimas veces. Luciano entró a la villa que hacía años él había comprado para vivir en familia, sintiéndose tan extraño como alguien que jamás la hubiese visitado. Cuando Alessia se asomó a la ventana y vio que el carro parqueado en su villa traía a Luciano, salió a abrazarlo.

– ¡Pero, qué sorpresa! No sabía que llegabas hoy, mi amor –dijo ella alzándose para besarlo.

— Traté de avisarte anoche pero no me comuniqué —respondió Luciano.

— ¡Oh-la-la! Yo no sé si ya te sientes vivo pero apuestísimo si estás.

Alessia se ofreció para ayudarlo a entrar las maletas pero él colgó en su hombro la única bolsa que había traído.

— Tengo un vino especial para celebrar tu regreso —dijo Alessia— ¿Trajiste jamón Español?

— Te lo traía pero pasé por Cuba y al entrar me lo quitaron en la aduana.

— ¿Cuba? ¡No sabía que de España te ibas a Cuba! ¿A qué fuiste allá?

Luciano dejó que ella abriera la puerta y que el olor a hogar robara sus respuestas. La cálida piel del sofá, donde antes él dormía la siesta, lo invitó a cobijarse.

Alessia iba en busca del vino, contándole a Luciano que la piscina ya estaba terminada y que al otro día, la iban a estrenar juntos, pero frenó en seco al oír que su marido dijo: "Yo no vengo a quedarme".

— ¿Qué dices, Luciano? Si acabas de llegar —preguntó ella.

— Me quiero divorciar.

Como quien quisiera que alguien retirara lo que acababa de oír, Alessia tapó su boca y se sentó junto a él. Luciano percibió que la noticia desfiguró el semblante de su mujer y le dio todo el tiempo que ella necesitó para reaccionar.

— ¿Cómo puedes decirme algo así, Luciano? ¿Por qué razón haces esto?

— La razón tú la sabes hace mucho —respondió él.

— Por lo relajado de tu cara supongo que la razón es una mujer.

Luciano tenía claro lo que quería pero la razón por la cual lo quería, no.

Él mismo fue al desván a buscar un vino.

> – No dejes que una ilusión pasajera arruine un matrimonio de 20 años, Luciano –dijo Alessia siguiéndolo al desván– ¿Por qué en vez de refugiarte en otra mujer, no te enfocas en satisfacer a la tuya? Hace un año que no nos vemos…

> – Y diez que no tenemos sexo –respondió Luciano.

> – Cinco. Siempre te olvidas del viaje a Marbella.

> – ¿Y cómo puede ser culpa de otra mujer, si hace 5 años que tú y yo no tenemos sexo?

> – Porque tú trabajabas día y noche y estabas deprimido. Me decías que ya no te sentías vivo. Yo te di el tiempo necesario para que te encontraras y regresaras con ideas de cómo revivir nuestra relación. No para que te buscaras otra mujer. ¡La respuesta es no!

Los gritos llevaban a Luciano a esquinas donde él prefería no estar. Sirvió dos copas de vino pero ella le dijo que se le habían quitado los deseos de celebrar. Dos o tres copas después, Luciano fue a la ducha que él mismo había instalado para deshacer los nudos que las largas horas de trabajo siempre dejaban en su espalda. El vapor del agua empañaba todo y dentro de esa nube pensó que quizás, debió haberle pedido el divorcio a Alessia por teléfono. Pero al salir del baño y ver el cuerpo desnudo de Alessia sobre la cama matrimonial sintió que a sus dudas le dejaron de importar las respuestas y a lo poco que quedaba muerto dentro de su ser le llegó un chorro de vida.

La escena pegó dos planchas de electricidad sobre el aún encharcado pecho de Luciano. Como quien se acerca a un libro ya leído, él fue a donde ella. Cada estría de Alessia marcaba una página de la vida de él y cada le traía un recuerdo. Alessia tomó una de las manos de su marido y la química de las caricias, los unió en un beso.

Recordando aquel secreto que María le confesó sobre lo que satisface sexualmente a una mujer, Luciano le pidió a Alessia que le enseñara todo lo que en 20 años él no se había dignado a aprender sobre ella. Esa noche, más que su propio orgasmo, fue el de Alessia el que contó.

Pero a la mañana siguiente, cuando Alessia se dio vuelta para decirle a Luciano cuán maravillosa noche había tenido con él, su desnudo cuerpo no encontró el de su marido. Por la mente de Alessia pasó "en la cocina, haciendo café" pero al asomarse al frente de la villa y no ver el carro de Luciano, se hundió en el sofá de la sala a llorar.

Desde ese hueco, ella vio de pronto hundirse su casa, sus bienes, sus recuerdos y su mundo entero. Las dudas de "quién sería la otra mujer" y "será más joven que yo" tumbaron su cuerpo sobre el sofá.

En tanto en Roma, Luciano se pellizcaba y aún se sentía vivo, para él, prueba suficiente de que hacía lo correcto. Con tales energías, para lograr contratos de trabajo solo tenía que pedirlos. Y de sus simples noches en el apartamento en Roma, nacían poemas impregnados de Cuba y María en los versos.

"Tú me abriste las alas
y yo caí entre tus piernas
de ti comí como un ciervo
y llevo a tu isla en las venas…"

Dejándose llevar por la gracia de la permanencia, cambió el carro rentado por su propio coche, amuebló un poco su espacio al gusto masculino y se compró una máquina de hacer expreso tan moderna que en vez de café parecía que iba a salir caminando. Todo fluía genial, menos su vida amorosa, que parecía llevar demasiados plomos como para salir a flote. Cada una de las próximas veces que llamó a Alessia para pedirle que firmara divorcio, ella se lo negó.

– Pero yo estoy seguro que quiero el divorcio –le decía Luciano.

– Y yo estoy segura de que yo no –le respondía Alessia.

Cada vez que Luciano pensaba llamar a María, desistía pues quería decirle cuan vivo aún se sentía y temía a lo que ella respondería cuando él preguntara cuan viva se sentía ella.

Casi todo en la vida de Luciano parecía ir tomando su orden, hasta un día que Alessia regaló una cesta repleta de quesos y jamones al consejero de banco de la familia para conseguir la dirección de Luciano en Roma y un domingo, fue a visitarlo. Cuando Luciano abrió la puerta de su apartamento, Alessia dejó caer su bello sobretodo blanco al piso. No traía nada debajo. Los ojos de Luciano se escondieron detrás de dos párpados bien apretados y sus tensos puños se tiraron al piso a recoger el abrigo. Luciano cubrió el cuerpo de su mujer y la llevó a un barcito que dividía la sala de la cocina para ofrecerle una copa de vino, pretendiendo que nada había pasado.

– ¡Sé honesto, Luciano! –le dijo Alessia– Después de esa noche tan linda que tuvimos cuando fuiste a Florencia, ¿por qué me sigues pidiendo el divorcio?

– Hay cosas que para entenderlas hay que sentirlas. Yo no sé cómo explicarlas.

– Yo necesito saber la razón. Necesito entenderla para poder ponerle el punto final que tú le has puesto, ¡tienes que decirme!

Luciano pensó en dos de las posibles razones y le dio la que le parecía más cercana a lo que sentía.

– Fui a Cuba a tratar de aprender a vivir sin nada y regresé con todo lo que quería. Me siento vivo y no quiero que nada ni nadie arruine eso.

– ¿Qué diablos quiere decir eso Luciano? A ver, dímelo en italiano, dímelo en un idioma que una mujer entienda.

Y fue así que Luciano optó por decirle la otra posible razón: "Una mujer. Es una mujer quien logró que volviera a sentirme vivo".

Alessia también le fue muy honesta con sus sentimientos a Luciano cuando tiró todo el vino tinto que quedaba en su copa en la cara de su marido. Luego voló hacia la entrada del apartamento y no para irse sino para darle gritos. Allí recordó el porta-retrato de madera que le había traído de regalo, con una bella foto de ellos con su hija. Lo sacó de su bolsa y se lo lanzó a la cabeza de Luciano. Con tal mala puntería suerte, el porta-retrato cayó donde las copas y solo tumbó la botella de vino.

Al otro día, en vez de ir a trabajar, Luciano tuvo que ir al mecánico a instalarle un parabrisas nuevo a su carro. Cuando quiso pagar por el arreglo, su cuenta de banco aparecía milagrosamente vacía.

Ya había pasado un mes desde que Luciano había regresado de Cuba y en vez de vivo, había días que él prefería estar muerto. A veces quería llamar a María pero no se decidía presintiendo que las torturas de la vida de ella podrían ser el doble de triste que las suyas.

Sin embargo, para María en La Habana ese mes pasó sin grandes tragedias. Bailar le robaba las horas, los días y hasta la cabeza. No fue hasta que Julia le recordó que a Luciano le quedaba solo un mes para renovar la renta, que María se percató del tiempo que había pasado desde que llegó a la mansión de La Habana Vieja.

Un día, María no fue a la escuela porque al despertarse notó que el cuarto daba vueltas por encima de ella. Todo en su vida frenó cuando calculó el tiempo que hacía que no había tenido su menstruación los tiros del miedo la hicieron saltar de la cama para ir a preguntarle a Julia: "¿por aquí dónde hay un doctor?"

Esa misma mañana María fue a ver al doctor que Julia le recomendó, quien confirmó que el gran miedo de María era cierto y le informó que ya con casi 3 meses debía correr a la clínica de Maternidad Obrera si no quería tenerlo. Hizo al doctor sacar las cuentas 3 veces y con certeza todas apuntaron a que el padre era Sandro. Al enterarse quién era Sandro y ver el dolor con que María lloraba en su consulta, el doctor quiso tomar los datos del tío para acusarlo pero ella salió de su oficina corriendo para no darlos.

En Maternidad Obrera, pedir el último en el salón de esperas, le recordó a Buenaventura en plena cola del pan. Una flaca despeinada levantó el dedo indicándole que era ella y con disgusto le anunció que no había anestesia. María se sentó en la única silla desocupada que había, de brazos y pies cruzados y de haber podido cruzar el alma lo hubiera hecho también.

Los gritos espeluznantes que venían de la consulta eran suficientes para que cualquiera adivinara que ese día no había anestesia. La flaca despeinada le contó a otra flaca, aún más despeinada que ella, que ese era su segundo aborto. La otra respondió que para ella era el quinto. Ambas coincidieron en que sus maridos, de mirarlas, las preñaban y que para las dos era la primera vez sin anestesia.

Cuando una enfermera llamó su nombre, a María le corrió hielo por el espinazo. Ya en la camilla y con las dos piernas en alto, le pidió ayuda a Changó y a todos los santos. El dolor del procedimiento aumentaba a la par que una tanqueta se llenaba de la sangre y mondongo que el doctor extraía de adentro de ella. Sudó puro hielo cuando la enfermera le avisó que la parte más peligrosa venía. Había que raspar los restos con una cuchara y si se movía podían perforarla. Dudó que pudiera obedecer cuando la enfermera le pidió que se quedara tranquila, pues el dolor la hacía gritar a toda voz cada vez que esa cuchara entraba y recogía.

Después de minutos más largos que siglos, la enfermera se alejó con la tanqueta llena de lo que Sandro había engendrado dentro de ella. Su cuerpo cayó desplomado pero enseguida tuvo que levantarlo pues otra enfermera ya entraba con la próxima víctima y necesitaba esa camilla.

De regreso a casa, la fatiga le decía a María que además de sangre y mondongos había dejado su alma en aquella tanqueta. Entró a casa sin colores en la cara y sus ojos no podían creer que Julia la siguió al cuarto en la planta alta, con un jugo de melón en la mano para ella.

– A mí no me gusta venir a este cuarto –le avisó Julia– pero quiero decirte que desde que tú estás aquí, mi difunta madre casi no tira las puertas.

María le devolvió el vaso vacío y llevó su cabeza a la almohada.

– Y no te preocupes por Luciano –añadió Julia– Si no te llama, él se lo pierde. Tú eres bella y no necesitas de él para pagar tu renta.

Dentro de su nebulosa, María trataba de discernir de qué diablos hablaba Julia.

– Deberías aprender de Cindy, –prosiguió Julia– que tú te pareces mucho a ella.

María la dejó continuar pero su gesto de desacuerdo delató que ella no creía parecerse a Cindy en nada. Por lo que María había notado, Cindy llenaba sus jeans rojos mejor que una sirena y a ella los chores se le descolgaban de las caderas. Los colores de sus pieles, además, eran el sol y la luna.

— Me refiero al carisma, —aclaró Julia— ustedes tienen el "azúcar" que hace falta para sacarles dinero a los turistas para rentar por comisión en esta casa. Cindy es un tren de pelea y hace una fortuna. Ella, de profesión, es contadora pero ejerce como un mecánico: cobra por hora de trabajo y en cuanto lubrica el cacharro lo manda pa´ la calle".

El jugo de melón le había entonado el estómago a María pero Julia le causaba nauseas.

— Mire, —dijo María— yo no tengo ni la belleza, ni el carisma de Cindy. Cuando yo llego de la escuela, veo a Cindy ayudando a sus clientes a subir las escaleras y cuando llegan aquí arriba sin aire, ella les celebra la destreza y el vigor con que subieron. Si fuesen mis clientes, en cuanto llegaran aquí arriba yo les daría un buen empujón para que rodaran escaleras abajo.

Julia consideró que era un buen momento para dejar que María durmiera. Y como siempre pasaba en los momentos más atroces de vida de María, su mente gravitó a donde Camilo, convencida de que él sabría deshilachar ideas coherentes de entre los nudos que las tragedias ataban dentro de su cabeza.

En las próximas dos semanas, María bailó mucho y vio poco a Julia. Así todo, no se olvidaba que solo le quedaban dos pocas semanas de renta. Sintió un ápice de alegría cuando un día la directora entró al salón avisando que los salarios habían llegado. Al grupo de María hacía dos meses que no le pagaban pero cuando ya tuvo el dinero y ella contó la cantidad que le dieron, calculó que dos meses de salario no le daban ni para quince días de renta en casa de Julia. María se tiró en el portal de la escuela con deseos de gritar y Kendra al verla corrió a ella pues quería invitarla esa noche de viernes a salir a buscar Yumas.

— No puedo, tengo que salir a buscar casa donde hospedarme con la miseria que nos han pagado —respondió María apretujando el dinero con un puño.

— Con eso rentarás máximo una caja de zapatos. Para rentar casa aquí en La Habana hay que salir a buscar Yumas. Mira, con el tablazo de hoy viernes, sacamos la renta del mes, con los del sábado y domingo, sacamos para las otras 3 necesidades esenciales de la vida, que son: comer, tomar y pasarla rico —explicó Kendra.

Para María la opción de salir a buscar Yumas y rentar por comisión sonaba peor que regresar a casa de la tía. Ella sentía que vender el cuerpo era otra forma de ser violada, mínimo dos veces al día. Y lo peor de todo: debía salir a buscar al violador ella misma. A veces, cuando regresar a Holguín aparecía como opción en su corta lista de opciones, el sabor a fracaso le amargaba el día.

El veneno de pensar en el futuro mataba su presente pero por suerte, esa tarde su instructora le propuso ir a bailar todo el fin de semana al Hotel Nacional en un show de danza aborigen en el cual ella debía vestirse de taína y revivir los lejanos tiempos de la Cuba indígena. Al ver que María aceptó la oferta, Kendra puso cara de no entender y como queriendo poner las cosas en la balanza, puso en una mano "ir a buscar Yumas" y en la otra "ir a bailar vestida de Taína por una miseria". Para Kendra, la mano de "ir a buscar Yumas" quedó mucho más alta que la otra. María agradeció la perspectiva pero escogió ir a bailar por una miseria.

Típica de un viernes por la tarde, la guagua no dejaba ver nada entre el amasijo de gente. Delante de ella, un andrajoso muy barbudo con ojos llenos de cataratas la mantuvo entretenida todo el viaje. El hombre gritaba cosas, incluyendo datos sobre su carrera como piloto.

— Yo quería ir al cosmos —gritaba el hombre— Yo era amigo del mismísimo Tamayo. De haber sido comunista yo hubiese ido al cosmos con Tamayo y con Yury Romanenko.

La peste de su aliento hacía a la gente apretarse lejos de él pero para María, el nombre de "Tamayo" campaneaba con gusto en sus oídos.

Hasta que se dio cuenta que ese era el otro nombre de Camilo y que el andrajoso hablaba de aquel "Tamayo" por el cual le habían puesto al militar "Camilo Tamayo". Aquello inspiró a María a meter la mano en el fondo del bolso para encontrar el papel que había encontrado en el calzoncillo de Sandro y a decidirse a llamarlo. En cuanto llegó al Hotel Nacional, le rogó al chico de la recepción que le pasara la llamada a Guantánamo.

– ¡Cosmonauta! –dijo María en cuanto Camilo respondió.

– María Mariposa. No creo que seas tú. ¿Dónde estás? ¿Cómo estás? Yo fui a La Habana a verte. Me dijeron que no estabas. ¿Dónde te metiste? Te busqué por todos lados en ese laberinto de ciudad que tú escogiste para vivir.

– ¡Cosmonauta! Déjame hablar.

– Sí, dime, dime.

– Yo he crecido a demasiada velocidad aquí en La Habana.

– ¿Pero eso es lo que tú querías, no? ¿Cuándo te veo, María? ¿Dónde tú estás? ¿De dónde me estas llamando?

– ¡Cosmonauta! Déjame hablar.

– Sí. Disculpa, es que estoy nervioso.

– Creo que voy a regresar a Holguín. Creo que finalmente no voy a poder volar –dijo María tratando de no romper en llanto.

– No sé, María. Mira, yo fui a tu casa. Tu padre está vuelto loco. Te quiere matar y hasta a mí por haberte ido a buscar allá. Le cayó atrás a mi Yipi en un caballo.

– ¿Tú fuiste a mi casa?

– Sí. Estaba desesperado por verte. Yo me aprendí de memoria tu dirección y todos tus datos el día que me enseñaste el Carnet de Identidad en Santa Marta, ¿recuerdas?

– No sé qué hacer, Camilo. No sé qué es peor, si un padre que te mata o un tío que te viola.

— ¿Un tío que qué?

— Aquí no puedo hablar.

— Bueno, háblame en claves pero dime.

— Estoy en la recepción de un hotel y esta llamada se la están cobrando a la habitación de un cliente. Tengo que colgar.

— Necesito verte, María. Necesito hablarte.

— Estoy bailando en el Hotel Nacional hasta el domingo ¿Tú puedes venir a verme?

— No me toca salir pero puedo pedir un permiso.

— Necesito verte, Camilo.

— Hablando contigo huelo tu perfume. Allí estaré el domingo, mi Mariposa, te veo después del show.

El domingo, el Yipi de Camilo voló desde Guantánamo hasta La Habana. Al llegar al hotel, Camilo mostró un carnet militar al guardia que le dio libre acceso a todas las premisas y entró al hotel como un perro husmeando los huesos de ella. Encontró el salón donde ella bailaría y las dos horas de show pasaron sin él percatarse del vaso de agua que le habían traído a la mesa. Si antes se sentía atraído, el verla cabriolando el papel de Taína lo envenenó de algo para lo cual no había antídoto.

Después del show, María, aún vestida en harapos y con dos trenzas en la cabeza, corrió a besarlo.

— Bailas bello, indiecita —dijo Camilo después del beso.

— Dale, dame más besos que hace mucho no te veo —respondió ella jalándolo de nuevo hacia él.

— Tú no tienes idea cuánto yo he pensado en ti —dijo él después de otro beso.

— Vámonos a algún lugar antes que te quite ese uniforme aquí mismo "Compañero, Teniente Coronel". No lo puedo creer, ¿es verdad que eres eso?

— ¿Por qué, no lo parezco?

— Eso suena a chivatón y comunista. Cara de eso no tienes.

— Nunca te olvides que para arreglar un carro tienes que meter tu mano adentro.

María se deshacía los nudos que apretaban sus trenzas a la cabeza mientras él trenzaba su mano a la otra mano de ella. Fueron a Tarará, a una casa de militares que Camilo había rentado por una semana para vacacionar con ella.

— Tengo tanto que decirte y preguntarte —le dijo Camilo al entrar a la casa.

— Pero no quiero que hablemos, quiero que me hagas el amor como aquel día que me hiciste mujer. Quiero olvidar todo lo que aprendí de mujer y empezar otra vez como si fuera niña.

— Nunca te lo dije pero fue magnífico concederte ese deseo de hacerte mujer.

— Y dilo, Camilo, de no haber sido así, todo lo que pasó después hubiera sido funesto.

Camilo abrió una botella del mismo tipo de ron que tomaron la noche de Santa Marta. María fue directo a la ducha y de allí llamó a Camilo para que él también se fuera a bañar. Él se desnudó y más hirviendo que el agua se la arrebató a la ducha y la llevó a la cama donde hicieron el amor, con amor.

— Allá, en Santa Marta yo quería sexo sin amor. Quizás para tener algo que comparar si un día lo tenía con amor —dijo María.

— ¿Y la diferencia es?

— Sin amor, los terremotos del orgasmo te hacen temblar los genitales. Con amor, los terremotos te hacen temblar completa.

En las mañanas una preciosa playa les servía de portal. Las salidas a comer y los almuerzos que Camilo cocinaba, le reponían a María los colores que el pasado mes le había quitado La Habana pues a veces, además de agua con azúcar no tomaba ni comía nada en el día. Todo brilló hasta que un día María dejó a Camilo hablar sobre todo lo que él tenía que decirle y preguntarle.

— Empecemos por ti, María ¿qué ha pasado contigo?

— ¿Qué no me ha pasado?, sería mejor pregunta.

— En el teléfono hablabas de un tío que te viola. ¿Lo que yo me estoy imaginando es verdad?

— Sí. Dos veces —dijo María bajando la cabeza.

— Me lo temía. Lo intuí cuando él me habló. No me miraba de frente, titubeaba. No parecía estar hablando con un hombre.

— Porque es un puerco, con el respeto que se merecen los puercos.

Una presión en la cabeza levantó a Camilo del asiento y lo dejó dando vueltas en el portal.

— ¡Me dan ganas de ir ahora mismo y partirle hueso por hueso las costillas! —gritó Camilo haciendo enrojecer su cara.

— Con eso no resolverás nada.

— ¡Por supuesto! Pero yo sé cómo lo voy a resolver. Yo tengo gente en La Habana que me debe un mundo. Yo estoy bien conectado con la policía. Y por lo que sea que sepan de él, ese hijo de puta va a pagar.

— No te creas. Sandro es listo y sabe cómo hacer las cosas.

— Por desgracia en este país, desviar recursos a la Revolución es un delito mayor que violar a una mujer. Por el primero te mueres en la cárcel, por el segundo te tocan unos añitos. ¡Pero por primera vez en toda mi carrera me alegro que sea así, María! Porque violar es un delito muy difícil de comprobar en la corte pero los negocios ilícitos, no. Aquel día que llegamos a casa de Belinda, ella dijo que su marido había salido a buscar mercancía. Yo no me voy de esta ciudad hasta que descubra en qué anda él. Con una buena condena por esos delitos yo mismo me encargo que los demás presos sepan la verdadera razón por la cual Sandro está en la cárcel.

– No, Camilo. No le hagas nada a Sandro, que mi tía lo ama con locura ¿Por qué tú crees que yo nunca lo reporté?

– Quizás sea a tu tía a quien le esté haciendo el favor, María. Su marido violó a su sobrina.

La salada brisa del mar refrescaba el rojo que punzaba en las mejillas de ambos. Un silencio los llevó a mundos diferentes: María se escondía de sus miedos y Camilo maquinaba su venganza. Ella abandonó el portal para ir a enrollar su cuerpo en un ovillo sobre la cama. Camilo la siguió y al apretarla contra su pecho abundante, María sintió que los miedos se esfumaban.

Para que durmiera, Camilo le contó sobre un viaje en barco que había hecho por el Río Yumurí, su lugar favorito en Guantánamo, en el cual, el río llegó a un cañón cuya grandeza terminaba en el momento exacto en que el río desembocaba al mar. Le habló de un sendero que guiaba a unas cascadas cercanas con piscinas naturales donde nadar.

– Nadie en este mundo debe morir sin ver Yumurí. Ojalá que un día te pueda llevar –concluyó Camilo.

Poco a poco la mente de María se fue vaciando y con el río Yumurí corriendo a través de su imaginación, María se durmió.

Al día siguiente, como quien quiere raspar los restos de veneno que quedaban en el alma de ella, Camilo ahondó un poco más en la bóveda donde María escondía sus trastornos. Pregunta a pregunta la ayudó a desenterrar tristezas, que ni siquiera ella misma se había permitido revivir. Camilo llegó a sacarle detalles como el de cuando Sandro la violaba por segunda vez, que para resistir el asco, ella cerró los ojos imaginándose que era Camilo quien la penetraba. Usando ese ejemplo, Camilo le habló sobre los grandes poderes de nuestra mente para protegernos de los traumas y abrazándola, celebró la valentía de ella, pues logró sobrevivir traumas que a otra persona destruirían para siempre. Los alicientes de Camilo sacaron cucharada a cucharada los pedazos de vergüenza y de culpa de adentro del corazón de ella.

La lluvia, perfecta para un aguacero de besos, los unió en la cama. La nariz de Camilo disfrutaba ahondar cerca del cuello de ella donde vivía lo más fuerte de aquel olor que siempre aflojó sus piernas.

— Yo creo que aquel día jugando a "engancharte" terminé medio enganchada yo —confesó María— Pero tengo miedo porque sé cuán imposible es nuestra relación.

— No tengas miedo, —respondió Camilo— que yo tengo un plan.

Había algo que él no le había dicho a María y no sabía que rodeo usar como preámbulo, así que empezó el largo cuento por el final. "Voy a tener un hijo, María", le dijo.

El silencio de María delató que la noticia le colapsó el pecho.

— Mi mujer tiene 6 meses. Pero vine a verte porque quiero pedirte que te vayas a vivir conmigo a Yumurí.

A pesar de no haber entendido esa propuesta, María se levantó y fue al portal con ganas de salir corriendo de Tarará. Cruzó la estrecha calle que los separaba del mar y aún en su piyama se dio a caminar por esa larga playa hasta que la vida le quitara las fuerzas. Como Camilo no había dicho todo lo que había venido a decirle, corrió a donde ella.

— ¡Detente María! Yo quiero hablar claro con Berta, mi mujer. Quiero decirle que aunque amo a ese niño que viene, a ella no. Después de ti María, más nunca la pude tocar, ni a ninguna mujer.

— ¿Cómo es que los hombres, hasta los sicólogos militares, pueden ser tan elocuentes en temas de vida y tan idiotas en los temas de la vida suya?

— ¡Vete conmigo, María!

— Yo no voy a ser la causa de tu divorcio, Camilo. Olvídate de mí —respondió aún caminando María.

– Yo no me tengo que divorciar. Mira, construimos una casita en Guantánamo. La gente allí es especial. Tenemos nuestros propios hijos. Yo puedo salir todas las noches de la base a verte.

– ¿De veras, son tan crueles los hombres como decía mi padre, o es que no piensas las cosas?

– No digas eso, belleza. Traemos a mi hijo de Cárdenas para que pase tiempo nosotros. Y cada vez que podamos, regresamos a ver a tus padres. Ya yo lo tengo pensado. Confía en mí.

– Ni tú mismo sabes lo que me quieres proponer. ¡Olvídate de mí!

El llanto sentó a María en la arena donde el cálido mar llegó a ella y besó sus pies como queriendo decir "lo siento". Como Camilo no paraba de añadirles pedazos a su descabellado plan, María optó por repetirle, como en trance: "tú vas a tener un hijo".

– Sí, María pero eso no quiere decir que lo nuestro tenga que morir. Vete conmigo. Yo te haré volar.

– Eso no es volar, Camilo. Eso es arrancarle las alas a otra mujer. Y yo jamás seré la causa de tal dolor.

– Otra mujer no pensaría dos veces en causártelo a ti.

– Te equivocas. Son los hombres los que siempre me han sabido fallar.

– No me digas eso, Mariposa. Yo no te fallé. Tú eres la mujer de mi vida. Yo no sabía que tú existías cuando me casé con Berta, ni siquiera te conocía cuando concebí a ese hijo con ella. Yo no sabía cómo se sentía enamorarse de una mujer. No te me vayas de entre los dedos así, Mariposa, te lo ruego.

Con la peor tristeza María se dejó abrazar por lo que parecía ser el hombre más triste de la tierra. Lloraban antes y después de los orgasmos. Y a pesar de los cráteres que dejaban los "no" de María, Camilo le rogó lo mismo hasta que llegó el día de irse.

Ya montados en el Yipi, ella le pidió que la dejara en el Puerto de La

Habana. Allí comenzaba la ciudad que llevaba décadas desvistiéndose en cámara lenta y ese día la vestía un Malecón de olas tan violentas como su dolor. Camilo le pidió que lo dejara llevarla a la entrada de la casa de Julia pues iba a llover.

- No –respondió María– Mejor que no sepas dónde está esa casa, digamos que Julia "desvía recursos a la Revolución" y no le gusta que Tenientes Coroneles sepan donde ella vive.

- Bajo el cielo y Cuba no se pierde ni un alfiler, María –dijo Camilo– Aquí todo se sabe y las cosas solo se descubren cuando alguien quiere que se sepan. De proponérmelo yo encuentro esa casa en un santiamén.

Rajándole el alma al ya quebrado militar, María saltó del Yipi y se entregó a La Habana, que ni cesó la lluvia, ni encendió las luces para que ella llegara a casa de Julia bien. Esa noche, aunque la lluvia trataba de hacerla dormir, el chirriar la cama de Cindy la despertaba. En ese vacío María encontró un blanco eterno donde llorar las más negras de sus lágrimas.

El amanecer trajo un pesar más inmenso que sus deseos de levantarse para ir a la escuela y después de tres días de lo mismo, su pelo se había hecho nudos y su piel olía a moho. Si se levantaba de la cama era para ir a la gran ventana de su cuarto donde muchas veces pensó que matarse era tan solo un atajo más corto para llegar al mismo fin.

Una noche pasó horas frente a la ventana, con los ojos perdidos en la nada de la oscurísima Habana, tratando de encontrar algo sólido en su vida de qué sujetarse para no saltar. Lo único que la frenaba era saber con cuántos herrajes oxidados, muros mohosos y alambres herrumbrosos chocaría en su último vuelo. Además, caería en el colchón de basura acumulado por años en el patio de la mansión de atrás. Llegaría medio muerta y eso no era matarse, sino lastimarse más.

Saliendo el sol, salió también Cindy de su cuarto. Como no había electricidad, ella sujetaba a su primer "cacharro del día" por el brazo para que no se le fuera a caer escaleras abajo. Al despedirse del cliente, Cindy corrió al teléfono, que hacía rato sonaba y se escuchaba aún más estridente cuando no había luz en La Habana.

– Sí, dígame –dijo Cindy.

– ¡Pronto!

– ¿Quién habla?

– Es Luciano.

– ¿Cliente de quién?

– Con María, por favor.

– ¿Cliente de María? ¡Un momentico, enseguida la llamo, no cuelgue!

De un solo respiro, Cindy subió las oscuras escaleras hasta el cuarto de María y llegó sin aire.

– El italiano. Te llama. El que paga la renta. Julia me dijo que tú esperabas su llamada –dijo Cindy.

A María le extrañaba la preocupación de Cindy y le enfurecía saber que Julia hablaba de sus cosas con las demás chicas de la casa, así que no lograba decidir si respondía con un: "gracias por preocuparte", o con un: "y a ti eso, ¿qué te importa?"

"¡Apúrate, María! ¡Levántate!", gritó Cindy dando dos palmadas frente a ella como si la conociera de toda la vida. María bajó sin responderle a Cindy, pero al llegar al teléfono ya Luciano había colgado. La palabra "cliente" había explotado el globo de valor que él había tenido que inflar para llamarla y colgando el teléfono un dolor en el centro del estómago le dobló las rodillas. "Debí haber llamado antes, debí haber pagado unos meses más", se decía él dejándose llevar por el torbellino de la culpa.

Sin embargo, María regresó al moho de su cama suponiendo que Luciano había colgado porque su mujer lo había pillado. Cindy, al sentirla de regreso, se volvió a colar en el cuarto de María.

– Amiguita, vine a traerte chocolates –dijo Cindy tirando cinco bombones sobre la cama de María –El suizo que acaba de salir de mi cuarto me regaló un paquetón ¿Lo viste salir?

Mirándola con desgano, María respondió que "no" con la cabeza.

— Es un cliente fijo –prosiguió Cindy– Viene todos los años a Cuba
con su mujer pero nunca deja de venir a verme. Le dice a ella que
va a salir a repartir chocolates a los niños desahuciados de La
Habana pero todos me los trae a mí. A las niñas estas –añadió
Cindy dándose dos nalgadas sobre sus jeans rojos.

— ¿Tú no tienes que dormir? –preguntó María.

— Sí, pero hace días que no te veo entrar ni salir. Le pregunté a Julia
qué te pasaba. Me contó. Quería conocerte antes de que te vayas
y pierda esa oportunidad.

La vista de María se cansaba de ver a Cindy pasear con tanta energía de
un lado a otro del cuarto. Sintió deseos de abrir unos de los chocolates
pero no tenía deseos de estirar la mano para agarrar uno.

— Ay, ¡qué linda esta vista! –dijo Cindy en la ventana, mirando hacia
el infinito de La Habana– Julia me había dicho que este cuarto
era precioso. Yo quería esta habitación porque es más grande que
la mía pero en cuanto me dijo que aquí vivía el fantasma de su
madre le pedí que la cerrara con candados.

— Yo no le tengo miedo a los fantasmas –dijo María.

— Pues deberías, porque ellos se meten en la gente y les desnutren
hasta el alma. ¡Mira cómo te tiene a ti!

— Son los vivos los que me han hecho esto.

— De eso nada, tú llegaste aquí llena de vida, tenías hasta nalgas.
Desde que vives aquí con un fantasma pareces un grencho. Mira,
yo no te conozco pero estoy muy preocupada por ti ¿Hay algo
que pueda hacer para ayudarte?

— Sí. Poner tu colchón en el piso para no oír chirriar tu cama y por
lo menos dormir el tiempo que me queda aquí.

— Quizás sea hora que empecemos a oír la cama tuya.

— ¡Ni muerta! –respondió María.

– No sé por qué me pareció que dijiste eso con desprecio.

– Te pareció mal. Lo dije con un poco de envidia. Ojalá yo pudiera ser como tú. Cuando tus clientes llegan a esta casa, no pueden subir las escaleras y cuando se van pueden subir el Pico Turquino[51] diez veces. Los míos saldrían sin huesos con que bajar las escaleras. Además, tu risa es linda y contagiosa. Yo creo que eres fuerte, aunque estoy segura que detrás de esa fuerza tuya empuja algo aún más fuerte.

Tal comentario sentó a Cindy en la esquina de la cama de María, asintiendo con la cabeza pero las palabras no le salían.

– El motivo se llama Julito, –respondió Cindy en cuanto pudo– mi hijito de 9 años, el hombrecito de mi vida. Vive con su padre y su abuela paterna en Caimanera, al sur de Guantánamo. Después que el padre me dejó yo no tenía donde ir a vivir con mi bebé y me lo quitaron. Yo estoy aquí ahorrando todo lo que pueda porque quiero construir una casita para…

El llanto interrumpió la historia y se llevó a Cindy a sus huecos más recónditos. Allí la tuvo un rato mientras María la miraba sin saber que decir y sin energía para consolarla. A modo de interrumpir el espiral de la tristeza, María le dio las gracias a Cindy por los chocolates.

– Sale de este cuarto, María –dijo Cindy levantando su cabeza– Mira esto yo llevo 5 minutos aquí y ya el fantasma empezó a chuparme el alma.

– La difunta vive en ese closet y en algo se parece a nosotras: odia estar aquí pero no tiene de otra.

– Ay, no me hables de eso –dijo Cindy aplacando la piel de gallina que de pronto cubrió su cuerpo– Vamos a la calle un rato conmigo. Te puedo enseñar unos trucos del "giro" por si un día necesitas recurrir a él. Uno nunca sabe, aprender nunca sobra.

Cuando nada seducía a María, la palabra "aprender" siempre lo lograba. Ese día tomó mucho rato para que el agua de la ducha lograra que

---

[51]Punto de mayor altitud de Cuba, a 1974 metros por encima del mar.

María oliera a ella otra vez y cuando un fuerte olor a jazmín llenó toda la planta alta, Cindy y sus jean rojos fueron a buscarla a su cuarto para llevarla al Parque Central.

Ese día, las calles de La Habana y sus despintadas mansiones, alumbradas por el sol, confirmaban que alguna vez todo aquello fue un lindo barrio. La sombra de Cindy delataba que sus caderas habían salido a devorar al que las viera pasar. La sombra de María iba tiesa, y a veces alargaba el cuello cuando ella miraba hacia los pañales y las ropas de cuna que colgaban tranquilas de las tendederas y ella recordaba que las de Camilo pronto se verían así.

Cindy se reía más de lo que hablaba pero cuadras antes de llegar a Parque Central comenzó a enumerar los trucos del "giro" que quería enseñarle a María.

– Primer truco, –le dijo Cindy deteniendo abruptamente el paso– a los hombres no les gusta las que esperan. Ellos odian esas mujeres paradas por las esquinas soñando con que ellos las vengan a buscar. Ellos se fijan en las que andan floreando por ahí porque a ellos les gusta cazar. Tú camina. Meneas el culo para acá y para allá, regia, pareciendo siempre acabadita de llegar.

Cindy le demostró el meneo, pero se reía de la falta de nalgas con la cual María se trataba de menear y cuando vio que no le salía, pasó al segundo truco.

– El segundo, –continuó Cindy– los hombres creen que quieren sexo pero ellos, en el fondo, lo que quieren es procrear.

– ¿Procrear? –preguntó María pensando que las teorías de Cindy empezaban a perder credibilidad.

– ¡Eso es Antropología pura, mami! –respondió Cindy– A los hombres se le van los ojos a las tetas de la mujer, porque esos son los aparatos con los que se supone tú alimentes a sus crías.

– Ay, ¿en qué documental tú viste eso?

– Olvídate de eso. Al primero que tú veas mirándote las tetas, ofrécelas.

Cindy por poco se orina de la risa cuando vio a María tratando de empinar un poco sus tetas y notó que esas no le servirían a las crías ni de "teteritas".

— Bueno, el tercero –dijo Cindy tratando de aguantar la risa– Si se las ofreces y te dicen que no, le dices: "te acordarás de mí en tu lecho de muerte pues morirás arrepentido de no haber no haber disfrutado las delicias que hay debajo de esta blusita".

— ¡Un poco macabro el truco ese! –respondió María.

— Ay mija, eso les pone la manigueta del reloj a darles vuelta y vuelta y vuelta. Y cuando la manigueta para, te aceptan cualquier oferta, porque el gran arrepentimiento de los hombres antes de morir, no son las mierdas que hicieron, sino las que no hicieron. El truco funciona genial con los viejos, porque ellos caminan lento pero tienen apuro y ninguno se quiere acordar de estas nalgas en su lecho de muerte. Ay, y hablando de muerte, no dejes de usar condón que todos estos Yumas se les sale el SIDA hasta por las orejas.

— ¿Condones? –preguntó María.

— Sí, es como un tubito plástico para que el "pipi" de ellos no toque el tuyo. Aquí en La Habana los venden en la farmacia pero la gente los usa como globos para fiestas de cumpleaños y se pierden. A mí me los traen mis Yumas, te voy a dar unos cuantos.

Entrando al Parque Central, María notó la cantidad de viejitos cubanos reunidos en el parque conversando sobre el béisbol, tal como hacían en el parque del centro de su pueblo. A Cindy los ojos se le iban a los extranjeros que atravesaban el parque apuntando con sus cámaras fotográficas a las bellezas del lugar. Ella les posaba con gracia para salir en la foto, incluso un "treinta y picón" muy apuesto quitó la cámara de enfrente de su cara para vacilarla dejando a las chicas ver sus ojazos verdes.

— Demasiado joven como para que la técnica "del lecho de muerte" le funcione –le comentó María entre dientes a Cindy.

— ¡A éste le funcionó el de las tetas! —respondió Cindy sin quitar la sonrisa del rostro— Voy para allá a ofrecérselas.

María escogió el banco más cercano a los viejitos del parque y desde allí miraba a Cindy en acción con el oji-verde, que hablaba con su amiga con tal entusiasmo que María llegó a la conclusión que a Cindy no le hacían falta trucos para conquistar a nadie, pues esa alegría que ella traía en el alma servía de imán para atraer a cualquiera. Otro extranjero, un poco más alto que el oji-verde fue a donde ellos. El hombre con una mano trataba de despegar su camisa de mangas largas de su espalda justo donde el calor había pintado un redondel de sudor y con la otra trataba de alejar al oji-verde de Cindy, pero las risotadas de Cindy mantenían al oji-verde anclado a ella.

La charla sobre béisbol que venía del banco de los viejitos le robó la atención a María, quien al saberse a distancia de la casa de Julia sintió algo de alivio con saber que en menos de 15 días terminaba su renta. El corazón de María poco se sale del pecho cuando al regresar la vista a donde Cindy, ya allí no había nadie, ni Cindy ni extranjeros. María temió que los hombres eran policías disfrazados de extranjeros. El susto la levantó del banco y mirando hacia todas las esquinas del parque divisó los jeans rojos de Cindy que en compañía del oji-verde se adentraba a un fina callecita de La Habana Vieja, rumbo a casa de Julia. Al ya perderlos de vista, María infirió que hasta ahí había llegado su lección y sintió que la brisa del parque sanaba su mente. Hasta que de pronto, el extranjero de la camisa encharcada en sudor llegó a ella fumando y envenenó el espacio de paz advirtiendo: "Yo no vine a lo mismo".

— ¿No viniste a lo mismo que quién? —preguntó María espantando con su mano la nube de humo de cigarro que viajaba directo ella.

— A lo mismo que tú, tu amiga y mi amigo —respondió el hombre volviendo a inhalar su cigarro.

María no lograba decidir si romperle la cabeza con una piedra al hombre o tratar de entender a qué se refería preguntó: "¿Y a qué vinimos mi amiga, tu amigo y yo? Si se puede saber".

– Pues mi amigo Sherlock acaba de llegar esta mañana a Cuba –respondió él clavando sus enfadados ojos azules en los de María– Vino de Irlanda a verme a mí. Yo lo traje a La Habana Vieja a enseñarle las bellezas de esta ciudad pero una belleza de la ciudad se lo llevó con él a su casa y me sentó a mí aquí en este banco, como un idiota, a esperar por ellos. Me dijo que tú eras su amiga y que ella regresaba a Sherlock en una hora.

Milímetro a milímetro a María se le fueron achinando los ojos y más que sudor, le corría ácido por la piel. El extranjero, envuelto en su propia inanidad no había notado que ella hacía lo imposible por contener su rabia pero enseguida lo notó cuando a gritos María le dijo: "¿Y tú qué sabes a lo que yo vine, chico?"

Dentro del atasco del grito el extranjero también leyó el mensaje corporal que daba ella: sandalias plásticas, short corto, blusa media sucia, brazos cruzados, labios sin pintar, pelo desgreñado, ojos negros con expresión de "si me sigues mirando te voy a estrangular". Preciosa pero con aires de asesina.

– Yo, ni idea a que viniste –le respondió el hombre con cautela.

– Pues déjame indultarte –dijo María poniéndose de pie y apuntando a él con un dedo– yo vine aquí a ver cómo turistas mal paridos como tú y tu amigo, que dicen que vienen a admirar "las bellezas de La Habana" vienen a destruirlas con su órgano sexual. Por una hora de gozo ustedes nos destruyen el alma de por vida. Y ahora, con tu permiso, "Míster Odioso" me tengo que ir a vomitar.

María dejó al extranjero sentado en el banco con sus azulísimos ojos abiertos y salió disparada hacia la esquina. Él la siguió y casi llegando a ella le dijo: "Mira joven, no quise ofenderte, ¿puedo invitarte a un trago?"

– ¡No! –le respondió María.

– ¿Puedo volverte a ver?

– Pues claro que sí, ¡mírame! –dijo María corriendo sus manos a lo largo de todo su cuerpo– ¿Ya me viste?

Antes que el hombre pudiera responder, un policía llegó corriendo a donde ellos. "¿Esta joven lo está molestando, compañero?", preguntó el policía tratando de agarrar a María por un brazo. Del susto María se quedó sin habla y fue el extranjero quien respondió: "¡No, ella es mi hermana! Parece cubana pero es inglesa y no habla ni gota de español, por favor suéltela". El policía puso cara de horror por haber aprensado una extranjera y volviendo a mirar a María se convenció que con ese porte destartalado era imposible que la joven fuera cubana y mucho menos, jinetera. El policía pidió mil disculpas y en cuanto María lo supo lejos se lanzó a la gran avenida donde los carros se ocuparon de evitar arrollarla. El extranjero hizo por irle detrás pero los carros aunque pitaban con insistencia no venían con intenciones de esquivarlo a él.

Una fina vena de La Habana succionó a María y por muy lejos que iba, ella sentía el azul-cuchillo de los ojos del hombre clavado en su espalda. Dobló en una esquina para que la vista de él dejara de pincharla y dobló en muchas otras esquinas buscando sentirse lo más lejos posible de sus desavenencias. Cuando se le acabaron las razones para seguir doblando, La Habana le puso unas escaleras de mármol blanco delante, las de su escuela. María cerró sus ojos y recordó que era lunes. Abriéndolos calculó que hacía casi dos semanas que no iba a la escuela. Dejó sus miedos en la acera y entró a la escuela sintiendo que las chancletas le habían cubierto sus pies de ampollas. Al pasar por la oficina de la directora, bajó la cabeza.

El elenco ensayaba en el salón pero en vez de unírsele, María se sentó en una esquina como quien quiere participar en su vida solo desde la audiencia. Fermín, su amigo, practicaba el típico danzón que ella soñaba un día poder bailar con él. El show la transportó a un viaje imaginario que le confirmó a ella que su escuela era el único lugar en La Habana que le permitía a ella algún tipo de vuelo. Cerró sus ojos para llenar su cabeza de la bella música de fondo y llenar sus pulmones de la energía viva que se respiraba en esa casa. Pero cundo los abrió tenía a la instructora delante de ella avisándole que por tantas ausencias injustificadas la directora quería expulsarla. La noticia dejó a María más blanca que el mármol de las escaleras y mirando hacia arriba como quien busca a un Dios en la iglesia le pidió a la españolita que la ayudara.

El danzón de Fermín ya terminaba cuando, de pronto, de aquel mediodía intacto nacieron vientos que mecieron la casa y un súbito azote lanzó cristales desde los ventanales hacia el centro del salón. Los vidrios hicieron saltar a Fermín y causaron algarabía en el elenco. Todos los bailarines corrieron a recoger sus bolsas para irse.

— ¡María, recoge y vete niña que hoy el mundo se va a acabar! –dijo Fermín al ver que María no se inmutaba.

Ella iba a preguntarle ¿por qué? pero la directora aplaudía en el umbral de la puerta, bien posicionada para que nadie pudiera salir, buscando la atención de elenco. Al ver a María en el salón, la directora la miró con cara de: "¡Tengo que hablarte!". María llevó su vista a los altos de la casa y rezó en su mente un: "Ay, españolita, que no me expulse, que no me expulse".

— ¡Silencio, por favor! –gritó la directora– Como saben, tenemos anunciado huracán…

— Sí y dicen que viene en grande, así que vamos echando –interrumpió Fermín ya listo para irse.

— Y como todos saben, –continuó la directora– aquí hasta en huracán hay que trabajar porque los "compañeros extranjeros" siguen viniendo al país y hay que seguir recaudando divisas para salir adelante. Ahora más que nunca, ésta Revolución necesita de ustedes.

Aunque todos los bailarines la miraban con ojos de: "a ésta se le olvidó tomarse su pastillita", la directora no se movió ni un centímetro de la puerta y continuó anunciando que la escuela había recibido un pedido muy importante: cuatro bailarinas para cubrir en el elenco de Tropicana durante el huracán, añadiendo al final: "El paraíso bajo las estrellas".

— Tropicana es al aire libre, compañera, –advirtió Fermín– con este huracán, van a volar las bailarinas, los extranjeros y todas las estrellas.

— ¡A Tropicana la cierran cuando llueve! –añadió otra de las bailarina.

— Pues este año no la van a cerrar —respondió la directora—
Estamos en pleno Período Especial y ni un huracán nos puede
amedrantar. El país necesita recursos para que nuestras escuelas
y nuestros hospitales continúen funcionando. Ustedes como
"estrellas revolucionarias" tienen que dar el paso al frente. ¡Que
levanten la mano cuatro voluntarias!

El elenco entero se abalanzó a la puerta a tratar de escabullirse por la
hendija que quedaba entre la directora y la puerta y al quedarse vacío
el salón la directora notó una sola mano en alto y escuchó que con
lánguida voz alguien dijo: "yo puedo". Con cara de perro rabioso y
ambas manos a la cintura, la directora fue hacia la esquina desde la cual
María se había ofrecido a bailar durante el huracán.

— Tus ausencias injustificadas causan daños irreversibles a la
Revolución, que te ha ofrecido la gran oportunidad de estudiar
gratis en esta escuela y que tanto necesita ti para recaudar
divisas. Yo pensaba expulsarte pero por ser la única "estrella
revolucionaria" que dio un paso al frente en tiempos tan difíciles
como estos, te voy a dejar pasar ésta. Es más, si tuviéramos papel,
ahora mismo te daría una Carta de Reconocimiento, que como tú
sabes son un gran mérito. Pero a la próxima que hagas, la carta
será para expulsarte.

María no sabía si saltar de felicidad o mandar a la directora a la basura.
Esperó en el salón a que la directora le entregara los detalles del show
en Tropicana, para largarse de allí.

— En Tropicana, mañana a las 8 de la noche —le dijo la directora de
regreso al salón.

María alzó sus manos al techo para dar las gracias a la españolita y salió
de la escuela dentro del globo de orgullo que causaba el saberse parte
del elenco de Tropicana, el sueño de toda bailarina.

El viento del huracán que venía rumbo a La Habana empujaba a María
con desdén pero con el agua que empezaba a caer ella ya no sentía
ni las ampollas en sus pies. Llegó a casa de Julia más empapada que
la lluvia y más despeinada que palmas en huracán. Al entrar, los ojos

azules que conversaban con Julia se voltearon a mirarla a ella. María no podía creer que el "Míster Odioso" del Parque Central estaba en su casa, junto al oji-verde de Cindy, conversando con Julia.

— María, el Señor David vino a verte. Ya me contó el fiasco del Parque Central. Ay, te pusiste de suerte que ese policía no te llevó presa. Y ya le conté tu historia... –dijo Julia tratando de rellenar con palabras el despeluznante silencio que la mirada de María emitía.

— ¿Qué historia, Julia, qué historia mía usted se sabe? Si usted jamás se ha interesado por mi vida –preguntó María.

— La historia tuya y del italiano que te pagó la renta y no te llamó más nunca. Y que ya debes irte en una semana y que no tienes donde vivir aquí en La Habana. ¿Sé o no sé de tu vida?

— ¿Y la privacidad, Julia, esa no estaba incluida en la renta?

— El Señor David puede ayudarte María, no seas rara –dijo Julia abriendo los ojos.

— Usted solo piensa en su renta, en su comisión. ¡Su corazón está más vacío que las botellas que adornan su repisa!

— Ay, hija yo solo quería hacerte un favor.

Cuando David trató de decir algo, María subió a su cuarto y al llegar, vio que Cindy salía de la ducha en blúmer.

— María, ¿viste al inglés? –preguntó Cindy forzando sus nalgas medio-mojadas dentro de sus jeans rojos.

— ¿Al "Míster Odioso" del Parque Central? Claro que lo vi.

— Oye, que es diplomático, trabaja en la Embajada de Inglaterra en Cuba. El Yuma mío vino a visitarlo y tiene un nombre raro, se llama algo de Cherlo pero yo le digo Chuli que más fácil. Es de un país que suena como: "Erlan, Irlan", algo de eso. Y lo único que sabe en español es "mañana". Creo que viene mañana porque en la cama me repitió "mañana" mil veces. ¡Óyeme pero el tuyo habla español perfecto!

— Yo lo que no entiendo es… ¿cómo llego ese hombre a esta casa?

— Ay mija, cuando yo regresé al Parque Central con Chuli, el tuyo me agarró de un brazo e hizo que yo lo trajera aquí a verte. Yo le dije que te llevaba al Parque Central mañana pero el insistió en que tenía que ser hoy.

— ¿No ves que es odioso?

— María, tienes la "guajira de guardia"[52] ¡te noto arisca con ese galán! Y si tú ves el carro que tiene. ¡Ay, mi madre! Y se echa un "perfumón" que…

— ¡Cindy! ¡Cindy! Para. Te tengo una buena noticia.

Aunque ya lista para salir otra vez a buscar clientes, Cindy se acercó a María a tratar de adivinar la buena noticia. "¿El italiano te mandó dinero para la renta?", preguntó Cindy.

— No. Voy a bailar en Tropicana, ¿tú sabes lo que significa eso?

— No. Ni idea.

— Bueno, yo tampoco pero allí es donde bailan las estrellas y es a lo máximo que puede aspirar una bailarinita de mierda como yo.

— ¿Cómo que bailarinita de mierda? A las estrellas no les llaman estrellas por casualidad, le llaman así porque brillan. Si no fueras una estrella, no te hubieran escogido, amiguita.

— No me escogieron, es que faltaba personal por lo del huracán y yo levanté la mano.

— Si no fueras buena no te hubiesen dejado sustituir a una estrella, María. Míralo así.

— Ay Cindy yo quiero llevarte a Tropicana. En el tiempo que he estado aquí no te he visto alejarte ni un metro de la pesadilla de casa ésta.

— De esta pesadilla depende mi futuro con mi Julito, María. Y el día

[52]Expresión que indica comportarse de forma tímida o arisca.

156

que me aleje es para ir a Caimanera a buscarlo. Yo no quiero más hombre que ese. Ya lo veo tan cerca, mi amiga. Tú ve, baila en Tropicana y luego cuéntame de todas esas estrellas.

A María nadie nunca la había llamado "amiga", Cindy era la primera. Tales cercanías hicieron que esa noche La Habana, desde la ventana, le pareciera a María menos lejana. Objetos volaban de un techo a otro y las persianas de otros ventanales retumbaban, componiendo una orquesta fatal que para María denotaba "su primer huracán en La Habana".

❧❧❧ ❧❧❧

Al día siguiente el suelo de su cuarto amaneció cubierto de cristales pero María no pudo barrerlos pues quería salir de La Habana Vieja antes que el viento del huracán trajera en lluvia. Para llegar a Tropicana a las 8 de la noche, un día como ese, debía salir por lo menos a las 4 de la tarde. Tan pronto ella sacó su primer pie de casa de Julia, un aguacero rompió en el barrio.

En la avenida, una especie de camión para trasportar gente paró justo donde ella pedía botella. Chapaleteó con prisa hacia el camión y del amasijo de gente salió una mano mojada que la ayudó a montarse. Sujeta a esa mano, María escaló las cabillas y los barrotes que la integraron a donde los demás pasajeros. Ya arriba, no supo de quién era la mano amiga para darle las gracias y le preguntó a la cara que tenía delante para dónde iba el camión. "No sé, dicen que va por ahí pa´ arriba", le respondió esa cara.

Aunque María se sujetó bien a una baranda para no caerse, cuando el camión doblaba sus pies volaban al aire. En cuanto logró adentrarse un poco al tumulto, comenzaron los agarrones y pellizcos de nalgas bajo su falda y a María le daban ganas de saltar de aquel monstruo rodante. De pronto el camión dobló a una calle que no iba rumbo a Tropicana y ella gritó para que el tumulto le pasara el aviso al chofer que frenara para ella bajarse. Unas cuadras después, el aviso llegó y María cayó en la acera como saltamontes sobre hierba mojada, manos y pies en la tierra, pero intacta.

Un rubio, tan empapado como ella le ofreció llevarla en su bicicleta. Él también iba rumbo a "por ahí pa' arriba" y como eran casi las 6 de la tarde y los pocos carros que pasaban no le paraban, María saltó entre los brazos del joven para caer sobre la barra delantera de la bicicleta. El forzado pedaleo, según él, se debía a que iba loma arriba y en contra del viento. Según ella, a la bicicleta le faltaba grasa.

Unas cuadras después, el rubio le comentó a María sobre todas las cosas que él podría hacerle en una cama si en vez de ir a bailar ella aceptara irse con él a su casa. Ante el tenso "no" de María el rubio le advirtió: "Tú me ves así blanquito pero el pene mío es un bate. No te mueras sin probar esto mamita".

María, que no pensaba morirse, mandó al rubio al demonio, pero no fue hasta que ella sintió que el "bate" del joven hincó erecto en su espalda, que ella golpeó uno de los brazos del rubio para saltar de la bicicleta.

Ambos cayeron revolcados dentro de un charco de fango que la lluvia había formado en la calle. Él le gritó de estúpida en adelante y ella le devolvió los insultos mentándole hasta la madre. El pistero de una gasolinera justo enfrente de ellos lloraba de la risa al verlos salir del charco cubiertos de fango de pies a cabeza, por lo que María caminó hacia él a avisarle: "una carcajada más y le prendo candela a esto".

- Ya chica, ¡no tienes que volverte piromaníaca! –le respondió ya serio el pistero.

- ¿Dónde coño está Tropicana? –preguntó María.

- "Por ahí pa´ arriba" –respondió el muchacho señalado a una calle que dejaba ver el cartel del "paraíso" que ella buscaba.

Ante la gran nube de humo de cigarro del portal de Tropicana, María aguantó la respiración y volvió a respirar ya estando dentro del lobby. Cuando llegó a donde las demás bailarinas a nadie le pareció genial que ella como muchas otras, hubiera llegado a tiempo. De hecho, a nadie allí le parecía genial nada.

Buscaba a quién decirle que ella venía como bailarina de apoyo, enviada por su escuela pero a nadie le importó la noticia. Allí estaban las bailarinas de los cuellos más tensos del mundo, los instructores más estrictos de la isla y los ayudantes más engreídos del giro. A todos los unía un objetivo: asegurarse que, en dos horas, las estrellas estuvieran listas para adornar el paraíso que se decía ser Tropicana.

Alguien la empujó por la espalda hacia un baño y le pidió a María que se diera una ducha. Al salir un supervisor de vestuario la agarró por el brazo y la llevó a donde las ropas. Allí alguien tiró un bikini plateado con tal arte que cayó justo en las manos de ella.

— Aquí no hay medias para tapar los campos de celulitis de las nalgas esas –le decía un vestuarista a una flaca nalgona.

— Oye, si pudieras vender toda esa manteca en el agro[53] te hicieras rica –le dijo otro vestuarista a una flaca tetona.

Como María llevaba casi dos meses sin comer ningún vestuarista protestó por lo bien que entró la el bikini en el cuerpo ella pero la falta de teta ofuscó a dos de ellos.

— Pero estas tetas flacas bailan solas dentro de este ajustador –protestó una vestuarista tratando de empinar las tetas de María con sus manos.

— Métele cosas para que se le empinen –sugirió un hombre entregándole a la mujer unos trapos para que los metiera debajo de las tetas de ella.

María quería protestar pero alguien jalaba su pelo y al voltearse vio que un hombre trataba de colocar un gorro de plumas plateadas más grande que ella sobre su cabeza. Una mujer le encajaba presillas en el pelo tratando de afincar aquello y de esconder los mechones de pelo que se salían.

— Pero este nido de gallina tumba el gorro –protestó la mujer al ver que después de más de diez presillas el gorro seguía jorobado.

— Córtaselo un poco –dijo el que sostenía el gorro.

[53]El mercado agropecuario.

Cuando María se dio cuenta que ellos hablaban de cortarle el pelo quiso gritar "¡el pelo no!" pero ya le habían cortado los mechones de pelo que empujaban el gorro hacia un lado. Aunque el gorro quedó derecho y los genios de María quedaron torcidos.

María caminó hacia la estación de maquillaje balanceando lo que podían ser como quince avestruces encima de su cabeza. Kilogramos de pintura embadurnaron la cara de ella y al culminar la sesión, María quedó tan idéntica a las demás bailarinas que ni mirándose a los grandes espejos del salón, ella lograba discernir entre todas, cuál era ella.

Un supervisor llevó a las pocas que vestían bikinis plateados a un rincón y les dio órdenes precisas para que, aunque les apretaran los zapatos o se les saliera una teta, jamás quitaran la sonrisa. Unas trompetas retumbantes interrumpieron la sesión de instrucciones y los animadores anunciaron un excitante: "Buenas noches, señoras y señores. Bienvenidos a Tropicana, un paraíso bajo las estrellas".

En la audiencia retumbaron los aplausos de un público internacional que había pagado 50 dólares por persona para ver ese espectáculo, algo que María calculaba como equivalente a un mes de alquiler en casa de Julia. Las bailarinas principales salieron al escenario con sus sonrisas perennes alumbrando sus rostros y causando una explosión de colores. Decadentes ritmos en vivo ofrecieron los toques para que ellas menearan efusivamente sus caderas.

A las chicas vestidas de plateado, les avisaron que a ellas les tocaba adornar el espacio de las tarimas laterales mientras las estrellas verdaderas bailaban. Debían marcar toda la noche, subiendo y bajando los brazos, alzando uno que otro pie, con una sonrisa perenne sobre sus caras. María llegó sonriente a su tarima pero sintiéndose más banal que las botellas vacías de la repisa de Julia.

Una música pegajosa batía las caderas de todas ellas pero nadie miraba a las chicas de plata. María se animaba diciéndose a sí misma que para que el paraíso tenga luz hacía falta todo tipo de estrellas y cuando ya ni eso le daba ánimo sintió que de pronto, la noche se tornó interesante.

El huracán azotaba los techos de lona de Tropicana como si quisiera llevárselos y de pronto se llevó las luces. Desde la oscuridad del escenario principal alguien anunció a la audiencia un intermedio por razones técnicas. María se sentó a esperar en su tarima lateral sujetándose el gorro y con sus pies colgando al público y un cliente llegó por detrás de ella y susurró: "Nunca están lejos las que quieren verse".

Cuando María se volteó, en vez de a un cliente, vio un billete muy cerca de sus ojos. Por poco se cae de allá arriba cuando la poca luz la dejó discernir que el billete era de 50 dólares. En la fracción de segundo que prosiguió, María, en vez de pensar: "50 años de cárcel", calculó: "cinco meses de salario, un mes de renta en casa de Julia". Su mano arrebató el billete de la mano del hombre y escondiéndolo con rapidez en la trapera que empinaban sus tetas, ella vio que dos conocidos ojos azules la miraban a ella. "¿Pero qué tú haces aquí?", preguntó ella al ver que Míster Odioso en persona estaba frente a ella.

Y viceversa

David ayudó a María a levantarse para que el nerviosismo, los tacones, la oscuridad y el gorro no la tumbaran de la tarima.

— Nada, vine a traer a mi amigo Sherlock y a una de sus "bellezas de La Habana" a que conocieran Tropicana –respondió David llevando su vista a los pedacitos plateados que cubrían el cuerpo de ella.

— Ay sí, no me digas, que coincidencia! –dijo María.

— La otra versión de la verdad es que hace un rato yo llevé a Sherlock a ver a Cindy y ella me dijo que tú bailabas en Tropicana toda esa semana. La invité a que viniera con nosotros pero ella no quiso.

— ¡Eres peor que un policía! –protestó María apuntando con uno de sus dedos a la cara del inglés.

— Digamos que soy un fiel seguidor de una bailarina.

La luz regresó obligando a María a pintar una sonrisa perenne en su rostro y David fue a la mesa donde Sherlock abrazaba una de sus bellezas. El viento batía a Tropicana con ganas de arrancársela a La Habana. Muchas mujeres en la audiencia abrían servilletas sobre sus cabezas queriendo proteger sus finos peinados de la lluvia. María notó que muchos clientes, bravos con Dios, iban dejando el lugar vacío. Sherlock y su belleza se fueron, dejando a David a solas con su cerveza.

Dos números musicales más tarde, mientras los animadores anunciaban el fin del show, María notó que hasta su fiel seguidor se había ido.

Ella atravesó el camerino indagando si alguna bailarina que fuera rumbo a La Habana Vieja, le quisiera dar botella. Ninguna ni siquiera admitió haberla oído.

María casi llora al quitarse el gorro y ver el picotillo que habían hecho los vestuaristas en su cabeza pero al quitarse el sostén saltó y ver que un billete de 50 dólares cayó al suelo, ella saltó de alegría. "Aquí está mi taxi", se dijo.

En el portal de Tropicana, el huracán se batía a gusto contra La Habana y un bulto de fumadores soplaba el humo hacia la cortina de lluvia que caía frente a ellos. María traspasó la nube de humo y la cortina de lluvia, para ver si había taxis pero regresó al portal encharcada y consiente que los pocos taxis que llegaban se llevaban turistas de billeteras mucho más gruesas que la de ella.

Dos toques en su hombro la hicieron voltearse. "¿A dónde van las estrellas cuando salen del paraíso?", preguntó David otra vez frente a ella.

– Ay, Dios mío, pero ¿tú me estás persiguiendo? –preguntó María.

Aunque la boca del hombre no respondió, sus ojos azules brillaron al mirarla. Desde el fiasco de Sandro, María sentía que una rara agonía nacía de no saber exactamente qué querían los hombres de ella.

– ¿Qué tú quieres de mí? –insistió ella.

– La lista es larga –dijo el inglés contando con sus dedos– Quiero
   verte. Quiero disculparme por lo del parque. Quiero que el
   huracán no te lleve. Quiero llevarte a casa. ¿Me dejas?

María, que no veía otro modo de salir de aquel charco de paraíso, respiró profundo y aceptó la propuesta diciendo que "sí" con su cabeza.

En el momento que el hombre le pidió que lo esperara allí en el portal, para él ir a buscar su carro, el cuerpo de María comenzó a temblar. Ella, que jamás había temblado ante un hombre y se sabía la dueña de las directas con ellos, no entendía la naturaleza de los temblores. El inglés no ofrecía la tranquilidad de un viejo como Luciano, ni la confianza de un psicólogo como Camilo, así que María concluyó que temblaba porque una densa humedad cubría su piel y porque el viento del huracán en la noche se había tornado frio.

El carro del inglés frenó y al ella meterse en el carro una bonita música la ayudó a respirar despacio. Parecía haber más luz dentro del carro que en los barrios de La Habana Vieja pero así y todo, el carro entraba y salía de los huecos de las calles con gracia y agilidad. El tapiz de agua sobre el parabrisas no dejaba a David hablar pero él a cada rato la miraba y podía leer, letra por letra, la palabra "pena" en los ojos de María. Raro para él que, hasta ese día, no tildaba a María como una chica tímida.

David frenó frente a casa de Julia y el azul-encantador con que él la miró, congeló a María de forma que ella no atinaba ni a darle las gracias por la botella. David aprovechó el silencio para preguntar: "¿Y mañana, a qué hora vengo a buscarte?" Ante la perplejidad de María David insistió añadiendo: "Sin compromisos. Yo sólo quiero ayudarte".

Ella tenía que llegar a Tropicana a las 8 de la noche pero sugirió las 4 de la tarde pues en caso que el extranjero fallara, ella tendría tiempo para torear los monstruos rodantes que la llevaran puntual a Tropicana.

Esa noche, María entró a casa loca por hablarle a Cindy y se puso a barrer los cristales que el huracán había dejado en su cuarto y esperando a que el chirrear de la cama de su amiga terminara María se quedó dormida.

A media noche, el fantasma de la madre de Julia salió del armario a conversar con María en sus sueños. Las largas trenzas blancas de la difunta tocaban sus pies y mirando directo a ella decía: "No te vayas, María. Desde que llegaste aquí hay paz y Julia ha subido a este cuarto. Si te quedas, te ayudo a enamorar a David, lo amarro a tu falda y lo hechizo para que no tenga ojos para otra mujer por el resto de sus días". No fue la difunta quien despertó a María, sino un altísimo eco detrás de su voz que acrecentándose repetía: "no te vayas María". Ella se despertó gritando: "¡Me tengo que ir!" y enseguida encendió la luz del cuarto para ver si veía a la difunta. Por mucho que la buscó no la encontró.

Por mucho que la llamó, la difunta no respondió. María regresó a su cama con ganas de saber por qué la difunta querría amarrar a ese inglés a su falda y por qué ante ese inglés sus hormonas se tornaban jíbaras.

Minutos después, dos toques en la puerta de su cuarto hicieron saltar del susto a María. Segura que era la difunta, ella corrió a abrir la puerta pero para su sorpresa era Julia que había subido a avisarle que la llamaban por teléfono. La gran rareza del día no fue hablar con una difunta, sino escuchar la voz de Luciano que la llamaba de Italia.

Durante la charla, el italiano le contó detalle por detalle, las anécdotas del diabólico divorcio entre él y Alessia. Hablaba de separación de bienes, cuentas de bancos congeladas, amenazas de muerte y parabrisas rotos. De todas las historias que Luciano le hizo, la única que captó la atención de María fue la que hablaba de un dinero que él recibiría, con el cual le pagaría unos meses más de renta a ella y luego la invitaría a pasarse un tiempo con él en Italia. La propuesta dejó una enérgica pausa después de la cual María le informó a Luciano que ella ni quería renta ni iría a Italia.

Luciano preguntó un amargado "¿por qué?" y la llamada perdió su lustre cuando a todas las demás preguntas María respondió "yo no sé". Antes de colgar, Luciano confesó: "María, yo creo que te amo". Ella que no entendía eso de "creer" que uno ama, regresó a su cama y se volvió a quedar dormida convencida que dentro del hueco en que Luciano vivía, ella representaba no más que un poco de aire con que calmar la asfixia.

Al despertarse, la puerta del armario en su cuarto bailaba al ritmo del viento que entraba por las persianas rotas y por la cantidad de agua que había en el suelo María supo que el huracán tramaba inundarle el cuarto.

Cindy entró al cuarto de María enfadada con la lluvia pues le había echado a perder todos los negocios de la mañana pero su enfado pasó a asombro al ver a María bailando con el palo del trapeador mientras secaba el suelo.

– ¡Qué ojos! –dijo María abrazando el palo.

– ¿Ojos de quién? –preguntó Cindy.

– ¡Ay Cindy, y qué perfume!

– ¿Perfume de quién, niña? –preguntó Cindy zarandeando a María.

– Del inglés. Fue a verme anoche a Tropicana. Me dio dinero pero yo lo que quería un beso –dijo María besuqueando el palo.

– ¡Te lo dije, niña! Tú estás loca por ese hombre y eres la única que no lo sabes.

– Ay amiga pero, ¿qué va a ver ese machazo en el enclenque de mujer este? Mira para ese espejo, de mí solo quedan los dientes.

Mirando a su reflejo en el espejo fue que María por primera vez en mucho tiempo sintió deseos de colgar un Marpacífico en su pelo y le preguntó a Cindy si en el barrio de Julia había un arbusto del cual robarlo. A falta de flores, María le dijo a Cindy: "Hoy me voy a vestir de rojo y no para la buena suerte, si no para torear a ese inglés y matarlo". En cuanto el perfume de jazmín le dio a María los toques finales de matadora, ella notó que eran las 4 de la tarde y corrió a bajar las escaleras pero justo en ese instante la luz reventó un destello y la casa de Julia se quedó a oscuras.

Cindy corrió a su cuarto y ya metida bajo sus colchas le pidió a María que cerrara bien la puerta de su cuarto para que el fantasma que vivía ahí no saliera. María se reía con tales carcajadas que al querer bajar perdió un escalón y llegó a la planta baja rodando por las escaleras. Las dos piernas le dolían pero al abrir la puerta de la casa y ver que detrás de la fiera lluvia David esperaba por ella, se olvidó hasta que traía piernas.

– ¿Traje y corbata? –preguntó María al montarse en el carro.

– Es que tengo una recepción de trabajo pero termino a tiempo para recogerte a las 3 de la mañana, o a la hora que salgas.

– ¿A recogerme? ¿Ahora tengo un chofer inglés? –preguntó María alzando ambas cejas.

– Yo no soy tu chofer.

– ¿Y entonces?

– Es que cubrir necesidades crea necesidades.

– ¿Y eso que quiere decir?

– Yo quiero que me tú necesites. Y viceversa.

María, que jamás había escuchado tal rareza, no dijo nada más. Él subió la música y la mente de ella gravitó a la máquina de triturar egos de Tropicana. Los rayos que venían con la lluvia parecía que rajaban el parabrisas delantero y eso a veces les unía las miradas. Al llegar, él abalanzó su cuerpo para besar la mejilla de ella y María sondeó detrás del cuello de él para disfrutar de su colonia masculina, sólida y diferente como las cosas que él le decía.

– Hueles rico –le dijo María.

– Cerruti. A base de madera y lavanda.

– Yo hago mi propio perfume a base de jazmín salvaje. Lo colecto en campos que rodean a Buenaventura, el pueblo en que nací. ¿Te gusta?

– Todavía no sé. Un poco fuerte, así como la coraza que tú aparentas.

– ¿Por qué dices cosas tan extrañas? ¿Por qué no me dices que te gusto o que me queda lindo el vestido?

– Es que no quiero que lo oigas, quiero que lo sientas.

– Oye, yo no leo mentes.

– Pues quizás sea hora de que aprendas.

Todo lo de ese inglés tenía arte para dejar a María sin armas. Era como si para entenderlo debiera borrar todo lo que hasta ese día había aprendido de los hombres y comenzar a estudiarlos otra vez.

María entró a Tropicana y se sentó en el asiento más alejado que encontró en el lobby buscando serle invisible al gentío para seguir oliendo la madera con lavanda que David le había dejado en la nariz. A eso de las 7 de la noche María notó que todos dentro de Tropicana caminaban más de prisa que de costumbre. Una chica del elenco le hizo señas a María para que se fuera. Dos muchachos llevaban cartones en las manos que decían "Cancelado por lluvia" para colgarlos en la entrada y uno de ellos le gritó a María que se fuera para su casa.

Minutos después, de paraíso Tropicana pasó a desierto y afuera las calles eran diluvios imposible de cruzar. María se sentó en el piso de portal a mirar la cortina de lluvia que caía enfrente de ella y a esperar que el inglés llegara. Seis horas después, cuando de tanta agua su vestido rojo tomate se había tornado rojo vino, María divisó que detrás de las cortinas de lluvia las luces de un carro se acercaban. Adivinó que eran las del carro David quien al verla, corrió bajo la lluvia con el saco de su traje en las manos para taparla.

Los temblores que el aire acondicionado dentro del carro causó en ella, la llenaron de valor para decirle al inglés que esa noche ella iba con él a donde él fuera. A David le tomó tiempo comprender pero cuando María vio que el carro de David navegaba los baches de la suntuosa Quinta Avenida que llevaba a Siboney y no los cráteres de meteoritos que llevaban a La Habana Vieja, supo que él había entendido. Al llegar, un guardia que vestía una rígida capa plástica salió de una garita a abrir las rejas para que el carro de David entrara. Una larga entrada en "U" los llevó a una zona techada que cobijaba la puerta principal de la casa, que era roja y de caoba tallada. Detrás de la puerta, un vestíbulo más grande que el cuarto que ella ocupaba en la casa de Julia, daba paso a una casa cubierta en grandes ventanas de cristales que dejaban apreciar lo fiero de la lluvia.

– ¿Aún estamos en Cuba? –preguntó María.

David respondió con una sonrisa y una toalla para que ella se secara. De su cuarto le trajo una camisa que bailaba en el cuerpo de María y luego la llevó a la sala donde un sofá, al sentarse en él, los llevó a la gloria.

— Una casa tan grande y Cindy vendiendo su cuerpo por no tener dónde vivir con su hijo —exclamó María.

— ¡Qué pena! Yo no sabía que lo hacía por eso.

— Y hablando de Cindy, ¿dónde está Sherlock?

— Se fue con una de sus "bellezas de La Habana" a un hotel ¡La suerte es que vino a Cuba a verme a mí!

El azul-confiado que destilaban los ojos de David achicaba a María. "Ya estoy seca pero mis alas siguen mojadas", pensaba ella cuando notaba que sus ideas aún no fluían.

— ¿Qué piensas? —preguntó David al sentirla tan lejana.

María podía escuchar el taconeo en los adentros de su pecho y pensó que quizás un vaso de ron atenuaría sus nervios.

— ¿Qué quieres tomar? —adivinó David.

— Ron.

— ¿Ron con qué?

— Con nada. Ni hielo. Sólo ron.

David entregó un vaso de ron a la helada mano de María. El minuto que le tomó a David servirse un whisky y regresar a brindar con ella, le sirvió a María para tomarse su vaso de ron entero.

— No eres la chica del parque —dijo David sirviéndole más ron para brindar— ¿Estás nerviosa?

Ella, que ya no soportaba el azul-electrizante con que David la miraba, se abalanzó a besarlo a modo de inspirar confianza en sí misma. David la detuvo sosteniendo sus hombros y buscando en sus ojos le preguntó: "¿Qué haces, María?"

— ¿Por qué no quieres besarme? ¿Para qué tú me trajiste aquí? —preguntó ella— ¿Qué quieres de mí, algún órgano?

Aunque David no quería reírse, no pudo controlar la risa. María se había tomado otro vaso de ron antes que él tocara su segundo trago de whisky.

– Pues sí –respondió David– Quiero tus órganos y quiero que cada uno de ellos me necesite.

– ¡Y dale con lo mismo! ¿Por qué quieres que te necesite?

– Porque el amor verdadero no se construye dándole a la pareja lo que le gusta, sino lo que necesita, María. Piénsalo. Ahora mismo… ¿qué prefieres, que te de un abrazo o un dulce que te encante?

María escogió el abrazo porque ningún dulce calmaría el torbellino que en ese momento arrasaba por su pecho. Dentro de ese abrazo ella se preguntaba qué hacía David hablando de "amor verdadero". Temiendo no estar lista para la respuesta, no hizo la pregunta.

– Te traje aquí para que hablemos –dijo David– Seguro que tienes más de 20 años de historias que contarme.

– Tengo 22, ¿y tú?

– Yo, 33.

– ¿Nos alcanzará la noche? –preguntó María.

– Ojalá que no –respondió él.

Las historias del inglés hablaban de una niñez en una Inglaterra gris y de un gran terror a familias partidas. María iba por su cuarto vaso de ron y sus historias dejaron a David en las superficies de cuando su padre un día la agarró besando a dos niños detrás de una puerta. Ya casi no se oía la lluvia y los ademanes de María le decían a David que ella había tomado en demasía. Por ende, él sugirió ir a dormir.

– ¿Y tú a dónde vas? –preguntó María al ver que David la acomodó en un cuarto y se iba a dormir a otro.

– A mi cuarto –dijo David desde la puerta.

– ¡Pero qué frío eres! ¿Cómo que no vas a dormir conmigo? Eso nunca lo haría un cubano.

— Ah, es que entre todo lo que te conté esta noche, olvidé decirte que yo no soy cubano, ¿necesitas algo más, María?

— Sí. Necesito venirme, un final feliz para este filme de terror, por dios.

— Tú no dependes de un hombre para eso. En tus manos tienes todo lo que necesitas para tu final feliz.

David apagó la luz y María gritó que por favor la encendiera y al David obedecer vio que ella alternaba su mirada entre sus manos y el rostro de David.

— Mis manos no tienen de esos poderes, David. Créeme si te digo que he tratado —le confesó María con un tono de voz real y relajado.

El "cambio de luces" dejó a David por primera vez en toda la noche, verla a ella.

— ¿Me prestas una mano? —dijo David— con estos dos dedos es que logras un orgasmo.

— ¿Y cómo lo logro, los meto en el tomacorriente?

Con deseos de meterla a ella en el tomacorriente, David se sentó en la cama lo suficiente cerca para guiarla y lo suficiente lejos para no ser halado a la trampa del sexo con una mujer tomada. Con sus manos, él dirigió las de ella a su intimidad, procurándolo todo para no tocarla.

— Cierra los ojos. Imagina que estás sola. Lleva esos dos dedos a la boca y mójalos con tu saliva. Abre un poco los labios de la vagina y busca con tus dedos el área donde se te unen los labios. Mójala. Encuentra una montañita que hay justo debajo, ¿la sientes?

Los ojos de María querían abrirse para ver con qué versión de ojos la miraba David pero prefirió obedecerlo para evitar que fuera a parar.

— Frota esa montaña. Haz círculos a su alrededor. Siente como crece. Si se seca, llevas tus dedos un poco más abajo, a lo mojado ¡Uf, a lo encharcado de tu vagina! y los regresas para seguir frotando.

172

Los pechos semi-erguidos y espalda semi-arqueadas de María le decían a David que su lección estaba funcionando. Ella gemía a su comando y si él no hablaba, ella pedía que lo hiciera. El ritmo del placer eventualmente incitó a María a acelerar un poco la frecuencia, hasta que el roce desató un terremoto en el piso de su pelvis. Todo allí pulsaba y la historia feliz terminó con ella en los brazos de él exclamando: "¡me encantan las montañas!". Al sentir que ella se quedó dormida sobre uno de sus hombros, David fue a su cuarto a detonar la montaña que la lección había levantado en sus propios pantalones.

Al primer ápice de mañana, María atravesó un largo pasillo de pisos que helaban sus pies y encontró a David durmiendo en el cuarto más frío de la casa. Se coló bajo la colcha del inglés y lo despertó entrelazando sus piernas a las suyas y dejando que en el centro de sus piernas dos labios de mujer, aún hirvientes, besaran su piel. Los dedos de David fueron a esos labios y al sentir los destellos de María, él fue por un condón de esos que Cindy decía que había que usar con los extranjeros. Ya protegido, David adentró el fino rosado que María escondía para él, ahondando túneles que iban más allá de lo físico y tocaban lo espiritual. Al caer sobre María y cerrar todos los destellos con un beso, el azul-satisfecho de sus ojos le confesó a María: "…y ojalá que siempre necesites esto". Todo sin hablar.

Ella lo vio salir a una terraza y encender un cigarro. Su cuerpo aún desnudo sobre la cama del inglés agradeció la ola de calor que entró. El día entero les sirvió para ambos aclarar cualquier duda que quedara sobre lo fenomenal que fue tenerse esa mañana y en la noche, David la llevó a Tropicana, la esperó y la regresó a su cuarto otra vez.

Desayunaron placer en vena antes que David tuviera que irse a trabajar y esa tarde antes de llevarla a Tropicana David la llevó a cenar y fue ese el día que María dejó a David entrar a las profundidades reales de su niñez. Le contó por ejemplo, por qué en su pueblo le llamaban María Mariposa y a qué ella le llamaba volar.

– Pero todo eso perdió sentido en esta ciudad –añadió María– Cada vez que quiero levantar mi vuelo, en La Habana llueven piedras. Me hice bailarina de casualidad y ahora que logré el gran sueño de toda bailarina, que es bailar en Tropicana, siento que en vez de al paraíso fui al infierno.

– Es que nadie sabe realmente a donde va, María. Nuestros grandes sueños sólo se descubren cuando hemos logrado todos los pequeños. Bailar para ti, es quizás uno de esos sueñitos que te llevaran a dónde vas –le respondió David.

Como a María le parecía que David siempre tenía la pieza que le faltaba a sus rompecabezas, ella le habló de sus grandes incógnitas buscando que él descifrara las respuestas. Le contó todo, menos lo de Sandro. Algo que le había confesado a Luciano, también a Camilo y por mucho que se lo preguntó nunca supo porque no pudo contárselo al inglés. Tampoco pudo avisarle que al próximo día le tocaba mudarse de casa de Julia, quizás porque aún no había decidido si regresaba a casa de su tía Belinda, o quizás porque temía que él se sintiera en el compromiso de pagar la renta y pensara que ella salía con él por interés.

La mañana de la mudanza, ella le pidió a David que la dejara en casa de Julia antes de irse a trabajar y después del beso de despedida no dejó que David hiciera sus habituales planes con ella para la tarde. Sólo le dijo que a esa casa no tendría que ir más. El rostro de David se transformó ante la noticia y ante todas sus preguntas María le escribió su nueva dirección un papel y le dijo: "Esa es la casa de mi tía. Cuando me extrañes, me buscas allí".

Entrando a casa de Julia, María anunció que iba por sus cosas. El sillón en el que Julia se mecía detuvo su vaivén, el abanico dejo de echarle fresco.

– Quedarte es una opción –le dijo Julia.

La propuesta detuvo el vuelo de María escalera arriba.

– ¿Y la renta, Julia? –preguntó María regresando lentamente a donde Julia.

– Págala fija. Paga lo que puedas. O no me pagues.

– ¿Y eso a qué se debe?

– No sé –dijo Julia meciéndose despacio– Algo me dice que no cambie dinero por paz.

María que por un momento pensó que Julia lo hacía para ayudarla a ella, se dio vuelta y continuó escaleras arriba. Tocó a la puerta de Cindy para despedirse pero como no la encontró, María pasó un papel por debajo de la puerta que decía: "No sé si sabes que eres mi única amiga y cuando uno tiene una sola cosa no tiene de otra que cuidarla. Yo no quiero perderte. Aquí te dejo mi dirección".

El armario del cuarto de María no se abría y ella lo forzó para poder sacar sus cosas de ahí. Todo le cupo en las mismas dos bolsas con las que llegó a La Habana, confirmando que aunque en vivencias se sentía mujer rica, en pertenencias no. Un rayo de sol entraba directo al armario y el polvo en el vacío creaba movimiento dentro del ya vacío cuarto. Cuando un descenso la sentó en la cama, ella supo que no era falta de azúcar pues acababa de desayunar. Casi segura que la difunta madre de Julia la empujó para recordarle su propuesta, María se sentó en el piso y con sus manos en función de rezo le habló.

"Señora, desde que usted apareció en mis sueños la he sentido junto a mí pero vengo a romper el pacto que no hice. Es obvio que usted cumplió su parte, pues el hechizo de ese hombre lleva el toque del más allá pero yo no pienso quedarme. Confieso que gracias a su ayuda, señora, ésta semana logré volar. Aprendí que "necesitar" es otra forma de amar a alguien en las buenas y confiar que ese alguien, en las malas, estará ahí para ayudarme. Y solo eso me llenó del valor que carecía para regresar a donde Sandro, pues con David cerca, nada me puede pasar. Pero vengo a pedirle que quite su mano. Yo quiero hechizar a David con mis propios encantos, no porque un fantasma lo amarró a mí. Yo sé que usted teme que cuando yo me vaya Julia no suba más aquí. Y sé que ella teme que yéndome yo se irá la paz. Puede que ambas tienen razón, pues ella la necesita a usted en lo alto de la luz, no escondida en este cuarto, abriéndole las puertas, no tirándoselas. Señora, sea el ángel que toda hija necesita que una madre sea para ella y cuando esté allá arriba si gusta protegerme, bienvenida sea. Sólo deme una señal para saber a quién guiñar el ojo".

Arrastrando sus dos bolsas, María llegó a donde Julia jugaba desinteresada con el bulto de llaves. María le dijo que se iba. Julia no levantó la vista para decirle Adiós.

María fue al Parque Central a ver si veía a Cindy pero ese día no había ni viejitos conversando sobre el béisbol de tantos policías que había allí. María se detuvo a pensar donde podría estar Cindy, pues ella si no estaba en casa, estaba en el Parque Central. El hormigueo de policías la obligó a abandonar la reflexión e ir a donde un carro la podía llevar a Buena Vista.

Por el camino pensó qué respondería si Sandro abría la puerta y en los bajos del edificio buscó a ver si aún llevaba cuchilla con la cual desfiguraría a Sandro si después de su alegría al verla regresar "a la flor de su calabaza" la seguía al cuarto. Entrando al edificio notó que los pisos no olían ni a tamal, ni a cloro. Olían a pura valentía quemando la goma de sus alas, un aroma que se hizo inconteniblemente intenso justo enfrente de la puerta del 6. Tocó la puerta con firmeza. Nadie le abrió. Volvió a tocar.

Un cubo de hielo cayó encima de María cuando ella vio la cara con que su tía abrió la puerta. A Belinda, avenidas de arrugas le tatuaban las ojeras y las pupilas que yacían detrás, miraban desde la nebulosa del que acaba de llorar.

– ¡Ay, tía! pero, ¿qué te pasó? –exclamó María dejando caer sus bolsas para abrazarla.

– ¡Ay, María, qué bueno que eres tú!

Después de tres "¿qué te pasó?" más, la tía rompió a llorar y respondió "se lo llevaron". María la llevó al sofá para de entre los sollozos de su tía sacar la historia de lo que había pasado.

– Vinieron hace dos días con una orden de registro y se lo llevaron todo. Se llevaron ropas, maletas, dólares, pastillas. ¡Ay, mi niña! A Sandro le gustaba el negocio ¡y aquí nada es legal! ¡Ay, ahora yo no sé qué voy a hacer!

La tía lloraba desplomada sobre el hombro de María pero más que el peso de Belinda, María sentía el peso de la culpa. El cuello de su tía olía a rancio y por los nudos en el pelo era evidente que desde que se llevaron a Sandro, no se lo peinaba.

– Y a ti, ¿te hicieron algo? –pregunto María.

– Uno trató de registrarme pero el jefe de la operación ordenó que a mí no me tocaran ¡Ay, mi niña, yo no sé vivir sin Sandro! Yo me enamoré de él desde niña y desde entonces estamos juntos. Yo lo dejé todo por él, ¿ahora qué me hago? –pregunto la tía antes de romper a llorar otra vez.

– ¿Cómo pudo pasar esto, tía?

– Un chivatazo. Yo me rompo la cabeza con esa pregunta. Yo no sé –respondió Belinda.

Camilo pulsaba en el centro de la culpa de María y de tenerlo enfrente, le tocaría un grito por cada lágrima que su tía derramaba y un piñazo por no haberla obedecido cuando ella le pidió no fuera detrás de Sandro.

– ¿Y tu trabajo, tía? ¿Por qué no estás trabajando? –preguntó María.

– Me botaron ¡Me botaron, mi niña! Se enteraron de esto y mi jefe dijo que con esta mancha en la familia no se puede trabajar para un hotel.

– ¿Pero tú no hiciste nada?

– Yo sí hice. Yo lo sabía todo. Yo lo dejé que él hiciera todo. A veces le peleaba pero no mucho, pues no lo quería perder.

Belinda fue a llorar a la misma cama donde Sandro había violado a María y como a ella las rodillas le temblaban de tan solo mirar para allá, le avisó a su tía que saldría a caminar un rato. Necesitaba hablarle a Camilo. La del 4 estaba en casa e incluso la invitó a pasar pero María decidió ir a llamar a casa de Nieves, pues en casa de la vecina no podía dar los gritos que quería a Camilo. El viento le avivó el paso y fue dando saltos por los huecos de la acera hasta llegar allá. La reja estaba cerrada, así que gritó "Nieves" desde afuera. Como nadie la escuchó, la volvió a llamar. Y antes de desistir, la llamó con lo más alto que dio su voz.

– ¿Mima, cuál es la bromita de mal gusto? –dijo desde el techo una mulata flaca que vestía un batilongo ancho agarrándose los rolos para que el viento no se los desordenara.

– Yo soy amiga de Nieves ¿ella está? –preguntó María

El viento azotaba el batilongo de la flaca dejando ver los blúmeres pero ella indiferente a eso, miraba a María con la mala gana del qué no sabe qué responder.

– Mima, Nieves era mi mamá y hace dos años que murió ¡Mil rayos te partan si estás jugando con eso!

– ¿Cómo? Yo entré a esta casa hace dos meses, ella misma me mandó a pasar.

– Mira, la oficina de la vivienda tiene eso allá abajo clausurado desde que ella murió. Hay problemas de papeles y me la quieren quitar. Ahí no ha entrado nadie en mucho tiempo. Y al que anda mandando gente con este chistecito, dile que por favor respete a los muertos.

María quería asegurarle que nadie la había enviado, que había visto al Changó de las repisa al igual que las maracas, que ella había dejado 40 pesos debajo del teléfono pero la flaca ya se había dado vuelta y no le pudo explicar nada. María se alejó de allí, chequeando una y otra vez la casa, tratando de recordar si la casa tenía planta alta o no. En aras de no admitir que estaba loca, miró al cielo, guiñó un ojo y dijo: "gracias Nieves, los vivos de La Habana no serán muy buenos pero los muertos de esta ciudad son en extremo serviciales".

Dispuesta a recuperar su fe en los vivos, regresó a casa de Belinda tratando de tornar los deseos de estrangular a Camilo en deseos de darle las gracias por haber metido preso al hombre que no solo abusó de ella, sino del amor inmenso que su tía Belinda sentía por él. Y como si la vida le quisiera demostrarle, por partida doble, que hay material de ángel en algunos vivos, en la esquina de casa de su tía un hombre de un pelo largo canoso tiernamente amarrado en una cola de caballo, le preguntó a María: "Niña, ¿cómo te ha ido en eso de vivir?". María se detuvo y de todo su porte solo los ojos le parecieron conocidos. Y no fue hasta que el hombre dijo: "Yo te salvé la vida", que ella se permitió caminar hacia él.

– El mar. Las olas. Un grito Un borracho. Un boca a boca. Un banco –dijo el hombre.

A lo cual María respondió: "¿El desahuciado?"

– No, el ex-desahuciado.

– ¡Pero qué bien te ves! –dijo asombrada María.

– La vida te rompe en pedazos para que armes la versión mejorada de lo que eras antes.

– Bastante mejorada tu versión. Eres una persona diferente.

– Ya no bebo. Regresé con mi mujer, vivo con mis hijos y pronto volveré a ser papá.

– ¡Ay, felicidades!

– Si mal no recuerdo tu mirada, no era eso lo que querían decirme tus ojos antes de dejarte allí en el banco.

– No, quería reprocharte haberme salvado pero ya no. Ahora ando en eso de armar la versión mejorada mía.

– ¡Qué bueno! Pero te advierto, cuidado con los pedazos que recoges. Algunos son del pasado y la versión mejorada, no los lleva.

El consejo logró sacar una sonrisa del rostro de María que corriendo a casa de Belinda le gritaba al ex-desahuciado: "Gracias, una y mil gracias".

En la planta baja del edificio, el intenso olor a tamal la hizo doblar a casa de la chica que los vendía; una muchacha joven que caminaba con la misma ricura de su sazón: "Están repleticos de chicharrón", le dijo la joven. María invirtió seria cantidad de sus propinas para comprar diez tamales y Belinda tomó un receso de llorar para comer tamales con ella. Al ver a su tía con un poco más de color en los cachetes, María se convenció que la prisión era, para todos, la mejor forma de tener a Sandro lejos y la mejor forma para ella y su tía armar la versiones mejoradas de ellas.

☙☙☙ ❧❧❧

Antes que la tarde reclamara su final, María fue a la escuela a reportar que completó su semana de huracán en Tropicana y salió con un proyecto nuevo entre manos: una semana bailando de estrella principal en el Hotel Inglaterra. "Ay, me persigue ese país", dijo ella cuando escuchó eso de "Inglaterra".

En tanto, David saliendo del trabajo decidió que ya la extrañaba y en vez de irse a casa, fue a buscarla a la dirección que esa mañana le había dado ella. La del 4, que estaba en su balcón, no podía creer la clase de hombrón que se había bajado de un carro con chapa de embajada enfrente de su casa y al ver que el hombrón entraba a su edificio, se bajó bien su ya escotada blusa y corrió al descanso del piso dos para intersectarlo.

– ¿En qué puedo servirte, mi rey? –le dijo la del 4 a David que subía mirando un papel.

– Busco a María, la del 6 –respondió David.

– Pues, ahórrate escalones que todo lo que tú buscas está en el 4.

David aún se reía cuando llegó al tercer piso y Belinda abrió la puerta.

– Usted debe ser la tía de María –respondió David sonriente.

– ¡Ay pero qué hombre más bello, qué suerte tiene esta muchachita! A ver, mi niño, ella no está pero entra. Me dijo que iba a la escuela a averiguar sobre su próximo proyecto. Ella es bailarina de Tropicana, ¿tú lo sabes?

— Sí yo lo sé. ¿Ella no le habló de mí?

— Bueno, para serte honesta ella vino hoy y solo hablamos de mis tragedias. Ay, me hizo tan bien tenerla aquí pero ahora que me doy cuenta, no le pregunté nada sobre ella. Espérame aquí, que acabé de hacer batido de mamey para que ella tome cuando regrese de la escuela. Es su preferido. Te voy a dar un poquito.

Belinda le trajo un vaso lleno hasta el tope de batido pero en cuanto vio la cara de tortura que ponía David tratando de tragárselo, se lo quitó de las manos.

— ¿Cómo es eso? ¿No te gusta? —le preguntó Belinda.

— Un poco dulce, espeso. Un sabor intenso —respondió David buscando palabras que no causaran desaires.

Belinda se reía de las caras que él aún hacía, cuando una algarabía que se desató en los bajos los paralizó a los dos. Corrieron al balcón. Era una bronca entre vecinos. Según las palabrotas que volaban, la gorda de los bajos protestaba porque la mulatica de los tamales metía a su marido en su casa por las noches. Cuatro hombres trataban de zafar a la gorda de los pelos de la mulatica, cuando la hija de la gorda agarró treinta tamales que tenía la muchacha para vender en la mesa de su sala y los tiró todos al medio de la calle. Los tres o cuatro hombres soltaron a la gorda y fueron a recoger tamales. La hija de la gorda agarró un tamal y se lo escachó en la cabeza a la mulatica. David y Belinda no se perdieron ni un detalle de la bronca pero casi se caen del balcón cuando detrás de ambos vino María y dijo: "¿Y ustedes qué hacen ahí?". Luego de las risas, Belinda pidió permiso para ir a los bajos a ver si quedaba algún tamal por recoger. Y todo el tiempo que Belinda se tomó buscando tamales, duró el beso que María le dio a David.

La tía regresó aclarando su garganta como quien no quiere interrumpir.

— Creo que no es un buen partido para ti, María ¿Tú puedes creer que no le gusta el batido de mamey? —dijo Belinda en broma.

— Es que él es un batido de mamey, tía. Denso, dulce y a veces frío, quizás por eso me gusta tanto.

– No eres boba mi niña, porque eso no es un mamey, eso es un mango.

En cuanto los besos y las bromas se lo permitieron, David le dijo a María que además de a verla había venido a invitarla a un paseo por unos días a Trinidad.

– Es que Sherlock se va en unos días y antes que se vaya quiero que vea esa ciudad.

– Me encantaría, David pero me acabo de comprometer para bailar en un show en el Hotel Inglaterra, por una semana y empiezo mañana.

Esa tarde, David llevó a María con su tía a comer pero en la noche, se la robó a Buena Vista y se la llevó para Siboney. Al otro día la llevó al trabajo, donde un enorme "Inglaterra" alumbraba las afueras del hotel. Ver el cartel apuró el paso de David curioso por saber cuánto de ese hotel le recordaría a su tierra. A la entrada, en una terraza protegida por los herrajes de una baranda tocaba una banda con instrumentos musicales que no tocaban nada de la música de su tierra. La banda además hacía burbujear turistas quienes, Mojito en mano, tabaco en boca, cubana al lado, montaban lo que para David parecía ser la escena más lejana a la de una terraza inglesa.

Las maracas y los timbales endulzaron el paso de María que entraba junto a David. Para ella, atravesar esa terraza fue revivir una especie de pasado cubano donde lo único moderno era la ropa que vestían las jineteras. Entró tarareando La Guantanamera, una canción que siempre le recordaba a Cindy, pues la chica de la canción era de Guantánamo, la esquina de Cuba de donde era ella. Y como el hotel quedaba justo frente al Parque Central, María decidió que después del show cruzaría al parque a tratar de verla.

David admiraba los mosaicos esperando a ordenar su cerveza, haciendo tiempo para ir a ver a María bailar. De atrás de las columnas salía gente tratando de venderle colecciones de sellos, cajas de tabaco, periódicos de antaño y cuando decía a todo que no, la gente le ofrecía sexo. María se vistió de esclava para su primer número y salió del camerino conquistando con su gracia a cada turista que esperaba en el salón para disfrutar un show de Cabaret Afrocubano.

Para David, las dos horas que duró el espectáculo pasaron sin notarlas. Después de las últimas reverencias que María dio en el escenario, el azul-invitante de sus ojos le pidió a María que fueran a otro lugar, donde todos los hombres del bar no lo estuvieran envidiando.

Con la sonrisa que María siempre le regalaba un "sí" a su inglés, le sugirió a David ir a Siboney donde ella podía terminar su show en privado. El carro de David casi salía del parqueo, cuando María le pidió a David diez minutos para cruzar al parque a ver si podía ver a Cindy.

Entrando al parque, en vez de unos jean rojos María vio que en cada esquina había un grupo de policías. Un mal presentimiento sobre Cindy se alojó en el estómago de María que enseguida se dio vuelta para regresar al carro de David pero dos policías ya venían hacia ella, buscando interrumpirle el paso.

— Oye, dame tu carné —dijo uno que tenía un walkie-talkie en la mano.

Haciéndose la que buscaba en sus bolsillos María maquinó: "Si le digo que no lo tengo me llevan, si se lo doy y ven que soy de Holguín y le digo que trabajo en El Hotel Inglaterra, quizás me sueltan". María entregó su carnet con manos temblorosas.

— ¡Aquí #50! Jinetera del interior, acabada de apearse de un carro turístico y tratando de cazar otro turista —reportó el policía a través del walkie-talkie.

— Yo no soy jinetera. Yo bailo en el Hotel Inglaterra. Yo soy bailarina.

— Bailarina, Jinetera. Diferente perro con la misma sarna —dijo el segundo policía apuntando los datos del carnet en su talonario.

— Pues, claro que no es lo mismo —le gritó María al policía.

Ver que el policía escribió jinetera con "G" anuló cualquier esperanza que María tenía de inspirar comprensión en aquel zocotroco. El del walkie-talkie la esposó y la sentó en el mismo banco donde ella y David se habían conocido para esperar al patrullero que venía a buscarla.

Los ojos de David chocaron contra su parabrisas al ver la silueta de María en un banco ladeada por la de dos policías. Cuando comprobó que lo que veía era cierto, ni miró a los lados para cruzar la avenida que llevaba al Parque Central. David insultó a los policías por lo que estaban haciendo. La velocidad con que salían sus palabras confundía a los zocotrocos, que a pesar de entender claramente lo que David decía, dudaban que estuvieran entendiendo, porque como uno le dijo al otro, "yo estoy seguro que no hablan español allá en Inglaterra".

– ¡Aquí #50! Un "compañero extranjero" montó en cólera. Apúrense con esta recogida que no entendemos qué cosa está diciendo –explicó el del walkie-talkie.

La noticia hizo apurar al patrullero que habían llamado para que recogiera a María.

– Miren yo soy diplomático aquí en Cuba y María es mi mujer.

– Y como buen diplomático, siga su camino y disfrute sus vacaciones –le respondió el del talonario.

– Que yo soy diplomático, no un turista. Y ella es mi mujer, por favor, déjela ir conmigo.

David sacó su pasaporte rojo, señaló la chapa negra de su carro pero nada los hacía entender que él trabajaba para la misión de Inglaterra en Cuba y que no estaba en el país de vacaciones. Cuando el patrullero se llevó a María, David en vez de perder tiempo estrangulando a aquellos dos hombres voló a su carro para seguir al patrullero a donde fuera.

Las lágrimas de María caían de su rostro a sus piernas. Las historias que hacían las dos chicas que compartían el asiento de atrás del patrullero con ella le interrumpían el llanto para causar asombro por la inmensidad de extranjeros con que andaban esas chicas.

Ya en la celda, las dos que llegaron con ella gritaban a los policías que la sacaran de allí añadiendo que ellas no eran jineteras, aunque según sus historias, de seguro lo eran. Le pidieron a María que gritara con ellas, pues así se salía más rápido pero María temblaba y aunque quisiera gritar, dudaba que pudiera. Por la cantidad de muchachas que llegaron esa noche a la celda, era obvio que había recogida. Los guardias venían a buscarlas una a una. Al principio, María creyó que las sacaban según lo alto que gritaban pero al rato se dio cuenta que las sacaban según el orden de cuanto les gustaban más a los guardias.

Una rubia alta de pelo rizo y caderas anchas fue a la primera que sacaron para procesarla. El repertorio de ofensas que la rubia les gritaba transportaba a María a las noches que ella le gritaba a Sandro esas mismas palabras. La rubia quería que la soltaran, decía que no tenía drogas y pedía que no la tocaran. Según los demás gritos fue obvio que los policías decidieron asegurarse que ella no traía drogas ahondando con sus penes en los huecos más íntimos de la muchacha.

Las manos de María tapaban sus oídos para no escuchar más a la rubia. Su cuerpo se balanceaba al ritmo constante con que una voz en sus sesos repetía: "que no me llamen, que no me llamen, que no me llamen…". María prefería quedarse en esa celda de por vida a que la violara un policía. Y cuando finalmente la llamaron para procesarla sus rodillas no ayudaron a que ella se parara. El oficial entró a la celda a levantarla de la esquina donde estaba sentada y dirigió a María a una oficina cercana.

> – No sabemos qué hacer contigo –dijo el oficial sentado en la esquina de su buró– un extranjero ha estado echando pestes allá afuera toda la madrugada, asegurando que si te pasa algo, Fidel Castro se va a enterar mañana. Se salva por ser diplomático, porque tengo ganas de partirle la boca. Dice que es tu marido, ¿eso es verdad?

Ni los ojos de María respondieron la pregunta. Sus oídos no escuchaban otra voz que las de sus sesos, que a pesar de saberse fuera de la celda, aún se repetían "que no me llamen, que no me llamen, que no me llamen…"

> – Te tiramos por planta y estás limpia, –prosiguió el oficial– así

que vamos a creer lo que dice el diplomático. Y para la próxima, agárrate bien de tu maridito porque aquí, "muchachita que se duerme se la lleva el patrullero", ¿tú me copias?

Cuando el oficial le ordenó a María que se fuera ella no atinaba a obedecer. Para que se levantara el oficial tuvo que sujetarla por un brazo y para que saliera de su oficina tuvo que empujarla. David casi llora de alivio al tener a María de regreso a sus brazos. Ella escondió su cara en el pecho del inglés y dentro de ese abrazo llegó al carro.

La Habana yacía frente al mar, más inerte que el cuerpo de María. Al silencio de la noche ya le salían algunas luces pero no se veía gente, ni carros, ni siquiera policías. María le pidió a David que en vez de a Siboney, quería ir a donde su tía. A modo de extirpar una piedra que raspa el alma, una rara lucidez la hizo desear ir a donde Belinda y pedir perdón por haber causado tanto estrago en su vida, ya que si ella no hubiese ido a La Habana, Sandro no estuviera preso y ella viviera feliz con el amor de su vida. David, que no se imaginaba la razón por la cual ella quería ir donde su tía, le rogó a María que esa noche durmiera en su cama junto a él.

Llegaron a Siboney con toda la frialdad de la noche escondida en el alma de ella pero el abrazo de nueve horas que David le dio, derritió todos los hielos que ella acumulaba. Casi a las 5 de la tarde, Sherlock los despertó para recordarle a David que habían quedado en irse a Trinidad esa noche. David, que se había olvidado totalmente del paseo, le volvió a pedir a María que fuera con ellos. Ella le recordó que no podía, pues tenía que trabajar.

– ¿Trabajar? –preguntó azorado David– No, no regreses a ese hotel, te lo ruego.

María le recordó que ese trabajo además de ser su pasión, era lo único que era realmente de ella. Sin más armas para convencerla, él la regresó a la misma esquina de La Habana Vieja donde, el día anterior, dos policías se la habían quitado. En contra de su voluntad, su pie derecho aceleró el carro para manejar con Sherlock por unas siete horas rumbo a Trinidad.

Dentro del Hotel Inglaterra, justo donde comenzaban los mosaicos, un turista español fumaba el tabaco más grande que María había visto en toda su vida. Al ver a María llegar, el hombre extendió su mano para decirle que su nombre era Rogelio. Con amable cordura María lo saludó y sin ella decirle su nombre, Rogelio preguntó, "hoy quiero verte borrachita, María".

— ¿Cómo se sabe mi nombre? —preguntó asicada ella.

— Hombre, la forma que mueves tus caderas, que yo las vi bailar anoche.

— ¿Cómo se sabe mi nombre? —repitió María.

— Vamos linda, el dependiente me dijo que por unos pesos no solo me daba tu nombre, sino que te llevaba desnuda hasta mi cama. Muchas cubanas han pasado por mi cama pero todavía ninguna bailarina.

Como en la entrada del camerino no había luz, Rogelio no notó las ganas de asesinar que se asomaron al rostro de María. La puerta del camerino se cerró en las narices del español y María quedó en la puerta lamentando no haber actuado sus instintos. Dentro del camerino, entre todas las bailarinas resaltaba Kendra, por ser la única rubia. Kendra se acomodaba los tirabuzones del pelo cuando María llegó a ella.

— Ayer, saliendo de este antro pestilente me llevaron presa —le dijo María con un tono fúnebre.

— Ay, María vieja, hay recogida. Eso te pasa por salir de niña buena, sola para tu casa. A mí nunca me ha pasado semejante cosa.

— ¿De qué tú hablas?

— Cuando sales de un hotel de la mano de un Yuma los policías no te molestan. A la vez que te despegas, ahí mismo te enganchan. Hay que salir de aquí con un Yuma a cuestas.

— ¡Tiene que haber otra manera! Nosotros estamos aquí trabajando legal, con una Escuela de Baile.

– Sí, pero no hay papel para que emitan una carta que nos ampare. Después van y te sacan de la cárcel pero en tanto, la que pasas el mal rato eres tú, así que hoy sales de aquí con un Yuma.

Durante el show, María revisó en el escenario a ver si había algún Yuma con cara de persona decente con quien salir de manos pero todos en el Cabaret, tenían ya una chica al lado. Todos menos, Rogelio, que cada vez que María terminaba de bailar aplaudía y la llamaba por el nombre.

En tanto David, calculaba que había manejado unas dos horas alejándose de La Habana y que María saldría del hotel en otras dos horas. Su corazón queriendo estar afuera del hotel para salir de mano con ella y su carro llevándolo cada vez más lejos de poder hacerlo. Puso todo en la balanza cuando supuso que llegando a su paseo Sherlock se encontraría con alguna de las tantas bellezas de Trinidad y él terminaría las vacaciones solo. Pero de María ir presa esa noche, él no podría rescatarla.

Fue entonces que David le pidió perdón a Sherlock y le avisó que debía regresar al Inglaterra. Le consiguió un hotel cercano y un carro que lo llevara a Trinidad al otro día. Él se fue y calculó que llegaría justo a tiempo para salir del hotel de manos con ella. Llegó justo cuando el show se terminó y un portero confirmó que ya las bailarinas se cambiaban de atuendos en el camerino. Fue a la terraza por donde ella tendría que salir y mientras más bajaba su cerveza, menos comprendía cómo era posible, con tantas chicas en la terraza ofreciendo sexo a los turistas en las narices de tantos policías, que a María se la hubieran llevado presa el día anterior.

Un dependiente entró al camerino donde las chicas se cambiaban con una bandeja llena de vasos vacíos en una mano. A pesar de las protestas de las chicas, el dependiente no salió de allí hasta que encontró a María y pudo darle un encargo.

– ¿Y esta fortuna qué es? –preguntó ella al notar los 7 dólares que el dependiente le había dado.

– Esto es la mitad de lo que Rogelio pagó por tres tragos para ti. Supongo que en vez de tragos quieres el dinero, ¿no?

La expresión en el rostro de María delataba una falta de comprensión total.

- Mira, aquí cuando un hombre paga tragos, hay contrato. No dejes de pasar por la mesa de Rogelio que si protesta todos "salimos por el techo"[54] –precisó el dependiente antes de regresar al bar.

María se quedó un rato palpando el dinero y de solo pensar que debía ir a donde Rogelio el estómago se le enfriaba. Kendra que lo había escuchado todo, fue a donde María a aconsejarla.

- Sale a "putiar" con el tal Rogelio antes que te lo tumben. Pídele ir a dar una vuelta y cuando salgas de zona turística te mandas a correr que cualquiera con esos 7 dólares te lleva hasta tu casa.

Sin imaginar que David estaba en la terraza, María ya vestida fue rumbo a Rogelio que esperaba por ella en una de las mesas del ya apagado Cabaret.

- ¿Para qué me enviaste tragos? –le preguntó María a Rogelio.

- Te quería borrachita para cuando subieras conmigo a la habitación, quiero que pases la noche entera conmigo –respondió Rogelio acariciando uno de los muslos de María.

- ¿Así de fácil? –preguntó ella dando un paso atrás.

- Yo pago tu peso en dólares, bonita. ¿Cuánto pesas?

- Cien libras de hueso.

Rogelio agitó su mano para indicar "Lo que peses, yo lo pago".

- Quizás mañana, –respondió María– pero hoy te tengo un trato.

- Me encantan los tratos –respondió Rogelio encendiendo su puro cubano.

- Necesito salir de este hotel del brazo de un extranjero, llegar a una avenida menos turística que esta y coger un taxi para irme a casa. Si me acompañas, mañana después del show yo te complazco.

---

[54]Expresión que indica "ser despedidos", "meterse en problemas".

– Venga hombre, si yo pagué hoy, ¿por qué he de comer mañana?

Al ver que María negó con su cabeza como quien quiere decir "sino, no hay trato", Rogelio extendió su peludo brazo para que ella pusiera el suyo y salir de allí.

En la terraza, la impaciencia había puesto a David de pie a mirar a cada persona que salía por la puerta del hotel, buscando a María y cuando la vio salir de brazos con aquel español, sintió que pedazos de dolor se encajaron en las irises de sus ojos. Dio dos pasos hacia adelante para confirmar lo que sus ojos no querían creer pero en cuando el humo del puro de Rogelio subió al techo y los ojos de María hicieron contacto con el azul-destrozado de los suyos, él soltó un billete sobre la mesa, saltó la reja que bordeaba la terraza y se mandó a correr. Al María llegar a la reja, David llegaba a su carro y al ella correr al parqueo vio que el carro de David salía de allí con los mismos genios de él.

Las rodillas de María cayeron al cemento con su frente queriendo tocar el cemento también. Iba a echarse a llorar pero un Lada verde pitaba incesante para que ella se quitara del área donde él quería parquear. Aunque María se puso de pie, no fue lejos pues notó la inmensidad de policías que rondaban el lugar y las dos chicas que habían esposado en el mismo banco del Parque Central en que la noche anterior la habían esposado a ella.

Con el alma hecha masa y el miedo haciéndola batido, María sintió deseos de gritar a toda voz el nombre del inglés. Se detuvo al escuchar que el chofer del Lada solemnizaba las nalgas de ella con piropos rebosados de groserías.

– Sácame de aquí y no vuelvas a abrir la boca puerca esa. Te pago 7 dólares hasta Buena Vista –le dijo ella alzando una mano con gesto de querer dar un trompón por la cabeza.

Cuando el chofer, más pasmado que una vela, calculó que con la oferta de María sacaría el dinero equivalente a siete viajes clandestinos, las gomas de su Lada sacaron a María de allí raspando el pavimento.

En casa de su tía, recordar el fiasco con David le estremecía a María el espinazo. Y ya la madrugaba tocaba la mañana cuando María decidió levantarse pues no podía dormir. Tomándose un batido de mamey, ella no lograba decidir si ir a su escuela a buscar la carta que la amparara para trabajar en el Hotel Inglaterra, o a casa de David a arreglar el malentendido. Iba a salir a ver a cual rumbo la empujaba el viento cuando con el sol llevó a ella una visita inesperada. Cindy y sus jean rojos habían ido a visitarla. Al verla, María por poco la tumba del abrazo.

Cindy traía una gran bolsa, que puso justo al lado de ella antes de sentarse en el sofá. María le ofreció un vaso del batido de mamey y Cindy le entregó una carta.

– Es de Luciano –le dijo Cindy– Lleva noches llamando a Julia para que te encontrara en La Habana y te la diera. Por suerte me dejaste tu dirección y pude traértela.

Desde el primer párrafo de la carta, María sintió que Luciano había cambiado su posición de "creer" que la amaba, a "saber" que quería tenerla allá en Italia.

– Es raro que tara viven los extranjeros a la hora de hablar de amor. Estoy saliendo con David, ¿te acuerdas del diplomático inglés? Él nunca me dice que me ama pero desde el primer día hablaba de "amor verdadero". Y Luciano, no sabe si me ama pero sabe que quiere tenerme allá en Italia. Y el único cubano que tuvo los cojones de hablarme de amor, acaba de tener un hijo con su mujer. Yo no entiendo nada.

– Parece que unos tienen corazón y otros, cerebro –respondió Cindy– así que olvídate de la nacionalidad y busca un hombre que tenga de los dos.

María tiró la carta de Luciano a la mesita de la sala y fue a donde Cindy preguntando: "¿Qué ha sido de tu vida?"

– Mi vida –respondió Cindy– De aquí salgo a la estación de trenes. Salgo para Caimanera esta noche.

– ¡No me digas! ¿Ya reuniste el dinero que querías? ¡Eso si es noticia!

191

– ¿Noticia? La noticia es que me agarraron en el Parque Central y me trancaron. Querían que yo dijera dónde me estaba quedando. Si les decía, explotaba Julia y me decomisaban todo el dinero que yo tenía guardado allí. Salí hace dos días con una Carta de Advertencia.

– ¡Ay no, Cindy! ¿Y entonces?

– Mejor no hablar de eso. La peor noticia de todas es que al salir llamé a mi hijito en Caimanera, pues su cumpleaños pasó cuando yo estaba detrás de las rejas. La madre de mi ex-marido respondió el teléfono y al oír mi voz rompió a llorar. Resulta que mi ex-marido se tiró al mar con mi Julito en una balsa hecha en casa, un pedazo de madera sobre ocho gomas de tractor.

– ¡Ay, Cindy, no, qué horror! –dijo María con ambas manos tapándose la cara.

– El oleaje viró la patana esa. Se ahogaron todos pero alguien amarró a mi bebé a una goma de tractor y fue el único que sobrevivió. Con la ayuda de mi Virgencita de la Caridad del Cobre lo encontraron quemadito y deshidratado, pero vivo. Lleva una semana en el hospital, bajo cuidados intensivos. Hoy salgo para Caimanera a verlo… –dijo Cindy dejando que una ola de llanto le empapara las ideas.

– ¡Ay, pobre angelito! ¡Ay, no llores Cindy, que me vas a hacer llorar!

María le acariciaba el pelo a Cindy para que recuperara algo de brío.

– ¿Cómo puedo verte otra vez? –le pregunto María.

– Lo dudo tanto, María. Yo veo que los cubanos cuando se van pa´ afuera se olvidan de todos lo que dejaron aquí.

– Pues arregla tu bolita de cristal, mi amiga, que tiene el adivinador roto. En primera, quién te dijo que yo me voy y en segunda aunque acabe en Australia yo nunca te voy a olvidar. ¿Dónde te busco, mi amiga?

– Ahora que mi hijo no tiene padre, quiero que crezca cerca de su abuela paterna. Quizás construya algo encima de la casa de mi ex-suegra, en Caimanera.

La visita de Cindy dejó a María tirada en el sofá con sus ojos perdidos en las rápidas nubes que la puerta del balcón dejaba ver. Convencida que no importa cuán hondo sea el hueco nuestro, los hay con huecos el doble de hondo alrededor. La mañana casi tocaba al mediodía cuando Belinda también llegó a la sala. María, que no tenía deseos de contar y revivir el tren de angustias que había vivido en las pasadas 24 horas, tiró la carta de Luciano en dirección a su tía.

– ¡Pero qué buena noticia, María! ¿Quién es este? ¿Yo estoy leyendo bien? Este italiano te quiere llevar con él a Italia. Escucha esta parte: *"Estoy seguro que lo que necesito para estar vivo eres tú, tu alegría, tu sexo y tu belleza"* ¡Este hombre está muerto contigo!

– Yo no quiero ir a Italia, tía.

– ¿Qué es eso, María? Mira, no es bueno quemar los puentes que la vida nos construye para que crucemos a una vida mejor. Después no andes quejándote de sentirte estancada y de no poder volar. Todo eso es poesía, esta carta es la pura realidad.

– Yo quiero a David. Eso no es poesía.

– ¿Bueno y David, además de paseítos en su carro, qué te propone él?

– Hasta ahora, nada. De hecho, en estos momentos no quiere ni verme.

Ese comentario obligó a María a contar las tragedias del Hotel Inglaterra. Belinda, a pesar de horrorizada por los fiascos que su sobrina acababa de vivir, le aconsejó a María que antes de irse a reconquistar al inglés buscara una carta que acuñara que ella trabajaba legalmente en ese hotel. María abrazó a su tía y como un zombi se vistió para ejecutar el plan.

Saliendo su sobrina por la puerta, Belinda le escribió una carta al tal Luciano informándole que María se moría por ir con él a Italia y que ella misma se encargaría de los trámites del viaje de su sobrina. Le pidió que la llamara para coordinarlo todo al teléfono de la vecina del 4.

La veleta de María la llevó directo a Siboney y el final de la tarde la sorprendió aún rastreando las calles de ese barrio en busca de la mansión de David. El sol ya se perdía en el horizonte y ella perdía las esperanzas de encontrar la casa, cuando el guardia de una de las mansiones que la había visto pasar tres veces le preguntó a quién buscaba. Aunque él no conocía a David, por la descripción del carro que manejaba, supo guiar a María a casa del inglés.

María llegó a la mansión sintiendo que piedras cubrían los adentros de sus tenis. Un guardia jovencito que ella nunca había visto allí cuidando, salió de la garita a decirle que David no estaba.

– ¿Cómo que no está? Estoy mirando su carro –dijo María con el ardor del día reflejado en su mirada.

– Bueno, él no me dijo que esperaba a nadie y no lo puedo molestar.

– Necesito hablar con él, por favor, dígale que es María.

– ¿Tú sabes cuántas prostitutas pasan por aquí diciendo eso? Dale, vete de aquí antes que llame a seguridad.

El oxígeno dejó entonces de irrigarle el cerebro a María y cuando humo comenzó a salirle por la nariz, ella se lanzó con todas sus ganas a la camisa del hombre y del jalón le arrancó lo botones. Le gritó de anacoreta en adelante y le dio golpes hasta que los brazos del guardia lograron controlarle el cuerpo, excepto una mano, que por mucho que el guardia trató, nunca logró desenganchar de la mecha de pelo en su cabeza que ella había agarrado.

Con un fuerte empujón, el guardia revolcó a María en la calle y ella se levantó apretando el mechón de pelo que arrancó de la cabeza del guardia en su puño cerrado. El joven llamó a seguridad enseguida.

María le gritó que prostituta era su madre y salió corriendo hacia la Quinta Avenida. Una rodilla le sangraba pero el único dolor que ella sentía era el de no haberle roto la boca al guardia. Justo cuando un carro en la avenida paraba para darle botella, ella vio que un patrullero doblaba por la esquina rumbo a casa de David. La botella la regresó a la puerta del hotel donde su tren de tragedias se pondría otra vez en marcha.

ふふふ ふふふ

David no entendía por qué había un patrullero tomando nota afuera de su casa. El guardia de su casa contaba animadas historias agitando sus puños y señalando a su camisa desvencijada. Al David llegar a ellos, escuchó que el drama se trataba de una loca cuyo nombre era María, que lo había atacado, seguro para robar en casa del señor.

– ¿María? ¿Dijo que se llamaba María? –preguntó David al guardia.

La confirmación del hombre regresó a David el primer ápice de sonrisa que había visto su rostro desde que vio a María con otro la noche anterior. Le pidió al policía se fuera de su casa y al guardia que la próxima vez que una María viniera, la dejara pasar.

David sabía dónde encontrarla pero hundido en el confort de su sofá se recordó que él había invitado a una colega suya a unos tragos y justo en ese instante vio que el guardia le abría la puerta a una rubia británica en un lujoso carro descapotable con chapa diplomática. David corrió a arreglarse pues ya se debía ir.

María ignoró la alegría con que Rogelio la miró al verla entrar y atravesando el hotel hizo todo lo posible para disimular las lágrimas que aún corrían por su cara. Llegó al camerino con el corazón latiendo tres veces más lento que la clave del son que tocaba la banda en la terraza. Cuando salió al oscuro cabaret a bailar su primer número vio a Rogelio en primera plana de la audiencia esperando que ella cumpliera la parte del trato que le tocaba. Al Rogelio alzarle una copa de vino, ella bajó la mirada.

Ella bailó su primer set con el filo de la ruptura con David arañando sus espaldas y cada vez que Rogelio aplaudía gritando su nombre, un puñado de sal caía en sus heridas. Y como en tiempos de flojeras los pensamientos flojos reinan, en el intermedio del show, sin que Rogelio le comprara ningún trago, María fue a su mesa.

- — ¡Vaya, qué sorpresa! Es mi última noche en La Habana y una sexy bailarina la pasará conmigo. ¡Yo le pago, claro!

- — ¿Tú le pagas cuánto? —respondió María.

- — Me dijiste que pesas unas 100 libras, que tal a 1 dólar la libra.

- — ¿Qué tal 10?

- — ¿Mil dólares? Venga hombre, ¿más cara que el jamón serrano? Nos vamos a la mitad. Déjamela en 5.

El español le proponía 500 dólares por una noche y la mirada sin armas de María aceptó como si ella hubiese visto antes esa suma de dinero. Una mulata llegó a la mesa y se sentó al lado de Rogelio, robándole el chance a María de confirmar la oferta con su propia voz.

- — ¿Qué haces Rogelio, contándole a éste enclenque del tren que te di anoche? —dijo la mulata.

- — Me voy —dijo María levantándose.

- — María, —la llamó Rogelio— después del show, aquí te espero, bonita.

Durante el próximo número, María y otras cuatro chicas, bailaban de espalda al público, brazos en alto, bamboleando sus faldas cortas al ritmo de una Lambada y los pedacitos de nalgas que dejaban ver le confirmaron a Rogelio que María había sido una magnífica elección. Y cuando señalando a María, Rogelio dijo: "Venga hombre, las mejores nalgas del bar", la mulata se fue pero no para su casa. Corrió al camerino a esperar a que María fuera a cambiarse para ella caerle a golpes.

Se necesitaron cinco bailarinas para desenganchar las manos de aquella dragona del pelo de María y dos músicos de la banda para sujetar las manos con que a veces la mulata le daba a María por la cara. "Si te veo con Rogelio te voy a matar. Ese Yuma es mío", gritó la mulata cuando siete personas la lograron arrastrar hacia la puerta del camerino.

Allá en Siboney, David y la rubia diplomática ya se tomaba el último vaso de whisky cuando David insinuaba que la velada se debía acabar.

— Pero yo he tomado mucho David, así no puedo manejar... –infirió la rubia.

En vez de una invitación a quedarse a dormir con él, David sugirió dejarla en su casa en camino a un lugar al cual él debía ir.

— ¿A las 2 de la mañana? ¿A dónde tú tienes que ir? –preguntó la rubia.

— A una cita con una bailarina en un hotel que se llama como nuestro país –confesó David.

La rubia manejó a casa sola y David fue rumbo a encontrarse con María, quien al final del show, prefería no salir del camerino, no por la dragona, ni por los policías, sino porque sabía que Rogelio la esperaba en el Cabaret para darle una generosísima suma por pasar una noche con él. Se imaginaba bajo el cuerpo de Rogelio con los ojos apretados mientras él besaba sus labios y penetraba su intimidad. Para darse coraje enumeraba cuantas maravillas podría hacer ella con 500 dólares, una suma cuyo equivalente no era el salario de nadie conocido, sino algo tan descabellado como comprar el Hotel Inglaterra con todos sus turistas adentro.

Kendra notó la lentitud con que María deambulaba por el camerino y le preguntó: "¿Tienes miedo salir de aquí y toparte a la loca esa?"

— No, tengo miedo de mí –respondió María– Parece que a veces, para sanar, hemos de destruirnos totalmente.

— ¿Pero, niña y ese drama qué cosa es?

— Es que yo jamás he vendido ni un mango y esta noche voy a vender mi cuerpo.

— Yo tampoco he vendido mango pero vendo mi cuerpo todas las noches y te aseguro que da más negocio que vender mangos –le respondió Kendra– Además, vender tu cuerpo es cuento de bobos, no es como vender tú cadena, que te dan el dinero y tú te quedas sin cadena. Cuando vendes el cuerpo, te dan el dinero y tú te quedas con tu cuerpo y lo puedes volver a vender.

– ¿Cuánto pagan la noche? Por curiosidad.

– La gente dice que 20 dólares pero yo no bajo de 50 pues mira la ricura esta –dijo Kendra apuntando a sus bellas nalgas.

María dejó ir a Kendra sin decirle que un español le había propuesto diez veces ese precio por una noche con ella. Abrió la puerta del camerino y desde allí vio que Rogelio aún la esperaba en el ya oscuro Cabaret. Iba rumbo a él pero una muy conocida voz le detuvo el paso cuando dijo: "Nunca están lejos cuando dos quieren verse". Estaba oscuro pero olía a David, así que ella se dio vuelta y un salto para abrazarlo.

David puso sus dos manos entre ellos para separarla, mucho antes que María pudiera alcanzar su cuello. Ella escuchó con cuan solemne voz David le pidió que lo siguiera y como él no le dio la mano, ella empujó a cuantos pudo en la terraza para poderla atravesar a la misma velocidad con que iba David.

Ya en el carro, con la luz que se encendió al entrar, María logró ver vio cuán diestro el azul-herido de los ojos de David fingía un azul-confidente. La música no dejaba que ninguno de los dos hablase y la velocidad con la que David manejaba impedía desatender el tráfico.

En Siboney, detrás de las rejas donde esa misma tarde María arrancó pelos a un guardia, ella quiso hablarle a David y él le dijo que no la había traído para eso.

– ¿Para qué me trajiste entonces? –le preguntó ella llevando ambas manos a la cintura.

.– Para romperte, María. Para aliviar mi dolor con un poco del tuyo.

Las manos de María descendieron a la misma temperatura de la respuesta de David.

Lo vio irse al fondo de la casa, rumbo a su cuarto y se asustó cuando de pronto escuchó una música que hizo vibrar todos los cristales de la mansión. Era una especie de música electrónica pegajosa pero irritante. Ella, que había pensado que ya había explorado los puntos más flojos de su noche, se sorprendió al sentir cuán débiles flaqueaban sus rodillas.

– ¿David, podemos hablar? –insistió María cuando lo tuvo de regreso.

David le respondió, pidiéndole a María, con unos de sus dedos, que lo siguiera. El corazón de ella bombeaba al ritmo del bajo de la música electrónica y sus tímpanos rechinaban pues el volumen de la canción crecía en dirección al cuarto. Allí reinaba el olor a madera-lavanda que ella bien conocía. Las paredes, en extremo frías, denotaban que, además de subir la música, él había bajado la temperatura.

David entró al cuarto y dio un portazo más escandaloso que la misma música. Sirvió un vaso de agua con hielo para María y para él, uno con whisky. Con sus ojos clavados en la blancura de ella, David explicó todo con tres palabras.

– ¡Quítate la ropa!

– ¡Ave María, David! ¡Tenemos que hablar! –dijo ella sintiendo que de tanto frío sus labios casi ni se abrían.

David fue al butacón de felpa azul de la esquina de su cuarto para, mientras tomaba su whisky, mirar a María con cara de "obedece".

– David, ¿qué es esto? –preguntó María.

David no cambiaba su expresión intransigente, dentro de la cual María leía "aberración", o algo parecido a lo que siente un hombre que no te ama, pero te ama.

– Si me desvisto, ¿podemos hablar? –precisó María.

Convencida que aquel juego era una mera revancha de egos, María prosiguió a quitarse todo lo que traía en su cuerpo creyéndose afortunada de que era David y no Rogelio quien la miraba desvestirse.

Al quedar desnuda entre él y el aire que la congelaba, María temblaba de frio como mismo temblaba el vaso de agua con hielo al ritmo del música.

David descansó su whisky en una mesa y con calma llegó a donde María.

— Mira a mis ojos. Porque en este juego, si me pierdes de vista, pierdes —dijo David— voy a jugar a romperte y tu único trabajo es no perderme de vista.

Estirando una de sus manos, David abrió un armario que guardaba lo que causaría en María el dolor del que hablaba. Sacó algo macizo, color carne, un pene de goma que luego colocó dentro del vaso con hielo que le había servido a ella. Sacó también un látigo como el que usaban en Buenaventura para azotar caballos.

Como la suerte le seguía pasando la misma ficha de toda la noche, María optó por no preguntar para qué era la toda parafernalia aquella pero David notaba que a ella no le quedaba célula en su cuerpo sin temblar.

— No tengas miedo, María. El amor es para siempre, el dolor no.

— ¡Yo quiero conversar! —dijo muy bajito ella.

— Todas las puertas de mi casa están abiertas —dijo David caminando y señalando en dirección a la vía libre— La palabra con que se detiene todo esto es "azul".

El frío del cuarto había invadido los huesos de María y cuando David le pidió que fuera a la cama donde él le invadiría la piel, María apenas podía caminar. Con el gesto de sus manos, David le pidió a María que abriera sus piernas y él mismo apartó las largas mechas de pelo le tapaban los senos. Además le pidió que se masturbara sin quitarle los ojos de encima a él y sin llegar al final. Explicó que hay ganas que, cuando finalmente se sacian, matan otras diez.

En cuanto ella obedeció, David regresó a su silla, agarró un libro y se puso a leer y cuando a María se le empezaban a cerrar los ojos de placer, el azul-hambriento de las pupilas de David se acercó al negro-perdido de los de ella y le gritó: "Abre los ojos, María y no me pierdas de vista nunca. Lección número uno: porque aún cuando yo no estoy, yo estoy".

David tomó las dos manos de ella, dejando las ganas de venirse de María al rojo vivo. Las ató bruscamente a la cabecera y acariciando el látigo le recordó a María que hasta en las más duras de las situaciones siempre contamos con un "azul" para escapar.

– ¿Azul? –preguntó David azotando la palma de su mano izquierda con el látigo– No te oigo María, ¿Azul?

Esa palabra la enviaría puerta afuera sin poder oír la lección número dos, así que queriéndolo gritar "azul", dijo que no. Al ritmo de la música que aun retumbaba, David azotó las piernas de María y al notar que en los muslos interiores los azotes la hacían retorcerse más, allí se enfocó. A veces María las cerraba y él, con una calma que amedrentaba, se las volvía a abrir.

David azotó hasta que juzgó que el dolor de ella se acercaba al que él sintió en el estómago el día que la vio salir del hotel en brazos de otro, el dolor de la traición. El cuerpo de María ya no temblaba, sólo se retorcía. Y en ese punto, él llevó el azul-furioso de sus ojos al negro-apretado de los de ella para explicarle la lección número dos: "Al final María, la traición siempre va a doler más a quien la causa que a quien la recibió".

Y cuando María creyó que era suficiente aprendizaje para una noche, David avisó que faltaba una última lección. Sacó el pene de goma del vaso y dejó que unas congeladas gotas cayeran sobre el vientre desnudo de ella. Luego, llevó el helado juguete al rojo vivo de la vagina de ella. Al penetrarlo el frío pinchaba como agujas. "Y este, María, es el hielo que siente un corazón cuando uno vende el sexo. Y esto María, es lo plástico que siente el cuerpo, cuando el pene de un turista que te compra, te penetra. Y esto María, es lo que sientes en el alma si vendes tu amor a alguien cuando amas otro".

María no puso en dudas que esa hubiese sido la sensación de haberse dejado penetrar por Rogelio esa noche, cuando su corazón era de David. Regresando el pene de goma al vaso helado, David le recordó que "azul", áun era una opción. Ante el silencio de María, David besó los pedazos más rojos que dejaron los azotes en las piernas de ella, subió a donde los labios de ella agradecieron un beso de él. Con un pene más macizo y más de goma que el del vaso, David se adentró por entre las piernas de María, logrando que para ella más nada fuera "azul". De hecho, si David le hubiese ofrecido un color para que él no parara nunca, ella lo hubiera gritado en ese instante.

Al reventar toda su ira dentro de su cubana, David fue al oído de ella y él mismo susurró: "Azul". Apagó la música, safó a María y salió a fumar.

Ella, en vez de quedarse tirada en la cama como él lo hubiese preferido, lo siguió a la terraza. Allí, además de nicotina, David recibió la explicación que hacía rato ella le quería dar.

- Yo sé que parecía otra cosa pero esa noche yo le pedí de favor a un cliente que saliera de brazos conmigo del hotel para que la policía no me llevara —le dijo María.

- Esa noche yo regresé de mi viaje por ti, para ayudarte. Y tú aprovechaste para conseguirte otro extranjero con quien pasar la noche —respondió David tratando de frenar sus genios.

- ¡No! No con quien pasar la noche, yo solo quería salir del hotel con él.

- Que vendas tu cuerpo para mí no cambia nada pero que mientas al respecto lo cambia todo.

- Yo no vendo mi cuerpo, David, ¿pero cómo es eso de que si lo vendo para ti no cambia nada?

- Allá en Bolivia mi novia también bailaba y a veces vendía su sexo. Ese era su trabajo pero nunca mintió al respecto. Vivimos dos años de maravilla mientras yo estuve allá, pero reinó la honestidad.

- ¿Honestidad? Mi baile es un arte, no una forma de prostituirme.

Eso es honestidad. Ese día salí del brazo de otro porque tenía miedo salir sola. Y porque tú no estabas.

– ¡Yo sí estaba! –gritó David.

– ¡Pero yo no lo sabía! –gritó ella también.

– Lección número uno María: yo siempre estoy, especialmente cuando tú me necesitas. Eso es una relación. Eso es el verdadero amor.

– ¿Verdadero amor? Y no te importa qué haga yo con mi sexo siempre y cuando te lo diga. ¿Estás seguro que eso es el verdadero amor o tu versión de un frio amor civilizado?

David se quería comer el cigarro y María estaba al punto de gritar "azul". La pelea con María le traían malos recuerdos de su novia allá en Bolivia. Tiró su cigarro a lo lejos sin acabarlo y regresó al cuarto.

– Perdóname, David –dijo ella siguiéndolo al cuarto– Yo aún no entiendo qué sientes por mí, ni siquiera lo que siento yo, pero entiendo tu dolor. En tanto yo aprendo a manejar estos sentimientos raros, todos nuevos para mí, por favor, perdóname por haber salido en los brazos de otro. Por favor, confía en mí.

– Mi perdón lo tienes, pero mi confianza no. Yo doy mi confianza a primera vista, pero necesito cien motivos para volver a confiar en alguien que una vez me traicionó.

María misma apagó la luz para no ver el azul-incomprensible que destilaban los ojos de su inglés, que sonaba tan herido como confundido. Por los próximos días, ella se dedicó a darle los cien motivos a David para que él confiara en ella otra vez pero días pasaron para que él la volviera a abrazar bajo las colchas con el ímpetu de antes.

Una vez, después del sexo, impulsada por el caudal de hormonas que la intimidad deja flotando en el corazón, María le dijo a que lo amaba. Esperando una respuesta de naturaleza similar, él respondió: "Yo prefiero "te necesito" a un "te amo", porque necesitar es más que amar. Yo quiero que me necesites. Y viceversa".

– ¿Y viceversa? –preguntó María cayendo en cuenta que en esas raras palabras David escondía lo que él quería de ella.

– Una relación sin "viceversa" es una especie de esclavitud emocional que va en un solo sentido. La epidemia de divorcios que tú ves en este mundo, son entre relaciones donde quizás no se perdió el amor, se perdió el "viceversa".

David ofrecía una versión de "amor" que ella jamás había escuchado. María quedó en un silencio que ni ella misma supo qué guardaba y lo miraba, esperando a que él dijera más, a ver si había entendido bien que "viceversa" era para David, la única posibilidad real de relación que había entre ellos. Pero de ese "viceversa" nacía la pregunta: "¿Cómo hacer que David también me necesite?" Ella se sabía sin nada que ofrecer y creía a David del tipo de los que lo tienen todo.

La charla propició un extraño pesimismo, de esos que sufren los atletas cuando de pronto alguien triplica sus metas.

María fue a ver a Belinda, a indagar sobre esos "viceversas" de los que habla David, sobre los "te amo" que ya no bastan y sobre los "te necesito" que quería escuchar él. Pero Belinda, quien había pasado las últimas noches en casa de la vecina del 4 ajustando detalles con Luciano para que María fuese a Italia, quería hacerle entender a María que las relaciones amorosas no deberían ser tan complicadas como una clase de Cirugía Cerebral.

– ¿A ver mi niña, David, cuándo se va de Cuba? –le preguntó Belinda a María.

– Me dijo que en un año y medio.

– ¿Y qué planes tiene para formalizar la relación?

– David viene de una familia de padres divorciados y no cree en eso de casarse. Supongo que cuando llegue el momento de irse de Cuba, tome la decisión.

– Ten cuidado, María. A veces todas esas ideas ridículas no son más que grandes excusas para jamás formalizar una relación contigo –le dijo la tía.

Esa noche María durmió en Buena Vista.

— ¿Y qué tal si te vas a Italia con Luciano? –preguntó la tía mientras miraban la televisión.

— Mira tía, a Luciano, cuando más yo lo necesité, ni siquiera se dignó a llamar.

Escuchándose a sí misma hablar, María se descubrió hablando del concepto de "necesitar" del que siempre hablaba David. Belinda, sin embargo, no veía al inglés como una pareja con futuro para su sobrina.

Al día siguiente a María la escogieron en la escuela para un elenco que bailaría en una noche cubana en la Marina Hemingway, un evento dedicado al cuerpo diplomático en Cuba, al cual por coincidencia David debía asistir.

María y David llegaron al evento tomados de la mano, pero entrando por la puerta principal de la Marina rompieron para ella ir al camerino donde el elenco se vestía de coloridos atuendos y gorros de plumas, y él ir a la terraza donde los invitados diplomáticos brindaban en unas mesas redondas adornadas con suntuosos lazos. En cuanto el elenco comenzó el show alrededor de la piscina, la música unió a esos dos mundos. Y detrás de todo eso, el mar.

En uno de los números musicales, María salió bailando el danzón que hacía tanto ella quería bailar con Fermín, su amigo y bailarín preferido. Traía un traje de lentejuelas tan azul como el mar y la vista de todos los invitados seguía el vaivén que el danzón le ofrecía a sus caderas. Ella notó que los ojos de David la perseguían y en las reverencias finales vio con qué afán aplaudía su inglés.

Con el curso de la tarde, los dependientes remplazaban las botellas de vino tinto vacías por botellas llenas. Las olas llegaban desde el pálido cielo a romper en lo oscuro de los arrecifes y el sol caía apagando a Cuba ante la audiencia.

Paralelos a la música, los diplomáticos ya aplaudían menos y conversaban más y en cuanto el sol se esfumó en el horizonte, apareció una rubia de silueta perfecta en la mesa de David. Llegó con una copa de vino en la mano y brindó con él antes de sentarse a conversar. Su vestido rojo les robaba el escenario a las bailarinas del show y sus rojísimos labios, que se reían de todo lo que decía David, le robaba la tranquilidad a María.

David ya ni siquiera aplaudía a las bailarinas y después del último número ya María quería tirarlos a ambos al mar.

Cuando llegó al camerino con genios de un huracán categoría 5 cercenando en la cabeza, Fermín le preguntó qué le pasaba, pero como a María las palabras no le venían a la lengua, sus manos contestaron con gestos de querer ahorcar a alguien. En vez de quitarse el gorro, María le arrancaba los plumajes. Fermín sujetó las dos manos de María temiendo se arrancara los pelos también y en esa posición le pidió que respirara. Al aire entrar, le apretó los pulmones y expulsó llanto de los ojos de ella. Fermín la envolvió en un abrazo y cobijándola fue que vio al inglés de María en su mesa muerto de la risa con las historias que le hacía otra mujer.

– ¡Ay, que estos hombres son lo peor! –dijo Fermín sin dejar de abrazar a María– pero no llores más, mi regia, que si se va contigo para la casa le das un "boyazo" por la noche y se olvida de la bruja esa en un santiamén.

Fermín ayudó a María a desengancharse el gorro y en aras de hacerla reír le dijo: "Ahora mismo voy a esa mesa a echarle un laxante a la bruja y verás que el vestido ese sale cagado de este lugar". Un poco de comedia alivió su tragedia y tratando de controlar las marejadas de genios que le quedaban, fue al parqueo donde David la esperaba para llevarla a casa con él.

– ¡Muy popular tú con las rubias del evento! –dijo María ya en el carro, rumbo a Siboney.

– ¿De qué hablas, María? –respondió David desde lo relajado de su timón.

– ¡Esa mujer que te ha babeado todo el traje! No se despegó de ti toda la noche. Tengo ganas de arrancarle los pelos y hacer estropajos con ellos y después usarlos para limpiar la esa carita tuya de "yo no fui".

Con cada palabra de María los ojos de David se abrieron de forma creciente. "Creo que estás celosa", respondió David sin saber que esa era justo la chispita que la dinamita de María necesitaba para explotar. Cuando un "carterazos" de María casi le rompe la cabeza, él se echó a un lado, pero en vez de esquivar los sopetones, frenó y se bajó del carro. Ella lo siguió a tratar de darle otra vez con la cartera diciendo: "¿Tú no quieres que te necesite? Bueno necesito que me expliques quién es la rubia esa".

— Mira, María, la inseguridad no es una necesidad, es la madre de la desconfianza.

— Cállate y no comas más mierda con tus grandes teorías que te vas a comer la cartera esta. Dime quién es esa rubia porque te voy a matar.

Ya la cartera de María venía de nuevo rumbo a él y como temía decirle hasta la verdad le propuso a María continuar el viaje con la condición que ella le entregase la cartera. Al rato ella aceptó. Se mantuvieron en silencio hasta que David ya en casa, pudo ofrecerle un vaso de ron no solo para que se calmara sino para que tragara las difíciles noticias que él le tenía que dar.

— La rubia es una colega nueva de trabajo. Es la agregada cultural –le dijo David sirviéndose un whisky– Es inglesa y excepcionalmente joven como para tener una carrera internacional tan extensa. Con solo 31 años ha estado en tres misiones. Ella se ofreció a ayudarme a enfocar los próximos pasos de mi carrera. En la cena, hablábamos de eso. De trabajo, de mi carrera.

— ¿De trabajo? Por la forma que se reían, ustedes trabajan en el circo y tú eres el payaso.

— Por favor María, déjame hablar, ¿no sé si notaste que todos venían a mi mesa a brindar?

— ¡La noté a ella!

— María, ¡hay algo que tengo que decirte!

María, que creyó que nada podría silenciar su ira, sintió que lo que acababa de decir David lo logró. Presintió que una avalancha de peores noticias venía hacia ella y la próxima vez que habló fue para pedirle a David otro vaso de ron.

– Ayer en el trabajo anunciaron quienes se van de Cuba este verano –dijo David sirviéndole el ron– En la lista estaba mi nombre, María.

– ¿Cómo que este verano? ¿En seis meses? ¿Tú no me habías dicho que te quedaba más de un año aquí?

David asintió con un azul-descorazonado en los ojos y le explicó a María que por eso todos en la mesa venían a brindar con él. La noticia generó mil preguntas pero María comenzó por preguntarle a dónde es que iba. "A Kenia", respondió él.

– ¿Y nosotros qué? –preguntó María.

Ya ella había terminado su segundo vaso de ron y David aún no había contestado. Se sentó junto al inglés a ver si eso lo incitaba a decir algo pero ante su silencio, ella se lo preguntó otra vez: "¿y ahora, tú y yo David y nosotros qué?" David respondió con un mero "yo no sé".

Ella que se hubiera conformado con un "no te preocupes, encontraremos la manera de seguir nuestra relación" quedó en la sala, cabizbaja cuando David se fue al cuarto. Al rato María también fue, quería preguntárselo de nuevo, pero entre las heladas paredes estaba él, recostado al espaldar de la cama, con la mano estirada para que ella fuera bajo la colcha con él. Ella conectó su mano con la del inglés y sintió que después de un beso todo lo demás supo a "últimas veces".

El éxtasis hizo dormir a David pero a María, la noticia la pinchaba como muelles salidos de la cama.

Pasaban los días y David la buscaba en la cama con el insaciable apetito del que le queda poco tiempo con un juguete preferido y en el azul de sus ojos parecía quedar solo cenizas de la relación. Ella le preguntó a David un par de veces más: "¿qué pasaría con ellos después del verano?" y un par de veces más la respuesta siguió siendo: "yo no sé".

María regresó a su tía Belinda cuya opinión giró sobre la idea de que los hombres aseguran lo que quieren y cuando no quieren, no aseguran nada. Esa opinión destrozó a María que, aunque ella nunca quiso sentir eso, estaba segura que no sólo amaba sino que además algo en ella necesitaba a ese inglés.

Un día, después del sexo, David fue a fumar a la terraza y ante la recurrente pregunta de María no hubo ni un "yo no sé". Esa noche, el silencio de ambos heló el cuarto con más potencia que lo que podrían tres aires acondicionados cuando y dentro del azul de los ojos de David ya no quedaban ni cenizas de la relación.

María saltó frenéticamente de la cama y apuntando un dedo hacia David le advirtió: "Esto se define hoy, ¿qué diablos tú te traes entre mano?" David la miró temiendo decir algo que desatara otra guerra como la de los "carterazos".

– Yo creía que los ingredientes de una relación eran amor y confianza. Pero hay un tercero que es el que te falta. ¡Los cojones, David! Te faltan los cojones –gritó María.

– Pero es que, no todas las relaciones son para siempre, María –respondió él.

– ¿Qué cosa? Porque hace un mes vienes diciendo "yo no sé". A ver, dime qué es lo que tú sabes de relaciones.

– Yo sé que hay relaciones por un tiempo y otras por el resto de la vida.

– Y hay otras como la nuestra que fue no más que un pasatiempos, me usaste para pasar tu misión en esta isla entretenido.

Las costuras se rajaban de cuán bruscamente María se ponía su ropa. Sus manos agarraba lo poco que era de ella en casa de David mientras salía de allí. Él no fue a fumar hasta que no escuchó el tirón que María le dio a la puerta de entrada. Y las calles de Siboney que ya conocían el sabor de las lágrimas de María, adivinaron que ella iba rumbo a la Quinta Avenida para coger una botella a Buena Vista.

Llegando al edificio de Belinda, María escuchó las voces de los hombres que jugaban dominó bajo el foco de la entrada y eso la incitó a recoger cuanta piedra vio en la acera. Al llegar al edificio, les mostró sus manos llenas de piedras a los hombres Hay les advirtió: "Si alguno abre la boca cuando yo entre por esa puerta, se lo juro por mi madre que les voy a partir la cabeza a todos". Ni ellos le respondieron, ni ella tuvo que tirar una piedra. No fue hasta que llegó al tercer piso que María escuchó a los hombres resumir el juego.

Al caer todas las piedras al suelo del tercer piso, Belinda corrió a abrir la puerta de su casa. Por la postura con la que María entró, la tía dedujo que venía sin alma.

– ¿Se pelearon? –le preguntó Belinda bajando el noticiero para poder escucharla.

María abrazó a la tía y en los tramos que le permitían los sollozos le decía: "No sé. En su país dan anillos y diamantes y que este hombre no pueda darme a mí ni una esperanza".

– Bueno, mi niña, tranquila. No me asombra. Un hombre de treinta y pico de años que no haya soñado con casarse es porque no es del tipo.

– ¡Es que yo no sabía que había "del tipo"! Yo pensaba que uno se enamoraba y hacía todo lo posible por estar juntos y ya –protestó María.

– ¡Ay hija, hay dos tipos de hombres! Unos son como los piratas. Esos saben usurpar, conquistar y adueñarse de lo que les gusta. Esos se casan. Todos los demás, son como los mambises: mueren luchando por su libertad.

Consciente que David era del bando de los mambises, Belinda abrazó a su sobrina.

– Con ese tipo de hombre se sufre mucho María, porque siempre van a amar su libertad más que lo que pueden amar a una mujer. Pero si no se decide, no te olvides que Luciano está loco porque vayas a Italia. Ese es un pirata. Ese sabe lo que quiere y hasta parece que se está divorciando por ti.

— No es por mí, tía. Él me necesita para sentirse vivo y para todas las sandeces esas que habla él, y quiere que vaya a Italia para que su divorcio sea menos trágico. Él no me ama.

— Pues mira, hace más que David que se va de Cuba y no quiere darte ni una esperanza. Luciano ya gestionó hasta tu pasaporte.

María se quedó mirando a Belinda como quien cree que no escuchó bien la última palabra.

— Sí, María, él lo gestionó todo conmigo. Me llamó mil veces a casa de la del 4. Pagó tu Carta de Invitación para que vayas a Italia. Sólo falta que pases a buscar tu pasaporte y que pongas fecha de salida.

— Yo no voy a usar a Luciano, tía.

— Bueno María, ¡usar a alguien cuando es mutuo nunca es malo!

La electricidad se fue y además de robarle la luz a La Habana, le robó las respuestas a María. Protestando por estar ahogándose de calor, la tía salió a coger aire al balcón. María cayó desplomada en su colchón, donde la mente dio tantas vueltas como las dio su cuerpo durante la noche. Al día siguiente María se levantó con la palabra "matrimonio" trabada en la garganta pero el batido de mamey que su tía le llevó a la cama enjuagó un poco el sabor a congoja.

— Nunca me imaginé que enamorarse y luego casarse fuera tan complicado —dijo María a la tía al regresarle el vaso vacío.

— Entre cubanos es simple. La gente se casa por las cinco cajas de cerveza que te da el gobierno y se divorcia al mes siguiente pero allá en el hotel donde yo trabajaba, los extranjeros me contaban la tara con que vive el mundo con relación al matrimonio. Mira, el canadiense de Mila lleva tiempo diciendo que quiere casarse con ella pero dice que ella solo quiere la Visa para irse de Cuba.

— Yo también quiero la Visa. No para irme de Cuba, sino para irme con David a donde sea que vaya él.

Y antes que María empezara a llorar otra vez, la tía le pidió que la acompañara a la panadería.

– La cola del pan me transporta a Buenaventura –comentó María estando allí.

– Mi cabeza vive en Buenaventura. No pasa un día sin que yo quiera regresar –respondió Belinda.

Una viejita muy flaca, de la que solo se veía un pañuelo rojo amarrado en la cabeza, collares de colores y una sonrisa inmensa, se acercó a ellas con ayuda de un bastón. "Ay yo también soy de Buenaventura". La noticia creó abrazos e intentos de ver si conocían gente en común. María no le quitaba la vista a los collares y le comentó a la señora que el de cuentas azules y blanco transparente era el más bonito.

– Yemayá[55], la Diosa del mar –dijo la viejita– Te llama la atención porque en tu camino hay un viaje. Ponle flores blancas para que te ayude, porque hay algo en ese viaje que no funciona, mi hija.

– Viste tía, te lo dije. Ese es el viaje a Italia. Mire abuelita, mejor no ocupo a Yemayá. Lo mejor es que yo no vaya a Italia –dijo María.

– Es obvio, mi niña –dijo Belinda– Claro que si Luciano te pide matrimonio y le dices que no, algo no va a funcionar. Espero que no seas tan tonta.

– Haz lo que dije, hijita, porque a mí Yemayá me dice que tú viajas –insistió la viejita.

Belinda, que no había dejado de mirar el collar negro y rojo de la señora, le preguntó qué le decía Eleggua de su marido, Sandro, que estaba preso y le querían dar 15 años de prisión.

– Sí, mi hija, –respondió fruñendo todas sus arrugas la viejita– me dice que ni estando preso el doble de ese tiempo, paga por todo el daño que él hizo.

– ¿Pero qué daño? –preguntó Belinda con cara de horror.

Espinas nacieron en los nervios de María cuando la señora llevó su mano a los collares y miró al cielo buscando qué más decirle a Belinda. María impidió que prosiguiera recordándole a la tía que se le hacía tarde

---

[55]Deidad del panteón Yoruba. Divinidad del mar. Se sincretiza como Virgen de Regla.

para irse a la escuela. Por los horrores que traían las visiones, la viejita entendió por qué María no quería que ella hablara por eso se despidió con un "Dios las bendiga" de ella y con la ayuda del bastón dio vuelta para irse. María y Belinda no hablaron hasta llegar al apartamento. Para almorzar, la tía frió dos croquetas y las metió en los dos panes que le habían dado en la panadería.

María llegó a la escuela sin ánimos de nada pero una gran alegría casi paraliza en su estómago la croqueta que almorzó, cuando en medio del ensayo escuchó a la directora avisarle a la instructora que venía a buscar a las dos chicas que irían al viaje a México. "Quizás ese era el viaje del que hablaba la viejita", pensó María. En una nube de esperanzas, calculó que su nombre sería uno de los dos nombres que la directora llamaría, pues que ella supiera, ninguna otra bailarina de ese elenco se había ganado una Carta de Reconocimiento por levantar la mano cuando Tropicana, en medio de un huracán, le pidió ayuda a la escuela.

Casi convencida de que a veces la vida te quita cosas para darte otras mejores, se sentó muy cerca de la instructora a esperar que la llamaran. La directora fue al fondo del salón a hablar con dos chicas que jamás habían seleccionado para bailar en ningún lugar, pues no sabían ni bailar. Y al pasar la directora con las chicas por delante de ella escuchó que hablaban de un papeleo que había que comenzar. María se unió a la fila y las siguió a la oficina de la directora.

– Que yo sepa, yo no te llamé –dijo la directora al ver a María sentarse en la oficina primero que las dos bailarinas.

– Y que yo sepa, usted no llamó el nombre de la única bailarina que, según usted, se ganó Carta de Reconocimiento por ayudar al país a recaudar divisas en tiempos de huracán.

– ¿De qué carta tú hablas? –preguntó la directora.

– ¡Ay! Si en esta escuela hubiera papel ahora mismo le podría enseñar la carta de la que yo hablo pero, además de no haber papel, parece que en esta escuela tampoco hay vergüenza, porque estas dos chiquitas que ni siquiera vienen a clase, ahora van a viajar.

— Bueno, María aquí hay que darle oportunidades a todo el mundo –respondió la directora.

— ¿Y a estas dos se les dio esa oportunidad basado en qué? ¿En que las dos tienen padres fuera de Cuba que le están pagando a usted para que las saque? ¿Así es como usted le recauda divisas al país?

Si los ojos de las bailarinas fuesen uñas, las ropas de María se hubieran vuelto harapos. La directora fue hacia ella y enfurecida no vaciló pedirle a María que saliera de su oficina.

María salió a caminar sus genios por las sucias calles adyacentes a la escuela, pero regresó justo en el momento en que la directora acuñaba una Carta de Suspensión Temporal para ella. Al verla en el umbral de la puerta la directora le avisó que por un mes no podría regresar a la escuela. María tiró la carta en dirección a las muchachas que aún llenaban planillas en la oficina y le advirtió a la directora: "Yo no quiero suspensión temporal, yo no he hecho nada más que decirle la verdad en su cara".

— Pues yo bien que te advertí que para la próxima indisciplina ibas expulsada de la escuela y tú acabas de darme el gusto. Ven a recoger tu Carta de Expulsión a fin de mes –respondió la directora con un dedo apuntando a la salida de la escuela.

— ¿Para eso si hay papel, eh? –dijo María y antes de salir, escupió delante de los pies de la directora.

Bajó los escalones de la escuela con su cara más roja que la blusa que traía puesta. La brisa de La Habana empujó hacia el Malecón. Allí se entregó al áspero muro deseando que el calmado vaivén del mar contagiara sus nervios. Las palabras "expulsada de la escuela" martillaban en su cerebro y apretaban sus pulmones. La escuela es lo único que era suyo realmente, quitarle eso y quitarle a David era borrar las únicas dos alegrías de su vida, para entonces quedarse ¿con qué? Se acostó en el muro del Malecón y lloró al saber que en ese mismo instante lo único que ella tenía en su vida era ese áspero muro donde poder llorar.

Esperó a que detrás de La Habana el sol se escapara al mismo infinito que en unos meses se robaría a su David. La brisa le fue secando las lágrimas y en cuanto el azul del mar oscureció, María salió rumbo a Siboney a ver si entre ella y David quedaba algo que recuperar.

El guardia de la casa, al verla venir, sin preguntar abrió las rejas. La puerta de la mansión estaba abierta y la del cuarto de David, a medias. Un fuerte olor a lavanda con madera emanaba del baño como pasaba cada vez que David se alistaba para salir. Ella abrió la puerta del baño para confirmarlo haciendo al hombre saltar del susto.

– ¿A dónde tú vas con esa corbata? –preguntó María.

– Voy a una recepción –respondió David con su mano en el pecho tratando de calmar el susto.

– ¿Y por qué yo no soy parte de ese evento? –preguntó María casi en espera de una nueva decepción.

– Ya sabes que yo no mezclo mi vida personal con la laboral –respondió David.

– Ah sí ya recuerdo. A lo personal voy yo y a lo laboral, la rubia.

– ¿María, me crees capaz?

– No solo te creo, te he visto capaz.

– ¿Cómo puedes decir eso? Si tú casi vives conmigo en esta casa.

– Casi, pero vivir con alguien no quiere decir ser parte de su vida y mucho menos que le eres fiel.

David salió de la habitación con un azul-enojado evidente en sus ojos que casi gritaban un "me voy". Ella lo siguió a la entrada de la casa y cruzando sus brazos se interpuso entre David y la puerta.

– ¿Qué quieres, María? –preguntó David.

– Quiero saber qué va a pasar con nuestra relación cuando te vayas de Cuba. Si lo que quieres es terminar dímelo para olvidarme de ti, recoger los pedazos y continuar mi vida.

— ¡Yo no me quiero casar! Para mí el matrimonio es el único requisito para el divorcio. Yo viví el divorcio entre mis padres y yo no quiero eso para nosotros. ¿Qué hay de malo en querer dejar una relación en el punto donde todavía hay armonía? ¿Por qué quieres llevarla a la chatarra?

— Divorcio. ¿Qué tú haces hablando de divorcio?

— Exacto, ¿y qué haces tú hablando de matrimonio? ¿O acaso lo único que te importa es irte de Cuba?

— Ahora sí me destruiste, —dijo María en voz baja— casarme no era uno de mis sueños pero me enamoré de ti, inglés idiota. Yo jamás soñé con irme de Cuba pero como tú has de saber, siendo cubana si no me caso y me paso más de once meses fuera sin papeles, pierdo todos mis derechos en Cuba. Me quedo hasta sin país, todo porque tú tienes miedo a casarte. ¡Ya deja de ser un cobarde! —gritó María.

— ¡Y ya deja de querer cambiarme! —respondió David.

Como hay respuestas que anulan todas las preguntas que prosiguen, María no quiso saber que quería decir David con eso de querer cambiarlo. Regresó la vista al suelo donde había caído su corazón y dio vuelta para irse.

— María, espérame, conversamos cuando yo regrese —le dijo David.

Las ganas de responder trabaron la voz a ella quien creía que había conversado lo suficiente. Siguió rumbo a la reja y salió de la mansión.

— Sí, huye. Huye, María Mariposa —gritó David desde su puerta.

"Buena idea David, buena idea", pensó María todo el camino hasta que llegó a casa de la tía. Con sus espaldas tiradas sobre el vinil rojo del sofá de casa de la tía, María otra vez pensaba en eso de huir. Huyendo llegó a La Habana y como ya a la ciudad se le habían acabado las maneras creativas de impedirle el vuelo sonaba algo banal tratar de intentar volar en otra. Era como si La Habana le hubiese raspado con cucharas lo poco que le ofrecía un poco de alegría. Las convicciones llegaban a su mente como meteoritos a un planeta, sobre todo cuando todo parecía que para el inglés, ella no fue más que un pasatiempo, tal como hubo uno en Bolivia, tal como lo habrá en Kenia cuando él viva allá.

Entre ella y Belinda se tomaban turnos para quejarse de sus tragedias. María, se quejaba de que hacía más de quince días que David no iba a verla y Belinda de que a Sandro ya le habían confirmado 15 años de privación de libertad.

María pasaba horas en el balcón mirando al mundo transitar los cráteres de la demacrada calle donde vivía Belinda. Las personas iban y venían de la bodega con bolsas vacías y expresiones grises. Un día, de entre todo el gris del barrio resaltó un pañuelo rojo que adornaba la cabeza de una viejita. El bastón le confirmó a María que era la misma que había conocido hace unos días en la panadería. Corrió a encontrarla con tanto ímpetu que al llegar a donde la viejita por poco la tumba.

— Ay, mi vieja, pregúntele a los santos por favor: el hombre que yo amo me dijo: "no quieras cambiarme", pero yo quiero cambiarlo ¿cómo lo cambio? ¿Cómo hago para que deje de ser tan cobarde y cambie por mí?

— Para eso no hacen falta santos, mi niña. Muchos hombres se resisten pero al final cambian si una mujer les inspira hacerlo.

María se llevó sus dos manos al pecho tratando de ubicar dónde es que quería doler esa respuesta.

— ¿Cómo hago? –insistió María.

— Tú, tan joven y tan linda, quédate con el hombre al que le inspires cambio.

Hasta la amable sonrisa de la viejita se le tornó gris a María que en vez de conformarse con el consejo volvió a repetir la misma pregunta.

— Puedes ponerle miel y cinco girasoles a Oshún y pedirle que te ayude con ese amor. Pero pedir amor a un hombre que no te ve, es pedir ser invisible de por vida. La mejor opción es no hacer nada porque a veces, la mejor manera para que alguien te escuche es guardar silencio y la mejor manera para que te extrañe, es poner distancia.

María regresó al edificio con la misma lentitud con que se alejaba la viejita. Se sentó en un escalón de la entrada a pensar que eso de poner distancia era una versión más sofisticada del verbo "huir". Pero mientras más lejos iba el pañuelo rojo de la viejita, más cerca sentía María las verdades que ella le había dicho.

Al perder a la viejita de vista, en su campo visual se coló la del 4, quien traía muchos rolos en la cabeza y poca ropa en el cuerpo. Chiflidos lejanos alababan el vaivén con que las caderas de la chica barrían de derecha a izquierda la amplitud de la acera. El cercano taconeo de la del 4 hizo a María mirar para otro lado en aras de evitarla pero los ojos color miel de la del 4 salpicaban insistentes buscando la atención de ella.

– ¿Oye, mi chini qué tal tu novio? –preguntó la del 4.

– ¿Mi novio? ¿De dónde tú conoces a mi novio? –preguntó ofuscada María.

– Bueno yo conozco a tus dos novios. Conozco al italiano porque te llama a mi casa. Por cierto, loco porque acabes de ir a Italia pero tú, siempre por la calle y Belinda es quien le habla. Y también conozco al inglés, porque desde mi balcón yo no me pierdo machote bueno que pase.

María casi podía escuchar su sangre hervir dentro de sus venas y querer botar por todos los huecos de su cuerpo.

– ¡Si quieres te enseño una brujería para que se te dé el viaje! pero cuando te vayas a Italia, mi chini, me pones la piedra con el inglés. No te los cojas todos para ti ¡Comparte!

María miraba directo a la cabeza de la joven, ubicando cuales de los rolos quería arrancarle pero en vez de irse evitar irle arriba, voló por las escaleras y no paró hasta llegar al apartamento 6. La brusquedad con que abrió la puerta hizo saltar a Belinda.

– Yo creo que a los habaneros, cuando le eliminan la leche a los 7 años, también les eliminan el alma –gritó María.

– ¿Pero qué te pasó ahora, mi niña?

– Me voy de aquí, tía, me voy de esta ciudad de mierda –respondió María dando vueltas en la sala con sus puños apretados como si quisiera golpear algo.

– ¿A Buenaventura?

– No. Me voy de Cuba. Me voy a Italia.

– Pero y eso, María ¿Qué te hizo cambiar de idea?

– Mis alas, tía, no soportan más pedradas. Es imposible volar en una ciudad donde llueven desgracias en vez de agua. Donde por bajas que sean las alturas son inalcanzables para nosotras las cubanas. Donde los mismos cubanos son quienes me tiran las piedras que me traen tan rota.

– ¿Qué dices, mi niña?

– Perdí la escuela, tía. Ahora perdí a David ¡Me voy a Italia!

Unas cuantas firmas después, María tenía pasaporte y fecha de viaje. Belinda le hizo la maleta y pagó un taxi con el dinero que Luciano había mandado para que María llegara bien al aeropuerto de La Habana. Antes que se fuera Belinda le entregó a María una carta. "Esto es de la persona que, desde que te fuiste de Buenaventura ha estado enviando mameyes a La Habana para que tú jamás dejaras de tomar tu batido favorito", le dijo Belinda.

– ¿Qué persona? ¿No eras tú la que comprabas los mameyes? –preguntó María.

– No, mi niña, en estos tiempos no hay mameyes en La Habana.

Ya en el avión, con los motores haciendo realidad el último consejo que David le había dado, María huyó de sus problemas y en el confort del cielo María abrió la carta que le dio Belinda para enterarse quién mandaba los mameyes.

"Ay hijita, por fin volaste. Yo nunca tuve el valor que tú has tenido. Siempre hice lo que querían mis padres y hoy hago lo que quiere el tuyo. Creo que soy feliz así pero me faltó conocer a alguien muy importante: a mí misma. Mientras tú tratabas de crecer y reclamar tu espacio en este mundo, yo me preguntaba qué hubiese sido de mí de haberle dado alas a mis sueños. Esa pregunta nunca te la tendrás que hacer tú. Las cartas de tu tía estaban en la gaveta para que tú las encontraras. Yo no tenía el valor de ayudarte a irte de Buenaventura. Si algo te salía mal, no podría vivir con la culpa pero sabía que la única forma de hacerte amar esta casa era dejar que vivieras en otra. Yo me alegro que el machete de tu padre jamás amedrentó el filo de tu valentía y so me dice que ningún machete en esta vida lo hará. Pero también sé que en eso de cuidarte fue el machete de tu padre quien te ahuyentó a los mismos peligros de los cuales él tanto te cuidaba. Así todo, él te adora. No lo admite pero llora por ti todos los días. Hoy estás volando a otro país, dejando atrás los anacoretas que no te supieron retener. Sé feliz, hija y en cuanto puedas ven a verme que no importa dónde tú termines, ésta siempre será tu casa. Tu mamá".

Los ojos de María terminaron encharcados y ella con deseos de hacer que el avión regresara en ese mismo instante a Cuba. Sintió un deseo inmenso de abrazar a su madre y a su padre, lamentando no haberlos llamado antes de viajar. La guillotina de la culpa calló sobre su conciencia por haber abandonado y dejado sin noticias por tantos meses a las únicas dos personas que jamás en su vida la abandonaron a ella.

El ancho azul del mar, con olas capaces de tragarse a un pueblo entero, ya no se veía por la ventanilla. A su alrededor los europeos dormían y su viaje a Italia parecía más irreal que aquella vez que soñó con la difunta madre de Julia. Pero todo se hizo cierto con un altoparlante en el avión anunció en unas horas el vuelo aterrizaría en un país del cual lo único que ella sabía era que hacían buenas pizzas.

Un ramo de flores esperaba por ella en Roma y detrás del ramo de flores vio al hombre que la había invitado a volar y no metafóricamente, fuera de Cuba. Tocar tierra ajena y comenzar a extrañar la suya sucedió al unísono. El olor del café que Luciano colaba en las mañanas la

220

transportaba a Buenaventura, a aquellos días en los que ir a la cola del pan era su única opción para salir de casa. El barcito entre el cuarto y la cocina del apartamento de Luciano, escondía un refrigerador que enfriaba jamones, quesos y aceitunas con que matar el hambre del día, pero no habían mameyes. Y la cocina tenía demasiados botones para aprender a cocinar en ella.

Luciano trabaja todo el día y mientras ella esperaba por él, había días que las blancas paredes del apartamento la abrazaban como camisa de fuerza en un hospital mental. En la noche él la llevaba caminar, a veces a comer, nunca a comer pizza.

Aunque extrañaba a Cuba ella se conformaba con saber que Italia ponía distancia entre ella y sus tragedias. Pensó que quizás ser feliz en otro mundo significaba llevar lo mejor del mundo viejo al nuevo pero, según Luciano, en Roma no se estilaba poner música hasta las tantas de la noche y a su edad, las noches no eran para salir a bailar a discotecas. Para colmos Luciano no tenía amigos con quién sentarse a descargar y tomar ron. Tenía conocidos del trabajo y todos tenían algo en común: hablaban de todo lo italiano como lo mejor del mundo. Según ellos, sus bodegas vendían los mejores jamones de la tierra, sus restaurantes servían la mejor comida de la tierra, sus vineras ofrecían los mejores vinos de la tierra, pero ninguno había viajado a otros países de la tierra para respaldar lo que decían. A María le costaba discernir si los italianos eran apasionados o arrogantes.

Con el pasar del tiempo, María empezó a recordar a La Habana menos cruel, a los habaneros menos ásperos y a las piedras que le había tirado la ciudad, menos duras. Y lo más raro de todo, extrañaba lo que nunca pensó extrañar, su casita en Buenaventura.

La mayor espina de todas, al pensar en La Habana era el verano, la estación que prometía la ida permanente de su inglés a Kenia. El amor de Luciano no lograba sacar esa espina del corazón de ella, quizás porque no era amor, o quizás porque hay espinar que ni con otro amor se sacan.

A veces parecía que lo único que Luciano amaba era su máquina de hacer expreso. Una vez, él trató de enseñar a María cómo usarla para que ella pudiera hacer café cuando él no estuviera pero después del largo curso, María desaprobó el examen que él le hizo.

– ¿Tú no tienes una cafetera normal? –preguntó María.

– Esa es una cafetera normal.

– La verdad yo con ese robot del 2050 no voy a hacer nunca café ¿qué tal si me compras café instantáneo?

– Por tomar esa agua con tierra aquí en Italia piden cadena perpetua.

Al otro día, a la máquina del 2050 le faltaban las maniguetas pues ella se las había visto con la máquina tratando de hacer un expreso. El fiasco terminó en una pelea, después de la cual María daba todo por poder coger una botella a Buena Vista y perderse de esa casa y Luciano tratando de hacer las paces sugirió llevarla a la Basílica de San Pedro.

– ¿A la Basílica de quién? –preguntó María.

– De San Pedro. La iglesia más famosa del mundo, que está dentro del Vaticano, el país más pequeño del mundo –respondió Luciano.

Aunque a María le vinieron las ganas de aventarle a Luciano el sopetón más grande del mundo optó por un trago de paciencia. En cuanto el teléfono sonó, María fue a dormir pues ella sabía que era Alessia, que llamaba todas las noches a Luciano para instalar agonizantes charlas telefónicas que terminaban en silencios y desganos.

Al día siguiente salieron temprano del apartamento, tomados de la mano y hasta se besaron en el elevador pero al abrirse la puerta del elevador en el primer piso, Alessia estaba allí esperándolos, cámara en mano para tomar una foto de su marido cometiendo adulterio. Luciano corrió tras ella a quitarle la cámara pero regresó al edificio con sus manos vacías, y más agitado que hombre con hormigas en los huevos. "Con esa foto en la corte, esa loca me quita hasta el pijama", gritó Luciano a María como si ella pudiera resolver algo.

Camino al Vaticano, el monólogo de Luciano resultó interrumpible. "¡Qué diferentes son los extranjeros cuando están en Cuba!", pensaba

María escuchándolo hablar de su matrimonio con ella, de su futuro y de su divorcio.

A mitad de camino, María puso a Luciano de sonido de fondo y dejó que el bello paisaje romano relajara su paseo. Y no fue Luciano, sino la Capilla Sixtina de la Basílica quien regresó a María a sus tragedias. Uno de las pinturas del techo de la capilla lucía un "hombrazo" recostado, extendiendo el brazo. La postura la regresó al David que extendía así su brazo, cuando quería que ella fuese con él a la cama. El brazo de María se extendió al techo como quien acepta la invitación de aquella pintura.

– Ese es Adam, –dijo Luciano– representa el momento en que Dios lo acababa de crear, justo antes de que Eva lo viera y pecara.

– No la culpo, de ser Eva yo haría lo mismo –respondió María.

A partir de ese momento, para ella, las semanas no cambiaron más los colores y el tono blanco del apartamento ya no le daba la idea de un hospital mental, sino de un cementerio.

Sus mañanas comenzaban alisando su pelo ante el espejo de Luciano y si cerraba los ojos casi podía oler la lavanda fría con madera en el cuarto de David cuando él se alistaba frente al espejo de su baño. Imaginaba el cuarto de David ya empacado para, en menos de un mes, irse a mirar a un espejo nuevo en Kenia.

Sin embargo David, allá en Siboney, miraba su ya empacado cuarto pensando cuán desordenada parecía su vida. Si cerraba los ojos, casi podía oler a María revolviendo su lavanda fría y la imaginaba bailando en algún show, con miles de espectadores soñando con llevarla a casa con ellos. Sintió deseos de ir a buscarla pero esa noche tenía cita con la rubia diplomática que siempre tuvo arte para volar la tapa de los sesos de María. "Las mujeres no tienen que ver ni oír para saber, ellas simplemente saben a qué huele el estrógeno que destila una mujer que le quiere robar su hombre", pensó David mientras se arreglaba para su cita. Se tuvo que reír al recordar todos los "carterazos" que María le dio en el carro aquel día que vio a la rubia sonsacándolo pero el vacío que dejó ese recuerdo no parecía llenarlo nada, ni la inminente cita con su bella colega. A tal punto que llamó a la rubia a dar una excusa para esa noche no ir por ella. "¿Otra cita con la dichosa bailarina?" preguntó molestísima la rubia. Él no sabía si todo terminaría en una cita o no, pero necesitaba ir en busca de María.

Al abrirse la puerta del apartamento 6 en Buena Vista, David notó que allí olía a todo menos a jazmín pero así todo, le preguntó con desespero a Belinda: "¿Dónde baila ella hoy?"

Belinda repitió la pregunta de David pues no creía que él supiera tan poco sobre María, que ni siquiera se había enterado que la habían expulsado de la escuela pero en vez de darle la noticia, siguió las instrucciones que María había dejado, por si David un día venía. Belinda le informó que María no estaba y le entregó un papel doblado. Por lo rápido que Belinda cerró la puerta, David dedujo que ella no apreció su visita. Él enseguida desdobló el papel y al leer el "Mi David" que lo encabezaba enseguida supo que leía una nota que María había dejado para él. Bajó las escaleras leyendo pero cada oración de la nota le detuvo el paso en un escalón.

"*Sabía que antes de irte a Kenia vendrías a despedirte. Casi puedo ver el azul pálido de tus ojos queriendo verme por última vez. Ojalá esos ojos estuvieran ahora mismo prometiendo que lo nuestro jamás se fuera a acabar. Ojalá hubiese sido yo la mujer que te inspirara ese cambio que tú tanto resistes. Pero no es así, viniste a despedirte. Yo espero que las alas que me distes me sirvan para un día volar las cimas a donde tantas veces me llevaron tus besos. Sin dudas, el riesgo de llegar tan alto es que las caídas tienden a ser mortales. Así y todo, gracias por el vuelo, David. Gracias a ti podré decir que una vez me enamoré. Adiós. Yo te amo. Te necesito. Y cuanto no diera yo por ahora mismo escucharte decir: Y viceversa*".

La nota lo decía todo, menos dónde encontrarla a ella. David quiso volver a subir y preguntarle a Belinda pero la vecina del 4 estaba enfrente de él, con sus ojos color miel derritiéndose ante el "hombrazo" que miraban.

— Ya te dije que todo lo que buscas está en el 4, mi rey –dijo la del 4.

– Yo busco a María, ¿acaso tú la tienes?

– No la tengo pero te puedo decir quién la tiene.

– ¿Cómo que "quién la tiene"?

– Si quieres saber, entra a mi casa, papi.

La del 4 se dio vuelta dejando ver a David que debajo de su alegre falda blanca no cabían a plenitud sus nalgas. David la siguió y se quedó cerca de la puerta. Vio a la del 4 abalanzarse sobre la mesa para servir vino en un vaso para que él notara la línea de su tanga blanca atravesando sus perfectas nalgas.

David expiró su estrés con un rápido suspiro y insistió con su pregunta a la del 4: "¿Quién tiene a María?" En vez de responderle, la joven fue a la cocina a mezclar el vino con un hechizo que ella preparaba para amarrar a sus hombres; ésta vez uno bien potente a base de miel, sangre de su menstruación y polvo de las uñas de sus pies.

– Vino dulce –dijo la del 4 entregando el vaso a David.

– ¿Quién la tiene? –insistió David.

– La tiene un Yuma. Un italiano rico. María está en Roma.

David se tomó un primer trago pues la noticia no bajaba por su garganta. Después de una fea mueca acusó a la del 4 de mentirosa.

> – Se llama Luciano y se va a casar con ella, mi rey ¡Así que ahora ya puedes hacerte novio mío! –dijo la del 4 alzando su trago para brindar con el de David.

La directa hizo a David terminarse el vino y ver a la del 4 mordiéndose con rudeza los labios hizo a David abrir la puerta.

> – Y tengo el número de teléfono de María en Roma. Por un palito[56] y unos dólares te lo doy todito, papi –le dijo la del 4 tocándose los adentros de su tanga.

> – Dame el número. Yo te doy los dólares –dijo David notando que

---

[56] Modismo cubano al acto sexual. Dícese igualmente "echar un palo".

a la mente le venía mucho más que lo que podía decir su boca.

— Claro que sí, mi chini lindo. Si yo sé que vas a regresar "muertecito" a mí y serás mío para siempre porque a estas nalgas se entra pero no se sale —respondió la del 4 en camino a su cuarto.

La joven regresó con el teléfono de María en Roma en un papelito y lo puso dentro de su tanga blanca para que David lo sacara de allá adentro. Él voló a Siboney con deseos de llamarla en ese momento pero antes de llegar al teléfono lo detuvo un dolor terrible en el estómago. Ahí le comenzaron los vómitos y esa noche, además del hechizo que la del 4 le echó en el vino, vomitó todo lo que había comido ese mes.

Sus ojos de azules pasaron a grises y en vez de a María, David llamó a la rubia para que lo llevara al hospital. Allí los sueros le devolvieron vida al cuerpo. Dos días después, el teléfono de la sala de hospital sonó y una enfermera le avisó a David que la llamada era para él. En su desvarío, él pensó que podría ser María pero al responder, era la rubia para decirle que esa noche iba a buscarlo al hospital para llevarlo a casa.

Ya en Siboney, la sopa que ella preparó le regresó el azul a los ojos y con ello, los deseos de llamar a María. Ni sexo con la rubia, ni un desayuno a la cama en la mañana, le quitó la idea de regresar a donde Belinda a preguntar si eso que le dijo la del 4 era verdad.

— Vengo para que me diga cómo hago para ver a María —dijo David entrando sin que Belinda lo invitara.

— Ay, David qué te pasó, mi niño, ¿chocaste con un tren? ¡Qué mal te ves! ¿Quieres café?

El nerviosismo no dejaba a Belinda detectar que tenía la cafetera justo delante de sus ojos y por suerte David sostuvo sus dos manos como diciéndole que no quería café.

— ¿Es verdad que está en Italia? —preguntó David.

La palabra Italia puso pausa a todo para Belinda que aunque María le había pedido que no dijera nada al inglés, no tuvo de otra que responder con un: "Sí, mi niño, es verdad".

– ¡Yo le hubiera dado todo…!

– ¿Cómo? ¡Que yo sepa tú no le prometiste nada! –respondió confundida Belinda.

– No, yo le hubiese dado todo para que ella no se fuera a otro país con un hombre que no ama. Dinero, lo que sea.

– Ella no quería dinero.

– ¡¡Qué quería María!!

– Quizás ella quería un "para siempre".

"Para siempre" lo escuchó decir Belinda cuando David salió por la puerta de su casa. "Para siempre" lo escuchó decir la del 4 que ya abría la puerta pensando que David había ido a verla a ella. "Para siempre" lo escuchó decir el guardia de su casa en Siboney cuando le abrió la puerta. "Para siempre" lo escuchó decir John, un amigo y colega de David que trabajaba en la Embajada de Inglaterra en Roma.

– ¿Para siempre? –preguntó John cuando David le contó lo que él sentía por María.

David además le pidió a John que contactara a María en Roma y la llevara a su oficina para hablar con ella, pues él quería que ella escuchara ese "para siempre" dicho por su propia voz.

– ¡No! ¿Estás seguro que hablo con David, el que yo conocí en Bolivia? Porque el único "para siempre" del que ese David hablaba era el de quedarse solterón.

– No te rías, John. Encuéntrala y tráela antes que sea tarde.

A la mañana siguiente, John llamó a María a casa de Luciano. Ella no entendía el español raro que hablaba John pero entendía cuando él decía "David, de la Embajada de Inglaterra en Cuba". Las paredes de casa de Luciano se tornaron rosa cuando ella finalmente comprendió que John la quería llevar ese día a su oficina a hablar con su inglés.

María ni desayunó esperando al funcionario. Se cambió de ropa cinco veces e hizo mil conjeturas de por qué David le querría hablar: "Seguro quiere decirme horrores porque me fui a Italia con otro hombre. O seguro quiere darme una lección de amor duro de esas que a él le gusta dar. O quizás solo quiere oír mi voz antes de irse".

El mediodía trajo a John en un carro del mismo año que la máquina de hacer expreso de Luciano. El hombre era lo opuesto a David en tamaño, redondez y color humano. Atravesaron Roma a pleno sol y las calles en esa parte de la ciudad parecían un libro lleno de historias con tantos italianos transitando. El carro entró a un edificio que no parecía anacrónico en esa linda esquina de Roma. Subieron a salones tan cuadrados como David, tan puntiagudos como sus palabras y tan fríos como su cuarto.

– Esta es la Embajada de Inglaterra –dijo John.

Aunque María ya lo había adivinado fingió que se enteraba. Entrando a la oficina de John, sonó la llamada de David y John le pidió a María que respondiera. En cuanto los ojos de María empezaron a gotear sobre sobre sus papeles, John salió y los dejó hablar. Del otro lado de la línea, David proponía le dijo eso que ella tanto quería escuchar de la boca de él.

– ¿Por qué cambiaste de idea, David?

– Porque tratando tú de volar yo volaba junto a ti. Porque tú me inspiras cambio, porque yo también te amo y porque yo te necesito. Viceversa María, viceversa. Regresa a Cuba y ve conmigo a donde sea que la vida nos lleve. Para siempre.

María regresó a casa de Luciano y no tuvo que hablar. El italiano, que sabía que no hay mujer más linda que la que es feliz, enseguida supo que algo en ella había cambiado. Con plena honestidad María le dijo por qué quería regresar a Cuba lo más pronto posible. De pronto a Luciano todo le sonó a pura alevosía con pespuntes de traición y sintiendo eso le gritó: "Me usaste, María ¡Viniste aquí a Italia a darle celos a otro!"

– ¿Usarte? Tú fuiste quien me usaste a mí. Me usaste para liberarte de la mujer que amas.

– ¿La mujer que amo? ¿Acaso no me ves pidiéndole el divorcio a Alessia todas las noches?

– No. Te veo llorando al teléfono con ella todos los días, porque ustedes los hombres necesitan destruir lo que aman como única manera de saber que lo aman. Eso es lo que tú has hecho con Alessia. Eso es lo que hizo el inglés conmigo. Y en ese proceso de sentirte vivo, estás matando a todo el que te quiere. Y a ti mismo.

Esa noche hasta las lágrimas de Luciano dolían al brotar del lagrimal y lo peor, no sabía por qué lloraba, sólo sabía que su dolor marcaba la felicidad del mundo para María, una joven a la cual él aún no decidía si la amaba o no. Por si acaso la amaba, antes de arreglarle el pasaje de regreso a Cuba, él sintió que debía preguntarle a ella que si lo que quería era casarse, él podía apresurar el divorcio con Alessia. María le juró a Luciano que su sueño no era casarse, ni irse de Cuba. Su sueño era volar y eso es lo que David la hacía sentir.

– Siempre hablas de eso pero, ¿cómo sabes que alguien te hace volar? –le preguntó Luciano.

– Para mi volar no es un verbo, es un sentimiento. Alguien te hace volar cuando sientes que no necesitas nada, ni alas, ni tierra, ni cielo, para sentir que tocas las cimas más altas del mundo.

– ¿Y él sabe todo lo que yo sé de ti?

– No. Algo no me deja, Luciano. Creo es porque cuando amas a alguien cuesta hacerlo sufrir con tus propios dolores.

– O quizás porque aun no sabes si ese hombre te quiere como eres y no como él quiere que tú seas. Yo creo que estás volando a la cima equivocada con alguien que no te merece.

– Y si el consejo me lo estuviera dando alguien que sabe lo que quiere, quizás yo lo tomara. En este momento, él es lo más cerca que yo estado a sentirme rumbo a alguna cima.

La despedida en el aeropuerto en Roma culminó con un Adiós incongruente. Las lágrimas persiguieron a Luciano hasta que llegó a su departamento y entrando a casa llamó a Alessia. Ella, al sentirlo tan triste fue a Roma a verlo y por un milagro que ella nunca se explicó, esa noche logró lo que no había podido en Florencia: un chance para revivir la relación con su marido.

El avión de María voló en dirección a al hombre que la hacía volar. A su alrededor, europeos no dormían de la excitación de llegar a Cuba. Había parejas que por la cantidad de besos que se daban, era obvio que iban a Cuba de luna de miel. Había otras que no se hablaron en todo el vuelo y le recordaron al suizo que iba con su mujer a Cuba "a repartir chocolate por las calles de La Habana".

Para María, llegar a Cuba fue como el despegue de su propio vuelo. David la recibió con un abrazo y el carro empacado con todo listo para irse con María a Buenaventura. Hasta Belinda iba con ellos. Durante el viaje, Belinda le comentó a María que todavía no sabía si David era buen partido para ella, porque durante esos días se había hecho amigo de Juan Manuel.

– ¿En serio, fuiste a ver a mi padre? –preguntó María.

– Fui a pedirle tu mano en matrimonio antes de pedírtela a ti.

– ¿Y esa fue la parte en que Juan Manuel te cayó atrás en su caballo y te abrió la cabeza en dos, no?

– Bueno, tu mamá le escondió el machete y él no tuvo otra que decir que sí.

El framboyán de la Carretera Central la recibió ni más ni menos frondoso que cuando la vio salir pero entrar a Buenaventura le devolvió a las rodillas de María aquella jiribilla que ella sentía cuando sabía que su padre andaba cerca. Al llegar a su casa, el abrazo de su madre aplacó sus nervios y sintió el mayor de los alivios cuando Juan Manuel salió a la acera a abrazarlas a las dos.

Como verlas llorar era lo único a lo que el temible Juan Manuel temía, enseguida rompió el abrazo y las mandó a las dos a ir a entrando, con la excusa de que la comida estaba lista y ya era hora de comer. Cuando la mano de Juan Manuel se extendió a estrechar la de David, la esquina de su ojo notó que dentro del carro aún quedaba alguien. Al acercarse vio que dos ojos encharcados en lágrimas lo miraban desde el asiento trasero. Él abrió la puerta del carro y sacó a Belinda de allá adentro. Sus largos brazos apretaron a Belinda como quien pide disculpa a alguien a la vez que agradece por haber cuidado lo más preciado de la vida de él.

Mientras las hermanas se abrazaban dentro de la casa, María fue a su cuarto, temiendo que regresar a él pusiera el proceso de "hacerse mujer" en reversa. Allí todo olía a ella y cada adorno parecía haber quedado intacto, idénticos al día que ella se fue. Desde el espejo su silueta la miraba ansiosa por escuchar que había sido de ella por todo ese tiempo. María fue al espejo y mirando directo a sus negrísimos ojos le contó a su silueta todo lo que sus ojos dejaron trasmitir. David también entró al cuarto y con ambos mirando al reflejo de María en el espejo, ella dijo: "Te presento a tu novio, siluetica. Y aunque nada pasó como tú y yo planificamos, cumplí lo que te prometí: ya no somos una niña, ya somos una mujer".

Estela entró al cuarto a decirle a María que todo estaba listo para la boda con David y María llevó ambas manos a su cabeza al acordarse de que faltaba un cabo por atar, y sin ese cabo ella no se podía a casar.

– ¿Qué cabo? –preguntaron Estela y David a la vez.

Faltaba la testigo. Al día siguiente los novios salieron a Caimanera, el pueblo más cercano de la base naval de Guantánamo, en busca de Cindy.

– Aquí no pueden entrar extranjeros –les dijo el custodio de la entrada del pueblo– La base naval de Guantánamo está ahí mismito y no nos podemos arriesgar…

– ¿Arriesgar a qué? –preguntó María.

– Todos estos extranjeros que hay en Cuba son espías –dijo el custodio pensando que David no entendía el español.

Por mucho que David y María explicaron, el custodio no cambió de parecer pero le otorgó a María un pase para entrar sola a encontrar a su amiga. María pasó horas preguntando de casa en casa si alguien conocía a Cindy. El sol ya derretía sus ánimos y el hambre ya rajaba sus esperanzas, cuando una señora que se daba sillón y se echaba fresco con un abanico en el portal de su casa notó lo pálido del rostro de María y le ofreció un vaso de jugo de caña.

— Primera vez que te veo por aquí, ¿quién tú eres? —preguntó la señora mirando con que ganas María se tomó el jugo de caña.

— Yo no soy nadie, sólo busco una amiga, Cindy, ¿usted sabe quién es?

— ¿Cindy? Yo creo que así se llama la muchacha que acaba de regresar de Rusia.

— ¿De Rusia?

— Sí, que tiene un niñito y su marido hace poco se ahogó tratando de irse del país.

María respondió con un "si" muy lento haciendo evidente su confusión.

— Ella fue a Rusia a hacer un posgrado, —afirmó la señora— y con el dinerito que trajo está construyendo una casa encima de su suegra para vivir con su hijito ahí.

— Sí, ¡esa misma es Cindy! —interrumpió María dando un salto.

La señora dejó de echarse fresco y apuntando el abanico en varias direcciones le explicó a María cómo llegar a donde Cindy. El azúcar del jugo de caña la ayudó a correr a donde su amiga. Cindy se sorprendió al ver a María enfrente de su casa pero la noticia de la boda con David no le causó sorpresa alguna. En diez minutos Cindy organizó todo para irse con su hijito a la boda de su única amiga.

Un mundo de gente fue al palacio de matrimonios de Buenaventura a curiosear sobre la boda de María y a conocer al galán que llevaría a la Mariposa a volar. Pero el gran acontecimiento para todos fue ver a Juan Manuel, por primera vez, desmontado de su caballo y sin un machete colgando del cinturón. Ese día Juan Manuel entregó lo que más quiso él en su vida al hombre que tomaría su lugar y María le dio las gracias por todo lo que él había hecho por ella. "Yo queriendo crecer y tú luchando porque yo creciera intacta", añadió María abrazando fuertemente a su padre.

Dos lágrimas corrieron por el rostro del campesino cuando Cindy firmó ser testigo de que el amor reinaba entre el inglés y su hija, incluso ante que los novios mismos lo supieran. Diez lágrimas corrieron por el rostro de Belinda cuando María le aseguró que no importaba cuán lejos tenga que recorrer el río, él siempre terminará en el mar. "Y para mí, el mar es nuestra casa en Buenaventura", dijo María besando el rostro de su madre.

Cuando el avión despegó para llevarse María a Kenia con su inglés, ella le dijo Adiós a La Habana, sintiendo que la ciudad sujetaba sus venas como queriendo decir "regresa". Fue ahí que ella entendió que a La Habana se ama como a un novio que no fue cruel porque quiso, sino porque en ese momento de su vida no tenía otro amor que ofrecer, que un amor duro, crudo y tan áspero como el muro de su Malecón. En cuanto ella le juró a La Habana que un día regresaría a ella, la ciudad soltó sus venas y la aguja del "para siempre" con David marcó su punto cero.

— Volamos rumbo "al resto de una vida juntos" —dijo David con el azul del cielo reflejado en sus ojos.

— ¡Todavía no lo creo! —respondió María— Esto es como bailar en Tropicana, un paraíso que yo ni siquiera me permití soñar.

— Pero en éste paraíso no existen tarimas laterales. Tú eres mi estrella principal.

Dentro del regocijo que traen ciertas promesas, María se permitió un hondo suspiro y respondió: "Y viceversa, David, ¡y viceversa!"

FIN

Epílogo: Después del fin

Como siempre pasa en Cuba, después del fin siempre nos queda el mar, ese sendero ancho y azul que si no nos hunde nos libera, que conlleva "allá fuera" y que promete la solución a todos los dilemas que en Cuba nunca íbamos a solucionar. Es ese mar quién, después del fin, goza cuando un día puede decirnos "¡te lo dije!" al vernos regresar.

Después del fin, tantos cubanos nos fuimos pero no del todo. Y los pedazos que viven lejos siempre se regresan, a veces en busca del amor de esas "Estelas" que nadie por allá fuera supo dar, o del apoyo de esas "Belindas" que nadie por allá fuera supo brindar, o de esos "Juan Manueles" que siempre tuvieron la razón incluso cuando su única forma de expresarlo era a golpe de machetazos, o de esas "Cindys" y esos "Camilos" que tatuaron la palabra amor en nuestra alma.

Hay veces que ese mar se cruza de regreso a Cuba en un avión pero la mayoría de las veces se cruza desde el seno de una vida perfecta, en una casa perfecta, rodeados de todo lo un día creímos perfecto, con los ojos cerrados y soñando con todo aquello que no pudimos sacar de Cuba en una maleta. Y cuando volvemos a pisar esas "Buenaventuras" que nos vieron crecer y esas "Buena Vistas" que nos rompieron los huesos, notamos que los pedazos que viven lejos ya no encajan bien allá. Sentimos que crecimos, algo que hacemos muchas veces en la vida y que todo el mundo entiende a su manera.

Yo creo que "Después del Fin" es otra novela, que como todavía la estamos viviendo no la hemos escrito, en la cual uno siempre cruza el mar en cuerpo, en alma, en sueños, en cenizas o de alguna manera para regresar a Cuba, porque los pedazos nuestros que viven lejos, encajen o no, siempre anhelarán estar allá.

Jocy Medina

235

45963981R00147

Made in the USA
San Bernardino, CA
22 February 2017